Pépites d'or

J'AI LU

Kristin
Hannah

Pépites d'or

Traduit de l'américain
par Paul Benita

Éditions J'ai lu

Aux hommes de ma vie, Benjamin et Tucker.
Je vous aime.
Et à ma mère, qui a toujours cru en moi.

Titre original :

A HANDFUL OF HEAVEN
A Fawcett Gold Medal Book, published by Ballantine Books,
a division of Random House, Inc.

PROLOGUE

Début mars 1896

— Hé, Rock !

Le cri guttural s'attarda dans l'air froid de la tente, vrillant les tympans de Rock MacKenna. Il crispa les poings. Une seule fois, pensa-t-il, laissez-moi rien qu'une fois régler son compte à ce braillard...

— T'es d'venu sourd ?

Levant lentement la tête, il lança un regard glacial aux trois hommes collés à son poêle. Le simple fait de voir ces demeurés lui donnait mal au ventre. Son visage buriné retrouva sa mine renfrognée habituelle.

— Qu'est-ce que tu veux ?

Midas Magowin ricana, révélant des dents gâtées.

— T'es là à t'dire que t'aimerais bien nous flinguer ? Bon Dieu, on fait rien d'autre que causer !

La mauvaise humeur de Rock ne fit que croître.

— C'est déjà trop.

— Pas pour les gars du fleuve. Alors, si tu veux nous tirer dessus, vas-y. Mais si tu l'fais pas, arrête de nous reluquer comme ça. Tu m'donnes la chair de poule.

— T'as tout compris.

— On va rester. Y fait un froid de canard, là-dehors, et t'as le meilleur poêle de la région.

Midas recula juste assez pour sortir du cercle de chaleur et cracha. A l'instant où la bave brunâtre franchit ses lèvres, elle gela instantanément et se fracassa en une douzaine d'aiguilles de verre sale.

— Je tiens un magasin, bon sang ! gronda Rock. Pas un hôtel pour des bons à rien de chercheurs d'or !

Gloussant, Midas frotta ses mains maigres l'une contre l'autre.

— Ma foi, Rock, j'ai jamais vu un magasin aussi minable que le tien.

Les épais sourcils noirs de Rock se rapprochèrent. Ses yeux couleur de vieux bourbon brillèrent d'un éclat dangereux.

— Tu ferais bien de ne pas oublier où tu es, vieil homme. (Sa voix profonde tomba de deux octaves.) C'est mon magasin. Et c'est mon poêle. Je ne t'ai pas encore botté les fesses et j'ai supporté tes jérémiades. Mais c'est pas un nabot de mineur à moitié chauve qui va me dire comment gérer mon affaire. Compris ?

Midas eut un sourire triomphant : Rock ne les chassait pas.

— Ça m'paraît juste.

— Heu... hé, Rock...

Avec un soupir exaspéré, Rock se tourna vers la Tige, le nouveau venu dans la bande, qui écoutait les radotages de Midas pendant des heures et imitait son héros en tout.

— Ouais, gamin ?

Le mince visage tacheté de son de la Tige s'illumina.

— Merci de nous laisser rester. C'est sûr qu'y fait ben plus chaud ici.

Pour toute réponse, Rock grogna. Un ressentiment familier lui fit grincer des dents. Ils avaient gagné. Ils allaient rester... encore une fois. Il ne se débarrasserait pas d'eux avant la fermeture. Il le savait, et eux aussi. D'autres gens avaient besoin du magasin et comptaient sur ses heures d'ouverture.

Ces prospecteurs l'intriguaient. Qu'est-ce qui les attirait dans ce coin perdu comme des busards sur le cadavre d'un élan ? Ils avaient fait plus de six mille kilomètres pour un rêve doré, mais la plupart d'entre eux n'essayaient même pas d'obtenir une concession. Ils se contentaient de rester assis là, à boire, à fumer, à jouer aux cartes et à glapir.

Repoussant sur son front une mèche noire comme du charbon, il contempla les trois compères. Leurs voix claquaient à ses oreilles, pulvérisant le silence. Ce précieux silence pour lequel il s'était réfugié ici, à des milliers de kilomètres de toute civilisation. Ils faisaient autant de raffut qu'un troupeau d'hyènes se disputant un os...

Il ferma les yeux et se massa les tempes. Qu'on le laisse seul, voilà tout ce qu'il voulait ! Etait-ce trop demander, bon sang !

— Hé, la Tige... (La voix rauque de Midas interrompit ses pensées.) De quoi est-ce que je parlais avant que Rock nous pique sa crise ?

Les paupières de Rock étaient aussi lourdes que des boulets. Dans un suprême effort, il les ouvrit et regarda autour de lui. La première chose qu'il vit fut le sourire édenté de Midas. Rien qu'une fois, pensa-t-il en contemplant ses poings. Une seule fois...

Le vieux fou n'en avait pas encore fini.

— La Tige, bon sang, j't'ai demandé d'quoi on causait !

— Seigneur, Midas, rétorqua Rock, tu ne sais parler que de deux choses : l'or et les dames. Et t'as jamais vu une pépite ni une dame. Dans ta chienne de vie, t'as vu que des crottes d'ours.

Le sourire satisfait du vieux s'estompa. Il prit un air offensé.

— C'est bien c'que je pensais, Rock. T'es costaud *et* stupide. Je parle pas des dames. Je parle que des putains.

— C'est vrai ! approuva la Tige.

Midas flanqua une claque affectueuse sur le dos maigre de son protégé.

— Comme je le disais hier, une bonne putain est à peu près ce qui peut arriver de mieux à un homme. Mais une dame... Beurk ! J'préférerais m'bagarrer avec des louves en chaleur qu'avec une vraie dame. Pa'squ'une dame, ça lui démange de s'bagarrer, et elle s'bagarre avec des mots. Une fois qu'elle commence à causer, y a plus qu'un arrêt du cœur pour qu'elle se taise. (Il adressa un regard éloquent à la Tige.) Le sien, de cœur. Pa'sque si tu meurs, ça fait juste que la ralentir un peu.

Soudain, le rabat de l'entrée claqua. Un air glacial s'engouffra dans la tente et un homme apparut. La neige virevoltait autour de lui et s'agglutinait sur ses bottes en peau de renne tandis qu'il rattachait précipitamment la toile.

La bourrasque se calma à l'instant. La jambe traînante, le nouveau venu s'approcha du poêle et se laissa lourdement tomber sur un tabouret à trois pieds.

Au bout d'un moment, il secoua sa tête encapuchonnée. De la neige jaillit de son épaisse parka et vint grésiller sur le poêle brûlant. Ces sifflements envahirent le silence qui s'était soudain abattu dans la pièce. Les mains tremblantes, il se débarrassa de ses énormes mitaines et repoussa sa capuche fourrée.

— Sacré vieux Bill, lança Midas à l'unique facteur du Yukon, qu'est-ce que tu fabriques ici ?

Bill essaya de sourire, en vain.

— Bon sang, on se gèle, là-dehors ! maugréa-t-il en se servant une tasse de café.

Ses doigts rongés par l'arthrite s'enroulèrent autour du gobelet qu'il souleva jusqu'à son visage, pour se réchauffer à sa vapeur.

— Alors, Bill, qu'est-ce que tu fais ici ?

Bill avala une gorgée avant de répondre.

— J'ai une lettre pour Rock.

Tous les regards se tournèrent vers ledit Rock. Il sentit leurs yeux lui percer le crâne. Le courrier était plus rare que l'or au bord de la Thron-diuck River — ce n'était pas peu dire.

Fronçant les sourcils, il s'avança vers Bill. Comme il pénétrait dans le cercle de chaleur, un frisson le secoua.

— Qui peut bien m'écrire ? J'ai jamais reçu une seule lettre de ma vie. Ce doit être une erreur.

Bill ouvrit sa sacoche en peau et en sortit une enveloppe chiffonnée et maculée de crasse.

— Ça vient de Saint Louis et c'est adressé à Cornelius J. MacKenna. C'est bien toi, non ?

Rock se saisit de la lettre et la contempla longuement. La suscription était un chef-d'œuvre de calligraphie.

C'était bien une vraie lettre... qui lui était adressée.

Il s'empara du bout de papier d'une main mal assurée. Comme toutes les autres âmes solitaires et malheureuses qui avaient cherché refuge sur le territoire du Yukon, Rock avait abandonné la civilisation depuis bien longtemps. Il était venu jusqu'ici dans le Grand Nord, aux confins de l'Alaska, parce qu'il n'avait ni amis, ni famille, ni amour. Et c'était très bien ainsi.

Et maintenant... cette lettre.

Ses doigts épais déchirèrent maladroitement l'enveloppe. Elle contenait une feuille méticuleusement pliée en quatre.

Il se mit à lire :

Cher Monsieur MacKenna,

Je prends la plume pour répondre à l'annonce que vous avez insérée dans le St. Louis Post Dispatch. *Comme nous sommes en novembre, j'espère que vous avez toujours besoin d'un associé. Si c'est le cas, je souhaite vivement être celui-là.*

Les termes évoqués dans votre annonce me sem-

blent parfaitement acceptables. Je suis d'accord pour tenir le magasin pendant un an en échange du vivre et du couvert et d'une participation avec vous à cinquante pour cent.

Même si j'admets avoir peu d'expérience dans ce domaine, je vous assure que vous trouverez en moi quelqu'un qui travaille dur, qui sait s'organiser et qui fera tout pour assurer notre succès commun. J'attends votre réponse avec impatience.

Sincèrement,
Devon O'Shea

P.-S. : *Si vous décidez de donner une suite favorable à l'affaire, pourriez-vous, s'il vous plaît, me conseiller sur tout ce qui pourrait rendre plus agréable mon séjour dans le territoire du Yukon ?*

Il secoua la tête, incrédule.

— Ben ça, alors…

— Qu'y a-t-il ? demandèrent les mineurs à l'unisson.

Il sourit pour la première fois depuis des semaines. Le dénommé Devon O'Shea exauçait ses prières. Dans quelques mois, il n'aurait pas à se soucier de tenir le magasin et pourrait partir seul en exploration pour photographier la nature sauvage à sa guise. Et il ne se retrouverait plus jamais coincé dans une pièce avec des prospecteurs trop bavards.

Il ferma les yeux. Il avait presque envie de croire en Dieu.

— Qu'y a-t-il ? insista Midas.

— Quelqu'un a répondu à mon annonce.

— Quelle annonce ?

— Quand les crétins de votre acabit ont commencé à envahir ma vallée, j'ai passé une annonce dans dix grands journaux pour chercher un associé…

— Pourquoi t'as fait ça ? le coupa Midas. T'es une vraie teigne. Personne au monde pourrait travailler avec toi.

— Je n'ai aucune envie de travailler avec qui que ce soit. Je veux qu'on me fiche la paix. Voilà pourquoi j'ai passé cette annonce. J'ai besoin de quelqu'un qui tienne le magasin — mon seul gagne-pain — pendant que je prends mes photos.

— Ton gagne-pain ? Pfff !

Rock ignora Midas.

— Ça fait un bail que j'ai envoyé l'annonce. Je l'avais complètement oubliée.

Midas se frappa les cuisses.

— Et v'là qu't'as une réponse ? Youpi ! Passe-moi la gnôle, mon gars. C'est notre jour de chance ! Y a pas un homme sur cette terre qu'est plus hargneux que Rock MacKenna. Son associé pourra pas être pire que lui.

— Peut-être qu'y jouera au poker ! s'enthousiasma la Tige en avalant une copieuse rasade d'alcool.

Midas lui arracha la gourde et la leva avec avidité.

— C'est sûr, gargouilla-t-il. Et p't-êt'...

Leurs voix excitées se confondirent dans l'esprit de Rock. C'était encore pire quand ils buvaient. Ils se mettaient tous à parler en même temps.

Les élancements dans ses tempes s'intensifièrent. Pour la première fois depuis des années, il regretta l'un des progrès de la civilisation : les moyens de transport. Si le magasin se trouvait à San Francisco ou à Boston, O'Shea aurait été auprès de lui en une semaine. Mais il n'en était pas question ici, dans le Yukon. Rock aurait de la chance si le bonhomme arrivait avant l'automne. Même s'il envoyait sans tarder une lettre d'engagement, Rock devrait encore attendre plusieurs mois, piégé dans ce camp de mineurs.

Tout sourire déserta son visage. L'attente allait être longue...

1

Fin de l'été 1896

Perchée sur le rebord de sa couchette, Devon O'Shea était aussi rigide qu'un clou neuf. Ses mains parfaitement manucurées se nouaient, exsangues, sur son estomac.

Dix minutes. C'était tout ce qu'elle avait à attendre. Dans dix petites minutes, elle rencontrerait son nouvel associé, M. Cornelius J. MacKenna.

Rongée d'angoisse, elle avait mal au ventre. Pourquoi ne parvenait-elle pas à se calmer ? C'était irrationnel d'être aussi nerveuse et Devon n'était jamais irrationnelle. Pourtant, malgré tous ses efforts, elle n'arrivait pas à empêcher ses mains de trembler ni son cœur de battre à se rompre.

Aujourd'hui était si important. C'était le jour où sa nouvelle vie commençait. Pas une vie imposée par l'adversité mais une vie qu'elle avait choisie. *Sa* vie.

Elle poussa un léger soupir et se mit à pianoter sur le cadre métallique de sa couchette. Dans le silence de la cabine, cela fit un bruit effroyable.

Elle soupira derechef. Si seulement elle était comme Colleen, sa sœur ! Colleen ne serait pas nerveuse, elle. Elle serait bien trop occupée à imaginer les plus romanesques folies à propos de M. MacKenna.

Mais Devon ne ressemblait pas à sa cadette. Colleen était spontanée, capricieuse, irréaliste. Devon était calme, pragmatique et dotée d'un solide bon sens. A la différence de Colleen, elle ne rêvassait pas à tout bout de champ. Oui, pour Colleen, M. MacKenna devait être grand, incroyablement séduisant, portant avec une grâce suprême son habit noir aux revers de satin et son chapeau haut de forme ; et seuls des poèmes devaient franchir ses lèvres.

Non, Devon ne ressemblait pas à sa sœur. Le paradis sur terre n'avait aucun sens pour elle. Rêver, espérer, souhaiter... tout ça n'était jamais qu'une perte de temps. M. MacKenna, quelle que fût son apparence, était simplement son associé pour une année. Pour le meilleur et pour le pire.

Un coup retentit à la porte étroite de la cabine.

— Miss O'Shea ? Miss O'Shea ? Je viens chercher vos bagages.

Mon Dieu ! Le moment était venu. Sa nouvelle vie commençait.

Elle se força à rester calme. Une femme de vingt-neuf ans ne devait pas s'exciter comme une jeune fille. Elle devait faire bonne impression. Les gens qu'elle allait rencontrer dans les prochaines minutes seraient ses voisins, ses clients, peut-être ses amis.

Se levant avec raideur, elle lissa son chemisier blanc et chassa quelques plis imaginaires de sa longue jupe de voyage en serge rayée. Elle vérifia rapidement la solidité de son chignon qui emprisonnait sur sa nuque ses cheveux roux.

Jetant un dernier regard à la cabine qui avait été sa demeure pendant quarante-quatre jours, elle sourit. Tout y était à sa place. Ses deux malles étaient impeccablement empilées dans un coin, sa valise de cuir brillait comme les bottes d'un général et son bien le plus précieux, une bicyclette rouge vif, étincelait. Tout était exactement comme elle l'aimait : en ordre et immaculé.

— Entrez, dit-elle.

Sa voix était grave et rauque, comme le ronronnement satisfait d'un matou. Une voix sensuelle, qui contrastait avec ses traits austères.

La porte s'ouvrit et un jeune homme apparut. Avec un sourire courtois, il se dirigea vers les malles… et se figea sur place une bonne minute. Puis il se retourna, les yeux ronds.

— Sacré nom d'une… Un vé*policède* ! s'exclama-t-il en secouant la tête.

Une lueur de fierté passa dans les yeux verts de Devon.

— Un vélo*cipède*. Il est magnifique, n'est-ce pas ? C'est un Royal Worcester de course à deux vitesses… Ma sœur et son mari me l'ont offert comme cadeau d'adieu.

La pomme d'Adam du garçon montait et descendait.

— Alors, vous voulez l'prendre aussi ?

— Evidemment.

— Mais…

Elle le coupa d'un geste de sa main pâle, couverte de taches de rousseur, avant de brandir un livre relié de cuir.

— Auriez-vous lu, par hasard, cet ouvrage de M. John McMoffat, *le Guide des chercheurs d'or en Alaska et dans le Yukon* ?

— Euh… non.

— C'est ce que je pensais. Le *Guide* recommande les bicyclettes comme moyen de transport dans le Yukon. Ainsi que vous le savez, ajouta-t-elle, sûre d'elle, les chevaux ont du mal à s'habituer au Grand Nord.

L'air amusé, le garçon pinça les lèvres.

— McMoffat, hein ? Ce type doit pas parler du

même Yukon. Votre sœur et son mari, y vous ont vraiment acheté ça pour ici ?

— En douteriez-vous, jeune homme ? Et cessez de ricaner. Le *Guide* est formel, il...

— A vos ordres, m'dame !

Il chargea la bicyclette rutilante sur ses maigres épaules, s'empara de la valise et s'éclipsa.

Etrange jeune homme, pensa-t-elle en s'asseyant devant la coiffeuse rudimentaire. D'un regard aigu dans le miroir, elle s'assura de son apparence : impeccable pour une femme qui arrivait à l'âge mûr. Sa peau était nette et les boucles sauvages de sa chevelure parfaitement disciplinées.

Elle fixa son chapeau sur le sommet de son crâne, prit son sac à main, ses gants et son parapluie, et, menton dressé, sortit de la cabine.

Dehors, la pluie tombait dru et martelait l'auvent en métal, avant de ruisseler en feuille d'argent ondulante par-dessus le rebord.

Pour ne pas abîmer ses délicates bottines, Devon se pressa contre la paroi du bateau. Ses mains gantées, encore un peu tremblantes, se crispaient autour de la chaînette de son sac à main.

Le bateau à aubes se tourna vers le ruban de boue grisâtre qui bordait le Yukon et ralentit.

Elle fronça les sourcils. Pourquoi ralentissaient-ils ? Ce désert marécageux ne pouvait être leur destination. Il devrait y avoir une ville, comme Circle City. Une ville avec des opéras, des salles de danse, des bibliothèques, des lumières. Une ville-champignon.

Elle scruta la rive. Il n'y avait rien, là-bas. Rien... sinon une cabane en bois inachevée qui se dressait tel un squelette parmi un amas de tentes en toile grise.

Des tentes ! Elle frissonna en contemplant les six tentes blotties sur la clairière boueuse. A quoi servaient-elles ? Certainement pas à abriter des hommes des rigueurs de l'hiver du Yukon, la région la plus septentrionale de l'Alaska.

— Devon O'Shea !

Elle sursauta.

— Devon O'Shea, sur le pont avant.

Agrippant son sac à main, elle ouvrit son parapluie et se risqua avec précaution sur la passerelle mouillée. Ses talons hauts claquaient.

— Je suis Miss O'Shea, annonça-t-elle à l'homme d'équipage qui tenait la corde d'amarrage du vapeur.

Il se tourna vers elle et l'inspecta minutieusement de la tête aux pieds avant de s'intéresser de nouveau à sa corde.

Nerveuse, Devon resserra sa prise sur son parapluie.

— Monsieur, dit-elle au costaud. Je suis Miss O'Shea. Il y a un problème ?

Il lui fit face. Chassant la pluie de ses yeux injectés de sang, il secoua la tête.

— Si vous êtes Devon O'Shea — et j'plains ce pauv' Rock si vous l'êtes —, il n'y a aucun problème. C'est ici qu'vous débarquez.

— Ici ? Sûrement pas !

Repoussant sa casquette de laine rouge, l'homme se gratta le front.

— Z'avez ben dit au cap'taine qu'vous alliez au poste MacKenna, hein ?

Sa bouche s'assécha. Elle hocha la tête.

— C'est ici qu'Rock habite.

Elle lutta pour conserver son calme.

— Qui ?

— Rock… c'est comme ça qu'on appelle ce vieux Cornelius, dans l'coin. D'toute manière, son magasin est ici.

— Ici ? s'étrangla-t-elle. Le poste de M. MacKenna est *ici ?*

— Ouais, ici.

Elle regarda autour d'elle. Tout n'était qu'un marécage gris, désolé, silencieux et sans vie. Sa petite main gantée pressa son estomac gémissant. Pendant une seconde terrifiante, elle crut qu'elle allait vomir.

— Vous voulez vous asseoir, miss ? Vous z'avez pas l'air dans votre assiette.

Refoulant sa panique, elle garda les mâchoires serrées. Elle devait réfléchir…

— Miss ? Vous voulez vous asseoir ?

— Non. Je veux savoir combien coûte un billet de retour jusqu'à Saint Michael.

Il haussa les épaules.

— Ch'ais pas. Dans les deux cents…

Elle grimaça. Deux cents dollars ou deux millions, quelle différence ?

— C'est au-dessus de mes moyens… Je veux retourner à Circle City. Veuillez en informer le capitaine…

— Le bateau ne retournera pas là-bas avant le printemps. Allons, m'dame, c'est ici que vous descendez.

Elle n'aurait su dire combien de temps elle resta sur le bout de toile autrefois rouge qui servait de quai de débarquement, ni combien de temps elle suivit des yeux le vapeur qui n'était plus à présent qu'un point flou sur le fleuve. Elle savait simplement qu'elle était coincée dans ce marais perdu, forcée d'y rester par la pauvreté et la parole donnée à Cornelius MacKenna.

S'arrachant à sa contemplation, elle redressa les épaules. Inutile de s'apitoyer sur son sort. Ce qui est fait est fait. Elle se força à sourire et se pencha pour prendre sa valise. Soudain, elle se pétrifia, les yeux écarquillés d'horreur. Son parapluie ouvert lui glissa des doigts et tomba sur la toile couverte de flaques.

Le sol boueux était en train d'avaler sa bicyclette !

Instinctivement, elle voulut la rattraper, tombant à genoux et se débattant pour rester sur la toile tout en essayant d'atteindre son engin. Du coin de l'œil, elle vit son parapluie s'envoler dans le vent. Une seconde plus tard, il atterrissait gracieusement dans le Yukon. Jurant en silence, elle agrippa la poignée glacée de sa bicyclette et tira de toutes ses forces.

La boue résista. La pluie lui martelait le visage. Elle devait fermer les yeux sous le déluge de grosses gouttes poisseuses et froides.

Respirant un bon coup, elle s'arc-bouta.

La bicyclette jaillit enfin de la vase. Elle la hissa sur la toile et la coucha sur le côté avant de se redresser lentement.

Haletante, transie, elle ôta ses gants maculés de boue et les fourra dans son sac. Contemplant son bel engin de course sali et trempé, elle eut envie de pleurer.

Elle ferma les yeux. Non. Du sang-froid, bon Dieu ! Pleurer ne servirait à rien. D'ailleurs, ce n'était que de la boue. Un peu de boue ne pouvait abîmer un Royal Worcester à deux vitesses. Un bon coup de chiffon, et sa machine serait comme neuve.

Lentement, elle rouvrit les yeux. Décidée et fière, elle fit un premier pas vers le magasin de M. MacKenna.

Le deuxième faillit la tuer. Elle s'enfonça jusqu'aux genoux dans la fange noirâtre et froide. Elle serra les poings, ravalant son envie de hurler.

Elle marcha ce qui lui parut des heures, sa progression ralentie par sa jupe gorgée d'eau. Finalement, à bout de souffle, elle s'essuya les yeux et le visage d'un revers de manche pour essayer de distinguer quelque chose. Il y avait bien quelque chose devant elle. Elle plissa les paupières. Deux planches. Un « trottoir ».

Le mot lui vint dans un soupir reconnaissant.

Elle se précipita vers ces planches de salut. Son pied se posa brutalement sur la première. Avec horreur, elle la vit se dresser au ralenti devant elle, la rejetant impitoyablement en arrière. Elle s'effondra à plat-dos dans la boue.

— Maudite... ! hurla-t-elle, cognant la vase à coups de poing, se débattant comme un diable pour se sortir de là.

Non !

Elle devait se calmer, se maîtriser. Respirant profondément, elle essaya de compter.

— Un... deux... trois...

Elle réussit à se relever en s'aidant d'un piquet. Paupières closes, elle tenta de retrouver son souffle. Quelque chose d'humide et froid la gifla. Elle leva les yeux. Pendue là, au-dessus d'elle, se trouvait la paire de jeans la plus sale, la plus laide, la plus énorme qu'elle ait jamais vue. Sur le mur de toile qui lui faisait face étaient inscrits ces mots : COMPTOIR MACKENNA.

Ses derniers espoirs s'envolèrent. Amèrement déçue, elle jeta un coup d'œil vers la cabane à moitié terminée à l'autre bout de la rue boueuse. Elle n'aurait même pas la chance de vivre dans la seule cabane existante.

A regret, elle contempla de nouveau la toile grise et sale devant elle. Le poste MacKenna. Son magasin. Le magasin pour lequel elle avait traversé la moitié d'un continent n'était qu'un morceau de toile. Une tente.

— Parfait ! gémit-elle. C'est parfait !

Elle se faufila sous le rabat qui claquait au vent. Ce qu'elle découvrit lui glaça le sang. Contre les murs en toile de la *pièce* se dressaient des étagères bancales, recouvertes d'un fatras invraisemblable. Au centre, un petit poêle de métal trônait sur un plancher en bois pourri. Et ce capharnaüm n'était encore rien.

Face à elle, une monstrueuse tranche d'humanité était assise derrière le comptoir le plus mal rangé qu'elle eût jamais vu. L'odeur épaisse de corps non lavés et de nourriture rance l'enveloppa. Son moral déjà chancelant reçut un nouveau coup. Voilà l'endroit dont elle avait voulu faire une jolie boutique !

— Monsieur MacKenna ? demanda-t-elle avec raideur en s'approchant de l'abominable comptoir et de l'homme encore plus abominable qui se tenait derrière.

Il leva lentement la tête.

— Ouais ?

Elle examina son nouvel associé. A première vue, l'homme était vieux et sinistre. Un large chapeau de mineur enfoncé sur son front lui dissimulait la moitié du visage. Elle ne voyait qu'une solide moustache, une barbe noire et touffue parsemée de fils gris et un rideau de cheveux trop longs qui s'échappaient du chapeau sur le cou.

Il se redressa un peu et elle vit enfin ses yeux. Elle se pétrifia. Ils la fixaient. Sous les sourcils grisonnants et broussailleux, ils brillaient comme ceux d'un chat féroce. Un frisson la saisit et, malgré elle, elle eut un mouvement de recul. Ce regard avait quelque chose d'effrayant, une intensité animale, une sauvagerie non déguisée.

Quelque chose siffla dans l'air près de sa main. Elle regarda par terre et ouvrit de grands yeux en voyant un morceau de tabac à chiquer s'y écraser.

Ce singe velu lui avait craché dessus !

— Comment osez-vous ? Répugnant per…

Il fit mine de lui foncer droit dessus.

— Sortez de mon magasin.

Les mains sur les hanches, elle fit front.

— Je vous interdis d'élever la voix devant moi, espèce de babouin !

— Bab… (Il n'en croyait pas ses oreilles.) Rentrez chez vous.

— Je *suis* chez moi.

Cela eut le don de l'arrêter. Il s'immobilisa, l'air ahuri.

— Vous êtes folle.

Ouvrant son sac à main, elle en sortit sa précieuse lettre. En voyant ce que ses doigts maculés de boue faisaient au morceau de papier soigneusement plié, elle eut un nouvel accès de rage. Tout était la faute de cette brute épaisse. Comment osait-il la traiter de la sorte ?

— Avez-vous, oui ou non, placé une annonce dans le *St. Louis Post Dispatch*, pour demander un associé ?

— Hein ?

— Et avez-vous, oui ou non, reçu une réponse à cette annonce ? Réponse à laquelle vous avez répondu favorablement.

— Hein ?

Elle serra les dents. Darwin avait raison.

— Monsieur MacKenna, êtes-vous un homme de parole ?

Ses sourcils se rapprochèrent imperceptiblement.

— Ouais.

— Alors, ce magasin est le nôtre.

— Hein ?

— Pourriez-vous cesser de grogner et tâcher de parler comme un être humain digne de ce nom ?

— Très bien, ma p'tite dame, répondit-il d'une voix profonde qui l'ébranla. Qu'essayez-vous au juste de me dire ?

Devon haussa un menton vertueux.

— A la différence de certains, qui, dirons-nous, se situent à un niveau inférieur de l'échelle de l'évolution, je m'exprime avec une parfaite clarté, monsieur MacKenna. Ce magasin est le nôtre. Je suis votre nouvelle associée.

Il ricana.

— Est-ce que j'ai l'air idiot ?

Elle l'étudia avec sérieux.

— Pour être franche, monsieur MacKenna, oui.

Cette fois, il gronda comme un loup.

— Eh bien, je ne le suis pas ! Et il n'est pas question qu'une femme qui jacasse à tort et à travers s'approprie la moitié de mon magasin. Mon nouveau partenaire est un homme qui vient du Missouri. Alors, fichez le camp d'ici !

— Vous vous trompez. Je suis cet homme.

— Très drôle.

Elle secoua la lettre devant son nez.

— J'ai énormément de mal à saisir l'humour de la situation, monsieur MacKenna, croyez-moi. Je viens de parcourir des milliers de kilomètres dans l'espoir de trouver un grand magasin dans une ville en plein essor. Imaginez ma surprise de constater que je suis la fière propriétaire de quatre bouts de toile pourrie dressés au milieu de nulle part.

Il regarda la lettre, puis baissa les yeux vers la mégère échevelée, boueuse et pontifiante qui se trouvait derrière ce bout de papier.

— Bonté divine ! Vous n'êtes pas…

— Si fait, mon ami, je suis Devon O'Shea.

2

Un silence hostile s'abattit dans la tente.

— Dites quelque chose ! s'exclama-t-elle. Présentez-moi vos excuses, par exemple.

Il la toisa sans répondre.

Exaspérée, elle se mit à battre du pied frénétiquement. Maudit soit-il, se dit-elle, il n'allait lui être d'aucune aide. A moins, bien sûr, qu'elle ne lui demande de charger ses malles sur un traîneau.

Comme d'habitude, c'était à elle de résoudre le problème.

Elle se mit à y réfléchir. Son esprit méthodique explora chaque solution logique, fouillant, cherchant un compromis, mais toutes menaient à la même conclusion révoltante : ils étaient obligés de se supporter l'un l'autre. Ils avaient tous deux conclu un épouvantable marché et ils devaient à présent faire contre mauvaise fortune bon cœur.

— Il n'est pas question que vous soyez mon associée.

Elle leva les yeux au ciel.

— Je *suis* votre associée.

— Bougre de merde !

— Cette délicate exclamation avait retenti à l'extérieur. Devon fit volte-face et aperçut des silhouettes massées derrière le rabat de la tente. Des indiscrets ! Elle se précipita et rejeta le bout de toile d'un geste sec. Trois hommes la contemplèrent.

— Ne vous a-t-on jamais appris qu'il est très impoli d'écouter aux portes ? Même quand il n'y a pas de porte. N'avez-vous donc aucune manière ?

Un des hommes — en fait, un jeune garçon — arracha son misérable chapeau de son crâne et l'écrasa contre sa maigre poitrine.

— Je... j'ai des ma... manières, m'dame, bafouilla-t-il, les mains tremblantes. Je... j'm'appelle la Tige, m'dame. C'est rapport à mes ch'veux blonds et... et... à ma... heu...

Un élan de compassion saisit Devon. Cela faisait des années qu'un homme, jeune ou pas, n'avait pas montré de nervosité en sa présence.

— De ta corpulence ? suggéra-t-elle.

Il leva la tête juste assez pour la regarder. Ce qu'il vit le fit sourire de soulagement.

— Ouais. C'est ça... ma cor-machin.

Un énorme Noir manchot s'avança aux côtés de la Tige. Il souriait, c'est-à-dire qu'un rictus jovial faisait briller ses yeux dans de lourds replis de chair.

— J'suis Grizzly, dit-il en se grattant les poils gris qui ravageaient ses joues et ses mâchoires. On m'appelle comme ça à cause du combat qu'j'ai perdu.

Elle examina sa manche vide.

— Je suis navrée.

— Faut pas. Si vous voulez être navrée pour quelqu'un, soyez navrée pour l'ours. Le pauvre bougre est plus mort qu'un bout d'bois à l'heure qu'il est. Et tout ça pour un bras qu'y pourra jamais utiliser.

Devon ne put retenir un sourire. Le jeune la Tige semblait ne pas avoir absorbé de repas décent depuis plusieurs mois ; quant à Grizzly... Eh bien, il devrait une fière chandelle à une femme sachant tirer l'aiguille. Pour la première fois depuis très longtemps, elle eut l'impression qu'on pouvait avoir besoin d'elle ici. Un mince rayon d'espoir réchauffa son cœur. Peut-être qu'elle pourrait vivre dans cet enfer, après tout.

— La Tige, dit-elle gentiment, tu pourrais me rendre un grand service ?

— Bien sûr, m'dame.

— Pourrais-tu aller jusqu'au quai chercher mes affaires ? Je t'en serais très reconnaissante.

— C'est comme si c'était fait, m'dame.

Elle posa la main sur son bras.

— Tu es un vrai gentleman, la Tige.

— Un gentleman ? Oh, bougre de mer... persifla le vieillard noueux et tordu qui se tenait derrière Grizzly.

— Midas... fit celui-ci, réprobateur.

Le sourire de Devon s'évanouit tandis qu'elle examinait le dénommé Midas. Ses yeux, tels deux petits graviers enfoncés dans un océan de rides, luisaient de haine.

— Seigneur ! souffla-t-elle à mi-voix.

Après une demi-heure passée dans le Yukon, elle s'était déjà fait deux ennemis. Et, pour autant qu'elle pouvait en juger, cela constituait la moitié de la population locale.

— Rentrez chez vous. On veut pas d'dame dans votre genre ici.

Nullement émue, elle soutint son regard.

— Je suis chez moi.

Sans attendre de réponse, elle refit tomber le rabat de la tente et pivota.

Son associé n'avait pas bougé d'un pouce.

Se dirigeant droit vers lui, elle se prépara à affronter son mépris silencieux. Pas question de se laisser intimider, se jura-t-elle. Elle allait se montrer calme et raisonnable. Un compromis devait être possible.

Bon, il était énorme, poilu, débraillé, grossier et, sans doute, stupide. Personne n'est parfait. S'il s'abstenait de cracher et prenait un bain...

Ayant retrouvé son sang-froid, elle le dévisagea.

Il la fixait. Mais… il n'était pas vieux du tout, s'aperçut-elle avec surprise. Ses yeux couleur de chêne doré étaient clairs et sa peau était tannée par le soleil et le vent, non par l'âge. C'était son âme qui était vieille. Au fond de son regard, elle reconnut l'amertume et la désillusion.

C'était un regard qu'elle connaissait bien ; elle aussi avait vieilli trop vite. Elle avait abandonné son enfance bien des années auparavant pour endosser les lourdes responsabilités d'une mère et, même si elle n'avait jamais regretté sa décision d'élever Colleen, elle ne pouvait en ignorer les conséquences. Quand elle se regardait dans un miroir, elle voyait les yeux d'une femme âgée, d'une femme qui avait raté l'occasion de mettre des enfants au monde.

Oui, elle comprenait la tristesse de cet homme. Pendant un instant étrange, troublant, elle se sentit très proche de lui.

— Monsieur MacKenna…

— Vous allez partir.

Le charme se rompit si brutalement qu'elle se sentit idiote.

Essaie d'être amicale, se reprit-elle. Cela pouvait marcher. Comment les mineurs l'avaient-ils appelé ?

— Ecoutez, monsieur Rocky…

— Rock.

Hébétée, elle le contempla.

— Pardon ?

— Rock, pas Rocky.

— Très bien, Rock. (Son surnom devait caractériser l'état de sa cervelle, se dit-elle.) Essayons de réfléchir et de trouver ensemble la solution à notre problème.

— Je l'ai déjà trouvée. Vous partez.

Elle serra les dents. A quoi bon raisonner avec un primate ?

— Je m'en irai quand j'en aurai envie, monsieur MacKenna.

— Alors, ma chère, vous feriez bien d'en avoir envie tout de suite.

— Devon Margaret O'Shea.

Il fronça les sourcils.

— Hein ?

— Brillante conversation, remarqua-t-elle à mi-voix. Je m'appelle Devon Margaret O'Shea. Vous pouvez m'appeler miss O'Shea.

La mâchoire de Rock tressaillit.

— Préparez-vous. Un long voyage vous attend.

— De quel voyage parlez-vous ? J'ai dépensé l'essentiel de mes économies pour acheter les fournitures que vous m'avez conseillées. Et le voyage en bateau m'a coûté une fortune.

— En bateau ? Doux Jésus ! Vous voulez dire que vous avez fait tout le chemin jusqu'ici en bateau ? Vous vous prenez pour qui ? Pour une reine ?

Elle le toisa.

— Hurler ne résoudra rien.

— Détrompez-vous ! rugit-il. Ça me fait du bien. J'adore hurler.

— Mon père aussi. J'ai l'habitude des cris, alors ne croyez pas que vous allez m'effrayer. La solution est simple, monsieur MacKenna. Donnez-moi deux cents dollars et nous passerons l'éponge.

Un sifflement de stupéfaction collectif échappa au trio resté au-dehors. Devon l'ignora.

— Cela devrait suffire pour me permettre de retourner à Seattle. J'ai assez d'argent pour le billet de train ensuite.

La Tige se faufila dans la tente.

— C'est fait, miss. Vos affaires sont dans la cabane que Clou Furieux avait commencé à construire avant de prendre une balle dans l'dos. Y a rien d'aut' que j'peux faire ?

Rock lui lança un regard meurtrier.

— Tu peux la porter sur ton dos sur la Chilkoot.

Devon gloussa, sarcastique.

— Je ne vais pas emprunter la piste Chilkoot, monsieur MacKenna. Ôtez-vous cette idée de la tête. Je repartirai comme je suis venue. En bateau.

— Oh, miss, fit la Tige, on peut plus reprendre l'bateau à c't'époque de l'année. La seule façon de partir d'ici, maint'nant, c'est à pied.

— Fiche le camp, rugit Rock.

La Tige détala comme un lièvre.

— C'est vrai ? murmura Devon.

— Il y a moyen de repartir, mais pas en bateau.

— Seigneur ! gémit-elle. Alors, je suis vraiment coincée ici.

— Non, vous n'êtes pas coincée. Vous allez partir, même s'il faut pour cela que je vous botte...

Elle le toisa avec sévérité.

— Maintenant, cela suffit, monsieur MacKenna. Tout cela est votre faute. C'est vous qui avez passé cette annonce et accepté ma candidature. C'est vous qui avez prétendu posséder un magasin et pas... (elle regarda autour d'elle avec dégoût)... une tente avec des étagères. Je vous interdis de me menacer.

— Jamais une femme n'aurait dû répondre à cette annonce. Vous m'avez trompé.

— *Je* vous ai trompé, monsieur MacKenna ? Où avez-vous spécifié que votre associé devait être un homme ?

— Ma p'tite dame, j'commence à en avoir assez de vous.

— Je vous conseille de vous y faire, car ce n'est qu'un début. Si vous ne vouliez pas d'une femme, vous n'aviez qu'à le dire. Or vous ne l'avez pas fait, et me voilà. Ruinée, coincée dans un trou boueux et gelé au milieu de nulle part avec un magasin qui semble avoir été ravagé par un incendie et un associé qui émerge à peine de la glaise originelle. (Elle prit un air déterminé.) Eh bien, monsieur MacKenna, vous vouliez un associé… vos désirs sont exaucés.

— Je ne voulais pas de vous.

Elle sourit, ironique.

— Vous n'êtes pas particulièrement reluisant, vous non plus, monsieur MacKenna. Mais ce que nous voulions n'a plus aucune importance. Ce qui compte, c'est ce que nous avons désormais. Et nous nous avons l'un l'autre. Je passe l'hiver ici. Cela réglé, auriez-vous la bonté de me montrer ma chambre ?

Elle s'attendait à toutes sortes de réactions mais pas à celle-là : il explosa de rire. Elle jeta un regard nerveux vers les silhouettes toujours massées derrière la toile.

— Qu… qu'y a-t-il de si drôle ? L'annonce disait bien le vivre et le couvert, n'est-ce pas ?

Un lent sourire fit frémir la barbe de Rock.

— Oh ouais, fit-il. Pas d'problème. Le vivre et le couvert des prospecteurs du Yukon. Suivez-moi, *miss* O'Shea.

Il la conduisit à une centaine de mètres du poste, jusqu'à une petite construction, mi-tente, mi-cabane. Ouvrant la porte, il annonça d'une voix suave :

— Nous y voilà. Un doux foyer pour moi et mon… associée.

Elle le dévisagea, inquiète.

— Vous voulez dire…

Il désigna la porte ouverte.

— Contemplez votre nouvelle demeure. Notre demeure, devrais-je dire.

Devon frissonna. Quelque chose dans son regard, comme de la jubilation, lui faisait froid dans le dos.

— Allez-y, entrez… lui chuchota-t-il à l'oreille.

Soudain, elle eut peur. Elle n'avait plus du tout envie d'entrer dans cette tente.

Elle serra les poings. Cette tente était sa maison, qu'elle le veuille ou non. Se redressant avec raideur, elle franchit la porte.

Un seul regard à l'intérieur lui suffit. Elle sentit ses jambes flageoler.

— Seigneur ! gémit-elle. C'est une plaisanterie ?

— Croyez-vous que j'aie le sens de l'humour ?

Elle en avait la nausée. La pièce était minuscule. Et elle le *sentait* derrière elle, telle une ombre menaçante et nauséabonde qui la poussait dans ce cloaque. Il exultait. Elle n'avait pas besoin de le regarder pour s'en rendre compte. Il devait se dire qu'un seul regard à ce... à cet endroit suffirait à l'expédier à l'autre bout de la Terre. Elle n'avait jamais rien vu de pareil. Trou à rats puant était encore au-dessous de la vérité.

Le sol, du moins ce qu'elle pouvait en voir sous la couche de boue et de crasse, était formé de planches grossières, mal équarries et couvertes de touffes de mousse. Un mur de bois d'un mètre de haut s'arrêtait là où la toile de tente commençait. Le plafond de tissu autrefois blanc, à présent gris de fumée et de saleté, pendait tristement. Au centre de la pièce, se trouvait une petite boîte de métal, en équilibre précaire sur des traverses de bois. Sans le tuyau tordu qui s'en élevait et trouait le toit de toile, Devon n'aurait jamais deviné qu'il s'agissait d'un poêle.

Il n'y avait pas de fenêtres et un air fétide stagnait. La table était constituée d'une planche grossière posée sur deux tréteaux. Quatre tabourets servaient de chaises. Sur une corde à linge, séchait la plus invraisemblable collection de chaussettes et de caleçons crasseux. Il y avait deux crochets sur un des piquets de la tente.

Devon pensa aussitôt à ses deux malles qu'elle avait si soigneusement préparées. Puis elle contempla de nouveau les crochets rouillés en gémissant. Son placard était un *crochet* !

La réalité dépassait ses pires prévisions. Détaillant la pièce, elle essaya de s'accrocher à un espoir improbable. Peut-être qu'avec un peu d'huile de coude...

C'est alors qu'elle vit le lit. Tout espoir la déserta. Sa mâchoire s'affaissa.

— Non... essaya-t-elle de dire. C'est impossible...

— Oui, annonça Rock, triomphant. C'est le lit.

Elle roula des yeux horrifiés. Il n'y avait qu'un seul lit. Un grand lit en planches même pas rabotées.

Un lit pour deux.

Elle se força à croiser son regard.

— Si j'avais été un homme, j'aurais dormi ici ? Avec vous ?

Son sourire s'élargit.

— Ouais. Tous les mineurs dorment ainsi. Ça tient plus chaud. (Il se tourna vers le trio qui les avait suivis.) Va chercher ses affaires, la Tige, la dame rentre chez elle.

Elle eut l'impression de recevoir un coup de marteau. La colère s'empara d'elle.

— Ne bouge pas, la Tige ! s'écria-t-elle. Quant à vous, siffla-t-elle à son associé, attendez une minute.

— J'essaie de vous aider.

— Ne m'aidez pas, rétorqua-t-elle. C'est votre *aide* qui m'a fichue dans ce pétrin... C'est à cause de votre aide que je me retrouve dans cette maudite tente, que je vais me geler les... abattis pendant des mois dans un trou à rats. Alors, de grâce, ne m'aidez plus !

— Non, ça n'arrivera pas.

— Qu'est-ce qui n'arrivera pas ?

— Vous n'allez pas vous geler les fesses jusqu'au printemps dans ma tente.

— Notre tente, corrigea-t-elle, sinistre.

— Ma tente.

Elle extirpa de nouveau la lettre de son sac à main.

— C'est notre tente. A moins que vous n'ayez l'intention de m'en dresser une.

— Cessez de m'agiter ce maudit bout de papier sous le nez ! Je l'ai écrit. Nous le savons tous les deux.

Dépliant la lettre, elle se mit à lire.

— « Comme je l'ai dit dans mon annonce, vous serez, dès votre arrivée au poste, mon associé à parts égales. Ce qui signifie travailler à temps complet pendant à peu près huit mois par an, avec un jour de repos par semaine. Le vivre et le couvert seront assurés. »

Repliant avec soin la lettre maculée de boue, elle la rangea dans son sac avant de le toiser.

Il semblait sur le point d'exploser.

— Ma p'ti...

Devon planta son très mince index dans son énorme poitrine et soutint son regard.

— Vous ne m'intimidez pas, monsieur MacKenna. Vous avez peut-être la voix et la taille d'un ours et des yeux d'aigle, mais cela ne suffit pas. Je ne m'effraie pas facilement. Maintenant, répondez-moi : avez-vous l'intention de me dresser une tente ?

— Impossible.

— Pourquoi pas ? Ce serait la solution la plus simple.

— Il n'y a plus un seul poêle de libre ici. Rien n'arrive dans le Yukon qui n'ait été transporté sur le dos de quelqu'un. (Il la dévisagea avec un mépris éloquent.) Et j'imagine que vous n'avez pas ça dans vos jolies malles.

— J'ai apporté tout ce dont vous m'aviez parlé, répliqua-t-elle. Et il n'y avait pas de poêle sur la liste.

— Un homme n'en aurait pas eu besoin. Et je ne pensais pas qu'une femme serait assez stupide pour répondre à cette annonce.

Là-dessus, le corps de Devon se révolta. Soudain, elle sentit chacune de ses vingt-neuf années. Elle avait traversé la moitié d'un continent pour vivre dans un trou misérable en compagnie d'un homme abominable.

— Au nom du Ciel, marmonna-t-elle, *pourquoi ?*

— Ne vous inquiétez pas, ma p'tite dame, dit-il gaiement, on va vous renvoyer chez vous.

— Chez moi ? fit-elle, lugubre. Si j'avais un chez-moi, je ne serais pas plantée là.

— Vous devez avoir un chez-vous. Tout le monde en a un.

Elle leva les yeux vers lui.

— Vous en avez un, vous ?

Mal à l'aise, il haussa les épaules.

— C'est ici.

— Pas de quoi pavoiser.

— Peut-être, mais c'est à moi.

— Exact. C'est plus que je...

Elle s'interrompit. Elle avait failli dire que c'était plus que ce qu'elle avait à Saint Louis. La ferme dans laquelle elle avait grandi appartenait à présent à Colleen et à son mari. Il n'y avait rien là-bas pour elle, sinon de mauvais souvenirs. Et si elle rentrait maintenant, vaincue, elle savait qu'elle finirait sa vie comme une vieille fille aigrie.

Non ! Elle se redressa. Elle n'avait peut-être pas grand-chose, mais elle avait au moins la moitié de ce poste. Avec un peu de travail acharné, elle pouvait en faire le meilleur comptoir de la région.

— Cette maison *était* la vôtre, dit-elle résolument. A présent, c'est la nôtre. J'y emménage pour l'hiver.

— Alors, je déménage.

Elle rayonna.

— Parfait.

Il ricana.

— Comment une personne aussi stupide fait-elle pour être encore en vie ? Vous ne survivriez pas un jour seule ici. Ces hommes n'ont pas vu de femme blanche depuis des années. Et pas un ne se souciera de savoir si vous êtes d'accord.

Elle se mordit nerveusement les lèvres. C'était un aspect de la situation qu'elle n'avait pas envisagé.

— Alors, vous restez.

— Ouais. Et vous, vous...

— ... restez aussi. (Elle passa la tête par la porte et hurla :) La Tige, peux-tu m'apporter ma valise et mes malles, s'il te plaît ?

— A vos ordres, m'dame !

Rock la saisit par le poignet et la fit pivoter.

— Qu'est-ce que vous fabriquez ?

Elle lui sourit.

— Une dame a besoin de ses affaires.

— Les dames... (il avait prononcé ce mot comme une insulte)... ne vivent pas dans le Yukon.

— Eh bien, à présent, c'est chose faite, monsieur MacKenna.

3

Rock tourna les talons. Devon le fixa, incrédule. Il la quittait... comme cela ! Se ruant à sa poursuite, elle cria :

— Revenez, monsieur MacKenna ! Nous n'en avons pas encore terminé.

Mais il se trouvait déjà au milieu de la rue, si tant est que ce nom convînt à ce marécage. Elle contempla la boue, la pluie qui tombait. Seigneur, s'enfoncer de nouveau là-dedans...

— Soyez maudit ! grommela-t-elle.

Et elle claqua la porte derrière elle.

Les gonds rouillés protestèrent et le « plafond » tangua au-dessus de sa tête. Des bottes de travail boueuses, attachées par les lacets à la corde à linge, se balancèrent et une paire de chaussettes puantes s'écrasa à terre avec un *plop* mouillé.

Avec la porte fermée, l'odeur nauséabonde la fit suffoquer. Cela sentait la laine humide, les pieds mal lavés et la sueur. Son estomac se révolta. Une main sur la bouche, elle se rua dehors. Elle inspira avec avidité un peu d'air frais.

— Mon Dieu ! gémit-elle.

Elle n'y arriverait jamais. Elle n'était pas assez forte...

Mais si. Devon se redressa et frotta ses yeux embués. Elle refusait d'avoir la nausée.

Une lueur déterminée étincela dans sa prunelle. L'heure était venue de passer à l'action. Grimaçant, elle sauta dans la boue et se dirigea vers le magasin.

Rock en avait mal au ventre.

— Ne me regardez pas comme ça !

Le poing de Midas s'abattit sur le poêle froid.

— Bon Dieu, Rock, dis quelque chose !

— Que veux-tu que je dise ? Nous savons tous qu'elle ne peut aller nulle part.

— Bien sûr qu'elle peut ! clama Midas. Et elle ferait bien !

— Oh, Midas, intervint la Tige d'une toute petite voix, elle n'a pas l'air si mal. On pourrait au moins lui laisser une chance...

— Tu plaisantes ? Cette fille, c'est la mort en jupons. Et toi ! s'écria Midas en se tournant vers Rock. C'est toi qui devrais la détester le plus. Elle a une langue de sorcière.

Les sourcils de Rock ne formaient plus qu'une seule ligne épaisse. Pour une fois, le vieux débris avait raison. Miss Tête-Froide n'avait passé que dix minutes dans la tente et elle n'avait pas fermé la bouche plus de deux secondes d'affilée.

Il devait se débarrasser d'elle. Et vite.

— D'accord, les gars, fit-il en fixant Midas. C'est le moment d'allonger votre flouze. Il faut deux cents dollars pour la faire partir. A nous tous, on a peut-être assez.

La Tige ouvrit sa bourse en peau et contempla la poussière d'or qui s'y trouvait.

— J'ai peut-être dix dollars.

Grizzly tapota sa poche de poitrine.

— J'ai même pas ça.

Midas croisa les bras.

— Pas question de renvoyer la princesse en bateau. Le fleuve sera gelé avant qu'elle arrive à

St. Michael et les gars là-bas seront pas ravis qu'on leur refile une pimbêche pour l'hiver.

Grizzly hocha gravement la tête.

— Il a raison, Cornelius.

— Je sais, maugréa Rock. Merde !

Midas cogna de nouveau le poêle. Le claquement métallique ébranla la tente.

— Bon Dieu, Rock ! T'as plus ta tête ou quoi ! Son Altesse peut marcher, comme tout le monde.

— Non, fit Grizzly, imperturbable. Elle est trop maigre. Elle tiendrait pas dix minutes. Il faudrait que quelqu'un l'accompagne sur la Chilkoot.

Midas cracha une énorme glaire noirâtre.

— C'est à Rock d'y aller. C'est la seule solution. Cette fille, c'est la peste. On devrait la tuer pour ne pas lui laisser une chance de se répandre et de se multiplier. Seigneur, elle pourrait contaminer certaines des Injuns, avec ses airs hautains !

— Je ne vais pas lui tirer dessus, répliqua Rock.

— Content de voir qu'il te reste quelques principes, remarqua sèchement Grizzly.

— Ce ne sont pas des principes très fermes, rétorqua Rock, les mâchoires serrées.

— Elle est sûrement en train de peindre ton lit en rose, en ce moment, reprit Midas.

Grizzly sourit.

— Bon, écoutez. Je suis d'accord pour la ramener à Circle City. Elle pourrait y passer l'hiver et prendre un bateau au printemps. Je l'emmène si elle part demain.

— Ouais !

— Ne te réjouis pas trop vite, Midas, reprit vivement Grizzly. Je ne l'emmènerai que si elle est d'accord pour partir. Je veux pas faire la route avec une femme qui pleure et qui hurle tout le temps.

— Elle ne partira pas, dit la Tige sans s'adresser à personne en particulier.

Grizzly haussa les épaules.

— Je ne crois pas non plus.

— Oh, elle partira, promit Midas. Je suis prêt à parier que si l'un d'entre nous essaie de flirter avec elle, cette mijaurée filera comme un lapin.

Grizzly se pencha par-dessus le poêle et l'attrapa par le col.

— Tu ne touches pas à cette petite, grogna-t-il.

Comme d'habitude, face à une réelle menace, Midas battit précipitamment en retraite.

— Non, non, bafouilla-t-il.

Grizzly le lâcha et récupéra son chapeau.

— Bon, les gars, faut que j'y aille. Mais avant, je suis prêt à parier un dollar sur la dame.

— Pari tenu, fit Midas. Un dollar qu'elle part demain.

— J'voudrais bien… commença la Tige avant de s'interrompre, gêné.

— Vas-y, mon gars, dit Rock. Tu peux parier, c'est naturel.

La Tige sourit de toutes ses dents.

— Alors, je crois bien qu'elle va rester.

Un air de mauvais augure passa sur le visage de Rock.

— Réfléchis bien, mon gars, avant de risquer ta mise.

— C'est tout réfléchi, la Tige. La dame reste.

Au son de sa voix, Rock sursauta. Elle se tenait à l'entrée de la tente, son chapeau trempé lui tombant sur le front. Comment se débrouillait-elle pour avoir l'air si guindée et si propre avec la boue qui lui ruisselait sur le visage ?

Elle souriait comme une chatte satisfaite. On aurait dit qu'elle aussi avait envie de parier un peu d'argent.

Bougre de… ! Depuis combien de temps se tenait-elle là-dehors ? Il la connaissait suffisamment maintenant pour savoir que si elle les avait entendus prendre le pari, il n'arriverait pas à la faire déguerpir, même s'il lui tapait dessus à coups de manche de pioche.

Il la considéra avec inquiétude.

— Ça fait longtemps que vous vous cachez là ?

Elle renifla, hautaine.

— Je ne me cachais pas.

— Depuis *quand* étiez-vous là-dehors ?

— Un moment.

— C'est-à-dire ?

Elle haussa les épaules.

— Un certain temps.

— Faites attention...

Elle ignora la menace avec superbe.

— Vous ne me faites pas peur, monsieur MacKenna. Bon, reprit-elle, où est le matériel d'entretien ? Je dois me mettre au travail.

Dans un silence si épais qu'elle eut l'impression de se frayer un chemin à travers, Devon s'avança. Elle contempla le bazar entassé n'importe comment sur les étagères au centre de la tente. D'énormes piles de bottes poussiéreuses voisinaient avec des sacs de farine posés sur des tamis de prospection et des boîtes de soupe.

Elle grimaça. Mettre un peu d'ordre dans cette pagaille n'allait pas être simple. La soupe aurait dû être à côté du...

— Sortez d'ici !

Elle sursauta et se tourna vers son associé.

— Pas avant d'avoir trouvé ce dont j'ai besoin.

— C'est d'un billet de bateau que vous avez besoin.

— Ce dont j'ai besoin — mais vous ignorez sans doute ce dont il s'agit —, c'est de savon, d'un seau et d'un peu d'eau.

Il fit un pas vers elle.

— Je vous donne dix secondes pour quitter mon magasin.

— Ah, ah ! s'écria-t-elle. Voilà le savon... juste à côté des pioches. Comment ne l'avais-je pas deviné ?

S'emparant des produits d'entretien, elle se redressa fièrement et se dirigea vers la sortie. Au moment où elle passait devant lui, Rock la saisit violemment par le bras. Elle s'écrasa contre sa poitrine. L'odeur de bois brûlé qui imprégnait sa chemise de flanelle lui monta aux narines.

— Je serai à la maison à huit heures, chuchota-t-il d'une voix dure. Veillez à tenir votre langue, pour changer !

Ouvrant sa montre de gousset, Rock regarda l'heure. Huit heures. Inutile d'attendre davantage. Les gars étaient partis depuis belle lurette. Il était temps de fermer le magasin et de rentrer.

Il souleva le rabat de la tente et regarda au-dehors.

Le camp était très paisible... exactement comme il l'aimait. La pluie s'était muée en une brume argentée qui s'accrochait aux sapins gris-bleu comme des gouttes de cristal. Quelques mares dans la mer de boue viraient au blanc. Sans un nuage, le ciel se teintait de bleu et de jaune mats. C'était l'étrange et semi-obscur soir d'automne du Yukon.

Il savait d'expérience que l'aube prochaine serait parfaite pour des photographies. Il serra les poings dans ses poches. Il aurait dû être en train de préparer ses plaques et ses produits chimiques... et que faisait-il ? Il se terrait dans son magasin comme un gamin parce qu'il avait peur de rentrer chez lui.

A cause de cette folle, il se comportait comme la Tige. Il se sentait stupide et nerveux. Ses paumes étaient moites. Pour la première fois depuis qu'il avait quitté la prison, il regretta de ne pas être alcoolique. Une lampée de whisky lui aurait fait le plus grand bien.

Sans qu'il s'en rende compte, il était arrivé devant la porte de sa tente-cabane. Il resta une bonne minute planté devant, indécis. Soudain, la porte s'ouvrit et Devon apparut devant lui, bien vivante. Leurs regards se nouèrent. Il sentit sa mâchoire qui s'affaissait. Elle s'était lavée et elle semblait... plus jeune.

Le remords lui tordit le ventre. Comment envoyer une créature si fragile sur la rude piste Chilkoot ?

— Monsieur MacKenna ?

La voix rauque fit voler ses pensées en éclats. Ses yeux s'étrécirent.

— Vous avez gâché de l'eau pour prendre un bain ? grogna-t-il. Vaudrait mieux pour vous qu'il en reste à boire, sinon c'est vous qui irez la tirer.

La repoussant, il pénétra dans la tente. Deux pas plus loin, il s'immobilisa.

— Au nom du... (Il fit volte-face, la clouant du regard.) Ça sent l'hôpital !

Elle ne cilla même pas.

— Mieux vaut ça que les cabinets.

— Qu'est-ce...

Elle le rejoignit à la hâte.

— Ne nous disputons pas, monsieur MacKenna. Je vous ai mijoté un bon souper, ce serait dommage de le gâcher. Faisons une trêve. Après dîner, nous trouverons peut-être un compromis.

Il réfléchit à la proposition : c'était peut-être le moyen d'avoir enfin un instant de paix.

— D'accord, grommela-t-il en la laissant le débarrasser de son ciré. C'est quoi, l'autre odeur ?

Elle parut peinée.

— Le dîner.

— Oh...

Il l'observa tandis qu'elle lissait son vieil imper avant de le suspendre soigneusement à un crochet. Il ricana. Miss Bon Genre se voyait sûrement déjà en train de le repasser.

Une belle nappe rouge recouvrait la table et il y avait aussi deux serviettes blanches.

— Bon Dieu... marmonna-t-il.

— Pardon, monsieur MacKenna?

— Appelez-moi Rock. Rien, j'ai rien dit.

Il se laissa tomber sur un tabouret tandis qu'elle s'activait autour du poêle, soulevant des couvercles, remuant quelque chose, ouvrant la porte du four. Rien que de la regarder, il en avait le tournis.

— Ainsi, monsi... Rock, depuis quand êtes-vous installé dans le Yukon? (Sa voix était différente, nerveuse.) Tout semble si désolé, ici. Mais vous faites peut-être partie de cette sorte d'hommes qui... Il m'arrive à moi aussi...

Ses paroles se mélangeaient dans la tête de Rock. Elle jacassait comme une pie, et son papotage lui donnait mal au crâne.

— Quel âge avez-vous? fit-il quand elle s'arrêta pour reprendre son souffle.

Un couvercle lui échappa des mains et s'écrasa bruyamment sur une casserole. Elle avait pâli.

— Désolée. Je ne m'attendais pas... La plupart des hommes ne poseraient pas cette question. J'ai vingt-neuf ans.

Il l'étudia. Elle n'était pas mal du tout, dans le genre maigrichonne couverte de taches de rousseur. Il y avait probablement des tas de bonshommes qui se désespéraient de ne pas pouvoir l'épouser.

— C'est un peu vieux pour traîner ses guêtres dans un coin pareil, non? Pourquoi vous fondez pas un foyer? Vous devriez avoir des gosses.

Il nota le tremblement de ses mains.

— Je ne suis pas vieille. Et je n'ai pas l'intention de discuter de ma vie privée avec vous.

Devon posa les assiettes sur la table avec une précision mathématique. Puis elle prit dignement place face à lui, telle une princesse, et leva sa fourchette.

Il baissa les yeux sur l'assiette qu'elle avait placée devant lui et la contempla, ébahi. La nourriture était disposée à la perfection: la viande d'élan nappée d'une sauce onctueuse était à midi, le beurre et les navets à quatre heures et le pain noir à sept.

L'arôme lui fit venir l'eau à la bouche. Il n'avait rien mangé depuis le petit déjeuner et il avait sous les yeux le repas le plus appétissant qu'il eût jamais vu. Fichant les coudes sur la table, il entoura son assiette de ses bras dans un geste protecteur. Réflexe inconscient hérité de la prison, où la nourriture était le bien le plus précieux, l'unique bien. Fendant en deux un morceau de pain noir avec ses mains sales, il l'imbiba de sauce et empila dessus de la viande et une généreuse part de navets. Et fourra le tout dans sa bouche. Mâchant bruyamment, il regarda enfin autour de lui.

Devon le dévisageait, éberluée.

Il interrompit sa mastication.

— Quelque chose vous chiffonne ?

Elle baissa aussitôt les yeux vers son assiette encore intacte.

— Non, non ! dit-elle vivement en coupant un bout de viande de la taille de l'ongle de son petit doigt.

— A la bonne heure !

Et, là-dessus, il renouvela l'opération. Tête baissée, il ne cessait cependant de l'observer entre ses yeux mi-clos.

Incroyable ! Elle mangeait comme un notaire — un aliment après l'autre. Elle ne toucha pas ses navets avant d'avoir terminé la viande.

Sur un reniflement de mépris, il revint à son assiette.

— Eh bien, demanda-t-elle, c'est à votre goût ?

— Passable, dit-il en enfournant le dernier morceau de pain dans sa bouche déjà pleine.

Déglutissant bruyamment, il but une large rasade d'eau, puis se renversa en arrière et rota.

Devon en lâcha sa fourchette.

Il se leva et alla se servir une tasse de café.

— A présent, mon gars, euh… Devon, réglons notre problème.

Du regard, il examina la tente impeccablement rangée. Il remarqua les étagères qu'elle avait construites pour ses livres. Jusqu'à présent, ils étaient éparpillés n'importe où — sous le lit, sous le poêle, sous ses bottes…

Il gémit. Midas avait raison. Demain, son lit serait peint en rose et probablement décoré de fleurs. Elle n'était pas ici depuis une demi-journée et, déjà, il se sentait mal à l'aise chez lui. Il s'éclaircit la gorge.

— Nous ne pouvons pas vivre ensemble. Ça ne marchera pas.

Du coin de sa serviette, elle s'essuya la bouche avant de lever les yeux vers lui.

— Où irez-vous ?

Il faillit flanquer son café par terre. Quel culot !

— Nulle part.

— Moi non plus.

— Vous non… *(Du calme, réfléchis.)* Vous ne savez pas à quoi ça ressemble ici, l'hiver. Il fait souvent moins quarante, moins cinquante. Un froid pareil, vous n'imaginez pas ce que c'est.

Pensive, elle se mâchouillait les lèvres.

— Donnez-moi deux cents dollars et je m'en irai.

— Bon sang, Devon, même si j'avais cette somme, vous ne pourriez pas rentrer en bateau ! Pas à cette époque de l'année.

— Vous n'espérez tout de même pas que je vais repartir à pied ?

Il prit place sur le tabouret en face d'elle.

— Ce n'est pas la mer à boire, mentit-il en la regardant droit dans les yeux. Nous l'avons tous fait. Et Grizzly a proposé…

— Non.

Se levant, elle débarrassa la table et porta la vaisselle sale dans la bassine. Elle lui tournait le dos, mais il n'avait pas besoin de voir son visage pour savoir qu'elle était furieuse. Son corps était aussi raide que celui d'une statue.

— Devon…

Elle s'attaqua aux assiettes avec rudesse.

— Je ne partirai pas à pied, Rock. Enfoncez-vous bien ça dans le crâne. Je ne bougerai pas d'ici jusqu'au printemps.

Saperlipopette ! Elle ne plaisantait pas. Elle avait l'intention de rester.

Il devait bien y avoir un moyen de la forcer à décamper.

Soudain, les paroles de Midas lui revinrent à l'esprit : *Je suis prêt à parier que si l'un d'entre nous flirte avec elle, cette mijaurée filera comme un lapin…*

Il l'examina, circonspect.

Partirait-elle s'il lui tournait autour ?

Il eut du mal à déglutir. C'était son unique espoir.

Se levant lentement, il traversa la pièce d'un pas maladroit et s'immobilisa derrière elle. Une douce odeur de pluie lui emplit les narines. Elle sentait bon. Non, mieux que cela, elle sentait la bonté. Il avait l'habitude des femmes qui puaient le tabac et le mauvais alcool. Cette femme-là était différente. Rien qu'à les voir, il savait que ses cheveux étaient doux et soyeux.

Il posa les yeux sur la courbe pâle de son cou. Sa peau avait la finesse de la porcelaine.

Il leva la main vers son épaule et constata, stupéfait, que ses doigts tremblaient. Il ne se souvenait pas de les avoir jamais vus trembler.

Comment toucher une femme que l'on n'avait pas payée ? Allait-elle hurler ? Le frapper ? Pleurer ?

Aucune importance, se rappela-t-il, du moment qu'elle partait. Se passant la langue sur ses lèvres sèches, il fixa la douceur laiteuse de sa peau, regrettant étrangement de ne pas avoir les mains propres.

Puis, se préparant à sa violente réaction, il la toucha.

4

Ses doigts enveloppèrent ses épaules en une douce étreinte.

Le contact la fit sursauter, mais elle n'émit pas un son. Sous sa paume moite, il la sentit frissonner un bref instant, puis se raidir.

Il remonta lentement la main vers sa nuque. Elle respirait de plus en plus vite, comme une bête traquée. Il se força à ralentir son geste : il voulait l'effrayer, pas la terroriser.

Ses doigts calleux jouèrent avec la dentelle mousseuse qui cascadait de sa gorge et effleurèrent sa peau laiteuse, s'attardant sur une veine qui battait follement.

Un frisson la secoua de nouveau. Il sourit. Son plan fonctionnait à merveille. Dans une minute, elle ramasserait ses jupes pour traverser le continent en courant.

— Que… que faites-vous ? demanda-t-elle.

Lui massant toujours la base du cou, il se serra contre elle. De son autre main, il enleva les épingles qui retenaient sa chevelure.

— Détendez-vous, lui murmura-t-il dans l'oreille au moment où une cascade de cheveux roux s'abattait sur sa nuque.

Elle émit un couinement de souris. Il ne put s'empêcher de remarquer la façon dont la lumière dansait dans ses cheveux, allumant des reflets d'or. Il ressentit soudain une étrange envie d'enfouir son visage dans cette masse soyeuse, de sentir cette douceur sur sa peau.

Mentalement, il se secoua. Il devait s'en tenir à son plan. Elle avait de beaux cheveux, et alors ? Cela faisait simplement trop longtemps qu'il n'avait pas connu de femme.

Le plan... Il se pencha vers elle et son odeur l'assaillit. C'était une odeur si différente... si bonne. Elle sentait la pluie d'été et le savon. Il embrassa le lobe de son oreille.

Elle tressaillit. Sans cesser de goûter la saveur de sa peau, il l'obligea à se retourner.

Elle refusa de croiser son regard. Ses yeux immenses et brillants fixés droit devant elle, elle contemplait les boutons de sa chemise. Ses lèvres étaient serrées, mais elle ne parvenait pas à les empêcher de trembler.

— Devon...

Son nom lui échappa.

Elle ne le regarda pas. Soudain, ses lèvres s'entrouvrirent, humides et gonflées.

Quelque chose en lui se noua. Son étreinte sur son épaule se fit plus forte, son souffle s'accéléra.

Bon sang ! Il se conduisait comme un gamin et non comme un homme de trente-neuf ans qui avait grandi dans l'un des plus chauds bordels de La Nouvelle-Orléans ! Il avait la bouche sèche, les mains tremblantes.

Il devait reprendre le contrôle de la situation. Tout de suite.

Ses doigts remontèrent, s'enfoncèrent dans sa chevelure. En voyant ses mains dures et sales qui encadraient cette pâleur laiteuse, il éprouva brusquement de la honte.

Leurs regards se rivèrent l'un à l'autre. Au fond de ses yeux verts, il entrevit une étincelle de peur.

Sa honte s'accrut. Combien de fois s'était-il juré de ne plus jamais faire de mal à un autre être humain ? Et voilà qu'il se préparait à...

Non. Il ne lui ferait aucun mal. Il voulait juste l'effrayer. Elle partirait d'ici intacte. Avec un grondement d'animal, il écrasa ses lèvres contre les siennes. Il l'embrassa comme il savait le faire : sauvagement.

Ses mains trituraient ses épaules, son dos, l'écrasant contre lui. La chaleur de ses seins, de ses hanches traversait leurs vêtements. Son souffle, rapide et haletant, lui caressait le visage.

Alors, il perdit toute maîtrise de lui-même. Il oublia son plan. Un lent frisson l'ébranla. Son baiser changea subtilement, s'adoucit. Sa langue franchit la barrière de ses lèvres, explorant, goûtant. Oh, quelle douceur...

Perdu dans un océan de sensations, il lui fallut quelques instants avant de comprendre ce qui se passait. Elle se laissait embrasser !

Avec un grondement de colère, il la repoussa.

— Qu'est-ce qui vous prend, bon Dieu ?

Du bout des doigts, elle toucha les marques rouges qui lui marbraient les joues et le menton. Il avait la barbe dure.

— Je dois vous l'accorder, monsieur MacKenna, vous ne reculez devant aucun sacrifice. (Sa voix était heurtée, son souffle irrégulier.) A votre place, j'aurais sûrement agi de la même manière. Cela dit, vous ne m'effraierez pas au point de me faire partir. J'ai décidé de rester, et je ne change jamais d'avis.

D'un revers de la main, il s'essuya la bouche.

— Sale petite garce ! gronda-t-il.

— Peut-être. Mais je ne suis pas une putain, monsieur MacKenna, et la prochaine fois que vous m'embrasserez, vous ferez bien de protéger votre... (son regard descendit vers l'endroit adéquat)... votre intimité. Je sais me servir de mes genoux.

— Ma chère, s'il y a une chose que vous ne toucherez pas, c'est bien mon intimité.

Elle eut un sourire ironique.

— Enfin une bonne nouvelle !

Une lueur verdâtre sourdait de la lanterne, créant une atmosphère irréelle dans la tente. Le poêle crachait et sifflait et des braises venaient çà et là heurter son couvercle de métal.

Devon avait envie de hurler. Depuis trois heures, Rock et elle étaient assis à moins de deux mètres l'un de l'autre et ils n'avaient pas prononcé la moindre parole.

Elle en était au point où elle se réjouirait de l'entendre grogner.

En vingt-neuf ans, elle ne se souvenait pas d'avoir jamais été aussi énervée. Cet homme la rendait folle. Elle avait toujours détesté les silences hostiles. Ils lui rappelaient trop son père.

Enfant, elle n'avait pas eu son mot à dire. Mais elle était adulte, à présent, et les choses avaient changé. C'était elle qui fixait les règles qui gouvernaient sa vie et elle refusait catégoriquement de passer dix mois aux côtés d'un ennemi. Toute son enfance, elle avait marché sur des œufs à cause de son père, de ses bouderies renfrognées, de ses crises de fureur.

Les épaules bien droites, elle fixa son associé.

— Qu'avez-vous contre la conversation ?

Il ne leva pas même les yeux de son livre.

Elle bondit et se mit à arpenter la tente.

— Et si nous jouions aux cartes ? Au whist, par exemple ?

Pas la moindre réaction.

Elle revint à la charge.

— Ça vous plairait, une tasse de thé ?

Silence total. Elle se pinça au sang pour ne pas

exploser. Non, il fallait tenir, résister. Elle arbora un sourire de commande.

— C'est bien *L'Île au trésor* que vous lisez ? Je dois dire que je ne m'attendais pas qu'un homme tel que vous se...

Il ferma l'ouvrage dans un claquement sec.

— Bouclez-la !

Le sourire de Devon se fit triomphant. Piètre victoire, certes, mais cela valait mieux que cet horrible silence.

— Non.

Il rouvrit son livre.

— Parlez tout votre soûl ! A partir de maintenant, je suis sourd à votre papotage.

Papotage ! Pour qui se prenait-il, ce rustre, incapable d'aligner deux mots cohérents !

Elle retrouva son sang-froid. Inutile de se comporter comme une mégère uniquement pour se mettre à son niveau. Des gens intelligents pouvaient discuter calmement. Et de l'intelligence, elle en avait à revendre.

— Nous sommes humains, monsieur MacKenna, et les humains s'expriment par le langage. C'est même ce qui nous différencie des animaux... Bien sûr, chez certains, cette différence s'estompe.

Elle avait débité sa tirade avec un tel calme qu'il fallut plusieurs secondes à Rock pour se rendre compte qu'elle venait de l'insulter. Quand il comprit, il bondit à son tour.

— Qui êtes-vous pour me juger ? Je suis ce que je suis. Si cela ne vous plaît pas, fichez le camp ! Personne ne vous a invitée.

— Faux. Vous m'avez invitée.

Il s'empourpra. Une petite veine bleue battait furieusement à sa tempe.

— Cessez de me le répéter.

Devon esquissa un pâle sourire. Cette pauvre victoire ne lui apportait aucune satisfaction. Sa lourdeur d'esprit le rendait trop vulnérable à l'ironie : elle avait l'impression de voler des bonbons à un bébé. Ce qu'il fallait, c'était trouver un remède à leur animosité. D'une manière ou d'une autre, elle devait l'amener à accepter une relation humaine… même sommaire.

— Monsieur MacKenna, tâchons de nous entendre, d'accord ? Sinon l'hiver va être long et fort désagréable.

Une lueur de colère passa dans les yeux de Rock.

— Pas pour moi.

— Monsieur MacKenna, si vous essayiez de vous montrer tant soit peu raisonnable, je suis certaine que nous pourrions trouver un compromis.

— Si vous vous taisiez une seconde, vous comprendriez ce que je vous dis : je ne m'entends pas avec les gens. Je les évite. Compris ?

Elle compta jusqu'à dix et fit une nouvelle tentative :

— Monsieur MacKenna…

— Et cessez de m'appeler « Monsieur MacKenna », sacredieu ! Je ne suis pas le roi d'Angleterre.

— Heureusement pour les Anglais.

Elle n'avait pas pu se retenir.

Il lança son livre à travers les airs vers sa toute nouvelle étagère. Le projectile rata sa cible, heurta la toile et s'écrasa à terre. Sans même accorder un regard au volume, il se leva pour enlever sa chemise.

Devon, les yeux lui sortant de la tête, se pétrifia.

— Que faites-vous ?

Son pantalon glissa autour de ses chevilles. Il lui lança un regard sarcastique.

— Je danse, répondit-il avant de se pencher pour dénouer les lacets de ses brodequins.

En deux coups de pied, il se débarrassa de ses souliers, puis il enleva ses chaussettes puantes qu'il expédia à travers la pièce sur la corde tendue.

Devon fit un bond de côté pour ne pas les recevoir en pleine figure. Elle se tourna vers lui, furibonde.

Il portait le plus infâme caleçon rouge qu'elle eût jamais vu. Il se gratta le ventre et les aisselles et se mit au lit.

Devon était clouée sur place, bouche bée. C'était une chose de décider logiquement de partager un lit avec cet homme pour l'hiver. C'en était une autre de se glisser entre les draps.

Nerveuse, elle ramassa pantalon et chemise et les suspendit.

Il s'étira en un geste étrangement gracieux et félin pour un homme de sa taille. Une main derrière la tête, il l'observait. Ses yeux couleur de whisky brillaient.

— Arrêtez de traîner, commanda-t-il.

Elle déglutit péniblement, incapable de le quitter des yeux. La couverture rêche et grise couvrait son corps comme une couche de neige sale.

Il s'amusait de son malaise, elle l'aurait juré. Elle ne les voyait pas sous sa barbe et sa moustache, mais elle imaginait ses lèvres qui s'étiraient.

Ses lèvres. Soudain, son baiser lui revint à l'esprit. Elle sentit ses lèvres... Comme elles avaient été froides et dures au début, et comme elles s'étaient soudain adoucies, réchauffées ! Seigneur, il n'avait pas l'intention de recommencer ?

— Vous allez garder cette robe pour dormir ?

Elle se raidit.

— Un gentleman se détournerait.

Cette fois, pas d'erreur, il ricanait.

— Vraiment ? Ces gens de la haute ne savent pas s'amuser.

Elle explora la tente, cherchant nerveusement un peu d'intimité. Il n'y en avait pas.

— C'est inutile, confirma-t-il. Soit vous vous déshabillez ici, devant moi, soit vous le faites dehors... devant tout le monde.

Traversant la petite pièce, elle souffla la lanterne. Voilà qui était un tout petit peu mieux. Mais la pénombre n'était pas totale, loin de là.

— Quand fait-il nuit, par ici ? maugréa-t-elle.

— En septembre, fut la réponse qui lui parvint de la masse vautrée dans le lit.

Sa voix était profonde, sonore et moqueuse.

Rassemblant tout son courage, elle se tortilla hors de sa jupe et de son corsage, puis enfila une chemise de nuit de coton avant de se débarrasser comme elle put de ses sous-vêtements.

Tâtonnant dans la semi-obscurité, elle retrouva son crochet et y suspendit ses vêtements, prenant soin de cacher son jupon et son corset sous ses autres affaires.

Le moment était venu. Retenant son souffle, elle se dirigea lentement vers le lit. Ses pieds nus ne faisaient aucun bruit sur le sol couvert de mousse. D'un geste maladroit, elle souleva la couverture. C'était un vrai cauchemar : elle allait partager le lit de cet homme. Fermant les yeux, elle se glissa sous la couverture.

Elle s'étrangla. Dieu du ciel, il n'y avait pas de draps ! La couverture, sale et poisseuse, lui grattait les jambes. Et elle sentait mauvais. Demain, la première chose à faire serait de déballer ses beaux draps brodés.

Aussi rigide qu'une planche, la couverture tirée jusqu'au menton, elle ne bougea plus. A ses côtés, Rock s'enfonça plus profondément dans le matelas déformé. Sa respiration se fit plus régulière.

Elle n'osa pas soupirer de soulagement. Il allait dormir. Elle était enfin en sécurité.

Quelque chose grimpa le long de sa jambe nue. Hurlant, elle bondit hors du lit, affolée.

Il se redressa aussitôt.

— Bonté divine !

L'index tendu vers le lit, elle accusa d'une voix faible :

— Des punaises !

Elle croyait même voir la couverture bouger. Seigneur, elle ne supportait pas la vermine !

— Tout ce foin pour des punaises ? Si vous êtes encore là la semaine prochaine, vous ne les remarquerez même plus.

Elle resta un long moment debout, fixant l'assemblage de planches mal jointes qui servait de lit. Elle ne pensait plus qu'à une seule chose : ses jolis draps qui sentaient si bon et qui étaient soigneusement pliés dans ses malles. Une vague de désespoir déferla sur elle.

— Vous ne me ferez pas pleurer, annonça-t-elle à l'immense silhouette assise dans la pénombre. Et vous ne me ferez pas partir.

Pour toute réponse, il se recoucha. Quelques secondes plus tard, il dormait. Devon sentit ses paupières se fermer. La journée avait été longue et épuisante.

Lentement, elle regrimpa dans le lit.

Elle se réveilla la tête lourde, un goût atroce dans la bouche — comme si elle venait de mâcher une vieille chaussette. Pour la première fois de sa vie, elle ne s'était pas brossé les dents avant d'aller au lit. Pourquoi ?

La mémoire lui revint d'un coup comme une gifle. Gémissant, elle se redressa sur les coudes et cligna des yeux.

Deux jambes apparurent dans son champ de vision. Nues, pâles et minces, elles enserraient une couverture couleur métal.

Bonté divine ! C'étaient ses jambes ! Un petit cri de désarroi lui échappa. Elle s'empressa de rabattre sa chemise de nuit sur ses chevilles. Puis elle ramena les genoux sur sa poitrine.

Prudente, les cils baissés, elle risqua un coup d'œil à sa droite.

Il était parti. Elle se redressa, soulagée.

— Bonjour.

Le ciel lui tomba sur la tête. Elle regarda vers sa gauche.

Rock était assis à la table, un gobelet en métal tout cabossé à la main. L'odeur de café, forte et prenante, lui chatouilla les narines. Elle inspira profondément, se réchauffant à l'arôme familier.

— Bonjour, répondit-elle d'une voix neutre. Cela fait longtemps que vous êtes levé ?

Il versa du café dans un deuxième gobelet qu'il lui apporta.

— Assez pour avoir eu le temps de réfléchir.

Elle ne dit pas ce que cette réponse lui inspirait. Au lieu de cela, elle accepta le gobelet en souriant. Le métal chaud avait un effet étrangement apaisant.

— Mi… (Il fit la moue.) Bon sang, maugréa-t-il, que je sois damné si je vous appelle Miss O'Shea !

— Vous pouvez m'appeler Devon. Cela ne me dérange pas.

— Mmouais. Bon, j'ai retourné notre problème dans ma tête — et croyez-moi, c'est pas quelque chose que j'aime faire — et je ne vois pas comment nous en sortir. Vous ne pouvez pas partir, je ne peux pas vous construire une tente. Nous sommes obligés de passer l'hiver ensemble.

Elle soupira.

— Je sais.

— Vous vous imaginez sûrement avoir fait une mauvaise affaire. Mais moi, je suis carrément dans le pétrin.

Elle ouvrit la bouche, prête à lui répliquer vertement.

— Vous emballez pas, la coupa-t-il. C'est pas ce

que je voulais dire. C'est que... Bon sang, je voulais un associé capable de tenir le magasin afin que je puisse aller prendre des photographies dans la nature. Et qui voilà ? Une satanée bonne femme que je ne peux pas laisser seule.

— Je ne suis pas une demeurée. Je me débrouille comme une grande depuis l'âge de quatorze ans. Je puis certainement tenir votre — notre — magasin quelques heures par jour.

— Le Yukon n'est pas Saint Louis, ma p'tite. Vous êtes l'unique femme blanche à des lieues à la ronde et la vallée se remplit plus vite que le lit d'une putain. Seule, vous ne serez pas en sécurité.

Elle haussa le menton.

— Je sais me défendre.

Il ricana.

— Vous défendrez rien du tout, ma mignonne.

Elle posa le front sur ses genoux. Même si cela ne l'enchantait nullement, elle devait admettre qu'il avait raison. L'idée de rester seule en compagnie d'hommes de l'acabit de Midas lui faisait froid dans le dos.

— Alors, que proposez-vous ?

Se levant brutalement, il s'empara de son immense ciré qu'il jeta sur son épaule.

— Vous évitez mon magasin, vous m'évitez, moi, et tout ira bien.

— Hé, attendez une minute ! Vous ne pouvez...

Mais il ne l'écoutait plus. Sans lui accorder le moindre regard, il se coiffa de son chapeau informe et sortit.

Elle bondit hors du lit, les yeux fixés sur la porte qui tremblait encore. Rock MacKenna se faisait des illusions s'il s'imaginait pouvoir lui dicter sa conduite. Elle avait tout abandonné pour tenir ce magasin, et c'était bien ce qu'elle allait faire.

Après avoir avalé une dernière gorgée de café, elle s'habilla. Elle déballa son matériel de nettoyage, ouvrit la porte de la tente et se rua au-dehors.

Le spectacle qui l'attendait la figea sur place. Il n'y avait plus aucune trace de la bruine poisseuse et lourde qui tombait la veille. Même le sol était presque sec.

Elle n'avait jamais vu un ciel pareil : d'un bleu saphir immaculé qui faisait penser à un lac sans fond. Et les verts ! Chaque arbre, chaque buisson étincelait dans le soleil doré. Ici et là, les premières couleurs de l'automne apparaissaient.

Elle reprit son souffle, ébahie. C'était un pays libre, sauvage et magnifique. Ragaillardie, elle serra son seau dans sa main et prit résolument la direction du magasin.

Il était de nouveau assis derrière ce comptoir couvert d'un bric-à-brac innommable. La tête baissée, il examinait des plaques de verre. Ses cheveux noirs et sales pendaient autour de son visage. Le poêle était éteint.

D'un seul coup d'œil critique, elle jaugea la tâche qui l'attendait.

Son estomac se noua. C'était encore pire que ce qu'elle avait cru la veille. Un vrai capharnaüm. Il y avait des étagères partout, croulant sous des amas d'objets les plus hétéroclites. Le tout recouvert d'une épaisse couche de crasse.

Elle respira un bon coup et le regretta aussitôt. La tente puait le pourri, les chaussettes sales, le bois mouillé et le pétrole.

— Je suis venue travailler, annonça-t-elle.

Il lui lança un regard meurtrier.

— Retournez à la maison.

— Faut-il que nous recommencions cette discussion ?

Passant le doigt sur une étagère, elle récolta une bonne dose de poussière.

— Fichez le camp.

Elle marcha jusqu'au comptoir et lui souffla la poussière au visage. Il grimaça, ce qui la combla d'aise.

— Je ne suis pas venue pour parler, mais pour travailler.

Il contempla avec mépris son tablier d'une blancheur immaculée.

— A quoi ?

Elle tapota son seau.

— Je vais nettoyer.

— Non.

— Si.

Son poing s'abattit sur le comptoir. Un bocal s'écrasa à terre. Le verre se brisa, envoyant rouler des dizaines de clous rouillés dans tous les sens.

— Non ! rugit-il. Ma tente pue déjà l'hôpital. Vous allez pas remettre ça ici !

Elle se dirigea vers la barrique d'eau à l'angle du comptoir.

— Vous utiliserez pas cette eau pour faire votre satané ménage. C'est de l'eau pour boire. Si vous voulez de l'eau, vous n'avez qu'à aller la tirer au puits.

Elle enfonça son seau dans la barrique.

— Bougre de... Vous n'écoutez donc jamais, quand on vous parle ?

Elle lui adressa un sourire radieux.

— Non. Il semble bien que ce soit la seule chose que nous ayons en commun, vous et moi.

Il avait dû sentir sa détermination car il céda, enfouissant son menton barbu dans ses mains.

— Nettoyez tout ce qui vous plaira, gronda-t-il, mais prononcez un seul mot et je vous flanque dehors !

5

Elle fredonnait. Faux.

Rock enfonça le menton dans la poitrine. Seigneur ! Par quel horrible miracle pouvait-elle émettre un son pareil ? On eût cru le gémissement aigu d'un louveteau qui aurait pris une balle dans la gorge.

Il en avait mal au crâne.

Le sinistre crétin qui avait décrété qu'il ne fallait pas frapper les femmes n'avait pas rencontré Devon O'Shea.

Il laissa échapper un long soupir, regrettant encore une fois de ne pas être du genre à user facilement de ses poings. Pourquoi n'était-elle pas au moins normale ? Les femmes étaient censées être stupides, sociables, facilement intimidées par les hommes.

Tout ce qu'il voulait, c'était quelqu'un qui lui tienne son magasin quelques heures par jour. Et qu'avait-il récolté ? Une femme maladivement bavarde qui faisait la chasse aux grains de poussière et qui pensait comme un général de corps d'armée. Résultat : il était plus que jamais coincé au magasin.

Il évitait de la regarder. Depuis qu'elle avait commencé son ménage, c'était comme si une tornade s'était déchaînée dans la tente. Elle bougeait si vite qu'il avait du mal à la suivre des yeux. D'abord, elle avait démonté toutes les étagères.

Puis elle avait séparé les planches des troncs coupés qui leur servaient de support. Les planches à droite, les troncs à gauche.

Maintenant, ses petites mains grattaient les planches avec fureur. Eberlué, il ne pouvait s'empêcher de regarder les échardes qui se plantaient l'une après l'autre dans ses paumes si blanches. Il s'était attendu qu'elle se mette à hurler mais, une fois encore, il en avait été pour ses frais. Pas une plainte, pas une. En fait, hormis ses abominables fredonnements, elle n'avait pas prononcé un mot.

Son refus de parler commençait à l'inquiéter.

Fronçant les sourcils, il extirpa sa montre de son gousset. Treize heures. Cela faisait quatre bonnes heures qu'elle travaillait sans relâche et elle n'était qu'à la moitié de sa tâche.

Il poussa un juron étouffé.

Elle leva les yeux.

— Vous disiez, Rock ?

— Rien, grommela-t-il.

Elle se redressa lentement et s'étira, les mains sur les reins. Ses petits seins tendirent l'étoffe de sa ridicule robe à fleurs. Des auréoles de sueur maculaient ses aisselles et la naissance de sa gorge.

Rock retint son souffle. Elle semblait différente, moins arrogante. Quelques mèches de cheveux encadraient son visage en nage. Une goutte de transpiration perlait sur son cou si délicat.

Elle lança un regard autour d'elle.

— Je fais un peu de café ?

Rock baissa son chapeau sur ses yeux.

— Si ça vous chante.

Il entendit les *clic, clic, clic* de ses chaussures à petits talons tandis qu'elle traversait la pièce jusqu'au poêle. Malgré lui, l'image de ses jambes telles qu'il les avait vues le matin lui revint à l'esprit. Si longues, si blanches…

Les *clic* avaient cessé. Il se raidit, prêt à l'entendre proférer une nouvelle absurdité. Comme elle ne disait rien, il risqua un coup d'œil vers elle sous le rebord de son chapeau.

Il le regretta aussitôt. Elle le fixait droit dans les yeux en souriant.

— J'allume le poêle ou vous préférez vous en charger ?

Une crampe lui tordit l'estomac. Elle avait dit cela avec un air si satisfait, si sûr d'elle qu'il croyait l'entendre penser : « Toi, mon bonhomme, je vais te mener par le bout du nez. » Il mourait d'envie de noyer son petit sourire dans la boue du Yukon.

— J'm'en occupe, grommela-t-il. C'est mon poêle.

Extirpant son grand corps de son refuge derrière le comptoir, il s'activa en silence. Quelques secondes plus tard, de belles flammes s'élevaient.

Devon se laissa tomber sur un tabouret avec un gros soupir.

— Je dois reconnaître que c'est un sacré défi de nettoyer cette… tente. (Elle repoussa une mèche de cheveux cuivrée qui lui chatouillait le front.) Mais j'aime les défis, pas vous ?

Lui jetant un regard en coin, il se contenta de grogner en prenant place sur un tabouret à ses côtés. Elle n'avait plus l'air aussi pimpante. La pauvre petite, songea-t-il en ricanant intérieurement, tout ce nettoyage, tout ce dur labeur, c'en était trop pour elle. Elle ne recommencerait sûrement pas avant plusieurs semaines. Si jamais elle recommençait…

Elle se leva.

— Bon, fit-elle en lissant son tablier, je ferais bien de m'y remettre. Je ne pourrai pas fermer l'œil de la nuit si je sais que le magasin n'est pas impeccable.

Il la fixa, ébahi.

— Vous plaisantez ?

— Vous croyez que cette saleté me donne envie de plaisanter ?

Il grimaça.

— Non. Ni ça ni autre chose, d'ailleurs. Et le café ?

Elle le contempla de telle sorte qu'il eut l'impression d'être un gamin.

— C'était pour vous, idiot.

Puis, sans attendre sa réponse, elle se remit au travail. En fredonnant.

Il bondit. *Idiot*. Elle *l'*avait traité d'idiot !

La coupe était plus que pleine. La saisissant brutalement par les épaules, il la fit pivoter. Il eut la satisfaction de voir une étincelle de crainte dans ses prunelles. Parfait, se dit-il. Qu'elle ait peur, pour une fois.

— Votre moitié de magasin est propre. Laissez la mienne tranquille.

Comme par magie, la peur se transforma en triomphe.

— Désolée, Rock. J'ai commencé par la vôtre.

Son étreinte se durcit. Son esprit tournoyait. Et maintenant ? Devait-il l'assommer ? Oui, l'idée semblait bonne. Excellente, même. Non, elle ne resterait inconsciente que quelques minutes et après, tout ce cirque recommencerait.

Les secondes s'égrenaient. Ils étaient à quelques centimètres l'un de l'autre, les yeux dans les yeux, les doigts de Rock plantés dans la douce chair des épaules de Devon. Leurs souffles se mêlaient.

— Oh, je m'en moque, après tout ! maugréa-t-il finalement en la lâchant. (Il ne voulait pas lui faire de mal. Il voulait juste qu'elle se taise.) Mais je vous conseille d'arrêter de fredonner.

— D'accord.

Il se raidit, attendant un mais qui n'arriva pas. Un sourire lui chatouilla la barbe. Il avait gagné un round.

Elle eut un sourire éclatant, puis se lança dans une interprétation assourdissante de *Little Annie*.

Il la contempla, stupéfait, avant de secouer lentement la tête. Malgré lui, il devait reconnaître qu'elle avait du cran.

— Entendu, capitula-t-il. Dansez ou faites des cabrioles si le cœur vous en dit, mais cessez de chanter. C'est trop atroce.

Magnanime, elle lui laissa le dernier mot.

Devon poussa un long soupir satisfait. C'était fini. Le magasin rutilait. Tout était à sa place. Elle avait réorganisé les rayonnages à la perfection.

Elle jeta la serpillière dans le seau et grimaça quand des éclaboussures d'eau grise vinrent souiller son beau parquet tout propre. Elle se dirigea vers le rabat qui servait de porte et lança un regard au-dehors.

— Quelle heure est-il, Rock ?

C'étaient les premiers mots qu'elle prononçait depuis quatre heures.

Il ne répondit pas.

Se retournant, elle éclata de rire.

— Vous pouvez enlever vos protège-oreilles, à présent, je ne chanterai plus, hurla-t-elle.

— Promis ? cria-t-il.

Elle opina ; il enleva son bonnet en poil de castor.

— Quelle heure est-il ? redemanda-t-elle.

Il consulta sa montre.

— Dix-sept heures.

Elle contempla le paysage.

— C'est si beau, ici, dit-elle, plus pour elle-même que pour lui.

Il faisait encore grand jour. Seule une étrange brume rose qui nimbait la cime des arbres laissait deviner que l'après-midi touchait à sa fin.

— Vous trouvez ?

Pour la première fois, Devon ne perçut aucun

sarcasme dans sa voix. Elle se retourna. Leurs regards se croisèrent.

— C'est un des plus beaux endroits que j'aie jamais vus. Tellement sauvage, tellement libre... Je comprends pourquoi vous avez tant envie de le photographier.

Son visage parut se détendre et elle crut le voir sourire.

— Rares sont ceux qui comprennent mon amour pour ce pays, confessa-t-il d'une voix apaisée. Je ne pense pas que cette liberté durera bien longtemps. Tant de gens débarquent ici, sans arrêt...

Soudain, quelque chose bouscula Devon. Un relent de whisky mêlé de sueur lui monta aux narines.

— Mais c'est qu'y sont mignons, ces deux-là... fit Midas Magowin en pénétrant dans la tente.

Recouvrant l'équilibre, Devon contempla le petit homme bossu. Il la dévisageait par-dessus son épaule avec un mépris évident.

Elle réprima un soupir. Elle n'avait aucune envie de supporter la haine de ce vieux grincheux. La journée avait été assez dure comme cela.

— Alors, Rock, dit-il en toisant toujours la jeune femme, on a perdu notre pari ? Cette péronnelle va rester ?

La colère s'empara de Devon. Elle se tourna ostensiblement vers Rock, attendant sa réponse. En vain.

— Allez-vous le laisser me parler sur ce ton ? demanda-t-elle à son associé.

Il haussa les épaules.

— Si vous voulez qu'on vous protège, achetez-vous un chien.

— Comment ? Vous... (Elle serra les dents et compta mentalement jusqu'à dix avant de s'adresser à Midas :) Vous désirez quelque chose ?

Midas lui tourna le dos.

— Rock, j'veux d'la soupe.

— Sers-toi.

Les jambes maigres de Midas s'agitèrent tandis qu'il se dirigeait vers l'endroit où se trouvaient habituellement les boîtes de soupe.

— Où c'qu'elle est, c'te fichue soupe ?

Devon traversa la tente.

Rock rejoignit Midas.

— C'est pas parce que le magasin est un tout petit peu plus propre, Midas, que...

Il s'interrompit, écarquillant les yeux tandis qu'il examinait les étalages.

— Nom d'une pipe ! Qu'est-ce que c'est que...

Devon sentit sa colère et grimaça. Certaines personnes n'aimaient pas les changements... Apparemment, Rock faisait partie de cette catégorie.

— La voilà, dit-elle en montrant l'étagère devant laquelle elle se trouvait, tout au fond du magasin.

Les deux hommes vinrent à sa hauteur. Ils ne parvenaient pas à détacher leurs regards des étalages impeccables.

Rock la dévisagea enfin.

— Qu'est-ce que ça veut dire ? gronda-t-il.

Il s'y habituerait, se dit-elle. Dès qu'il aurait compris comment...

— Répondez-moi !

Nerveuse, elle se mordilla les lèvres.

— C'est mieux rangé ainsi.

— Pourquoi mieux ? La soupe était très bien là où elle était.

— Elle était difficile à trouver.

— Pas pour moi. Ni pour mes clients.

— Eh bien, ce sera plus facile pour tout le monde, dorénavant.

Rock croisa les bras sur son immense torse.

— Et pourquoi donc ?

Devon ne put retenir une mimique de fierté.

— Parce que tout est bien à sa place. Rangé par ordre alphabétique.

Midas éclata d'un rire odieux.

— Par ordre alphabétique ? fit Rock, incrédule. Vous avez rangé mon magasin par ordre alphabétique ?

Un frisson d'angoisse ébranla Devon. Pourquoi n'était-il pas content ?

— Ou... oui. Tout sera bien plus facile maintenant, bredouilla-t-elle. (Elle bredouillait toujours un peu quand elle était nerveuse.) Vous voyez, la soupe se trouve maintenant entre le savon et les souricières. Il n'y a pas plus simple, non ? Bien sûr, j'ai hésité à mettre les souricières ici ou bien avec les P comme pièges mais...

— La plupart de mes clients ne savent pas lire ! Ils ne reconnaîtraient pas un A d'un éléphant.

La mâchoire inférieure de Devon s'affaissa.

— Ô mon Dieu, je ne savais pas...

— Fichez le camp ! rugit-il.

Elle haussa le menton et redressa les épaules.

— Non, j'ai fait une erreur. Je vais la rectifier. Tout ce...

— *Dehors !*

— Non.

Le peu de peau visible sous sa barbe rougit violemment. Avant qu'elle n'ait compris ce qui se passait, Rock l'avait soulevée de terre et jetée sur son épaule.

— Ne bouge pas d'ici, Midas, lança-t-il. Je reviens tout de suite.

— Prends ton temps, Rock, caqueta joyeusement le vieillard.

Devon se débattait furieusement et sans aucun succès. Rock traversa l'unique rue du village de tentes jusqu'à leur maison. La porte claqua violemment contre la toile quand il l'ouvrit d'un coup de pied.

Devon lui cognait le dos de toute la force de ses petits poings.

— Lâchez-moi, sale brute !

— Avec plaisir.

L'instant d'après, elle volait à travers les airs comme un sac de patates. Elle atterrit lourdement sur le lit. Un nuage de poussière s'éleva au moment du choc. Elle éternua. Ce qui ne fit que l'enrager davantage. Se débattant dans la couverture poisseuse, elle parvint enfin à se mettre à genoux. Tout en elle criait vengeance. Elle se redressa, haletante, toutes griffes dehors, bien décidée à lui arracher les yeux.

— Sale... siffla-t-elle.

Il fondit sur elle et, lui saisissant les bras dans une poigne de fer, il la serra jusqu'à ce qu'elle ne sente plus ses doigts.

— N'y songez même pas, gronda-t-il, les yeux durs. Vous n'êtes pas de taille à vous mesurer à moi. Je ne suis pas comme ces beaux messieurs de Saint Louis. Je me contrefiche des règles. (Sa voix tomba encore d'une octave.) Et j'écrase ceux qui les respectent.

Ces paroles furent comme un seau d'eau glacée sur le feu de sa colère. Il était sincère, comprit-elle. Il n'éprouverait aucun remords à l'écraser. Et personne ici ne le lui reprocherait.

C'était effrayant de se rendre compte à quel point elle était seule et sans défense. Elle n'avait pas l'habitude d'avoir peur. Elle avait toujours maîtrisé les situations dans lesquelles elle se trouvait. Avec effort, elle ravala sa fierté et sa rage. Le moment était mal choisi pour réagir à l'instinct. Elle devait réfléchir, analyser et trouver un compromis acceptable.

— Très bien, fit-elle d'une voix encore tremblante. Je ne me battrai pas avec vous. Je vous concède l'avantage de la force physique. Maintenant, voulez-vous bien me lâcher ?

Ses doigts s'ouvrirent aussitôt. Elle se libéra et serra ses poignets meurtris sur son tablier.

— Devon ?

Elle ne leva pas les yeux, refusant de le voir triompher.

De l'index, il la força à lever le menton.

L'expression de son regard n'était pas celle à laquelle elle s'attendait. Il semblait vieux... et infiniment triste. Et presque désolé. Son cœur cessa de battre et elle ne put réprimer une petite étincelle d'espoir. Mais, se dit-elle aussitôt, il ne lui en fallait jamais beaucoup pour éprouver de l'espoir. Elle avait toujours été optimiste, même durant les heures les plus noires de son enfance.

— Devon, dit-il avec douceur, ne soyons pas plus ennemis qu'il n'est nécessaire.

Elle le regarda droit dans les yeux, remarquant pour la première fois les éclats d'ambre dans ses iris.

— Et pourquoi serions-nous ennemis ? demanda-t-elle.

La tristesse disparut de ses yeux pour faire place à l'habituelle froideur.

— Parce que je suis ainsi. Je n'aime pas les gens.

Elle répondit sans réfléchir.

— Ça ne veut rien dire. On peut ne pas aimer les betteraves, mais pas les gens. Moi, par exemple, je n'aime pas les betteraves, mais...

— Taisez-vous.

Devon comprit aussitôt son erreur. Crénom ! Elle n'avait donc rien dans la cervelle ? Il lui disait qu'il n'aimait pas les gens et elle lui parlait de betteraves...

— Je me contrefiche de vos satanées betteraves. Tout ce que je veux, c'est que vous vous taisiez. Est-ce trop demander ?

Une question ! Il venait de lui poser une question. Voilà qui était bon signe.

— Eh bien, puisque vous me le *demandez*, laissez-moi vous répondre. Vous êtes mon associé et nous... partageons le même toit. Nous ne pouvons passer plusieurs mois ensemble dans le silence le plus total. J'aime bien discuter et...

Elle s'interrompit. Il la contemplait comme si elle était un chien enragé.

— Evitez-moi, Devon, et ne mettez plus les pieds dans mon magasin. En fait, si vous vous y risquez encore une fois, vous vous retrouverez flottant au milieu du fleuve. C'est compris ?

Elle serra les dents. A quoi bon se montrer courtoise ? L'heure était venue de fixer un certain nombre de règles.

— Je vous comprends, Rock. Ce que je me demande, c'est si vous *me* comprenez.

— C'est vous qui voulez tout comprendre, ma chère. Moi, je me fiche pas mal de comprendre quoi que ce soit. Je me fiche pas mal de savoir si la vie a un sens. Tout ce que je veux, c'est qu'on me fiche la paix.

— Vous avez raison. J'aime que les choses soient claires. Et si vous croyez que c'est en me jetant sur ce lit que vous allez permettre à notre relation...

— Notre relation ? cracha-t-il, comme s'il venait de mâcher une ortie.

Les yeux lui sortaient de la tête. Il semblait sur le point d'exploser.

— Non, reprit-il, ça en vaut pas la peine.

Et là-dessus il quitta la tente.

— C'est cela, fuyez, marmonna-t-elle. Mais ça ne vous servira à rien.

De dépit, elle frappa la couverture. Ils avaient été si proches quand cette tristesse avait envahi ses yeux. Si seulement ils avaient été capables, à ce moment-là, de prononcer les mots qu'il fallait...

En général, elle savait communiquer. Tout le monde lui reconnaissait ce talent. A Saint Louis, certains faisaient des dizaines de kilomètres pour lui demander son avis.

C'était là la racine du mal, décida-t-elle. Elle avait trop l'habitude de comprendre les gens. Maintenant qu'elle se retrouvait en face d'un énergumène incompréhensible, elle était perdue. Pourquoi était-il si enragé ? Pourquoi la haïssait-il autant ? Cela n'avait aucun sens. En vérité, c'était elle qui avait de solides griefs à faire valoir. C'était elle qui avait parcouru des milliers de kilomètres pour se retrouver coincée dans ce trou à rats avec un homme qui ne prenait jamais de bain et qui parlait autant qu'une porte de prison.

Bon sang, c'était elle qui aurait dû être furieuse !

Il avait obtenu ce qu'il désirait : un associé. Un associé bien plus capable et fiable que la plupart. Qu'espérait-il ? Il devait bien se douter, en passant cette annonce, qu'un associé changerait sa vie.

Soudain, comme chaque fois qu'elle faisait appel à sa raison pour résoudre un problème, tout lui parut très clair. Elle s'y prenait mal. Elle n'atteindrait pas Rock en se montrant calme et logique car cet homme n'obéissait pas à la logique. Seul l'instinct guidait ses actes et sa vie.

La réponse était simple : elle allait lui faire vivre un véritable enfer.

Un lent sourire étira les lèvres de Devon. Elle allait lui rendre l'existence si insupportable que, tôt ou tard, il la supplierait de trouver un compromis.

6

Le cri de douleur de Devon s'écrasa contre les parois de toile. Jurant, elle jeta son marteau à travers la pièce.

Elle contempla son pouce meurtri. Les élancements de douleur lui remontaient jusqu'à l'épaule.

C'était *sa* faute, pensa-t-elle, enragée. Depuis une bonne semaine, Rock et elle vivaient comme des soldats dans un camp retranché. Silencieux, hostiles, sur leurs gardes.

Elle s'en était tenue à son plan avec une obstination scrupuleuse. Pendant sept journées interminables, elle n'avait pas prononcé un mot. Même quand il lui grognait quelque inintelligible borborygme, elle n'avait pas répondu. Elle n'avait ni parlé, ni souri, ni même regardé dans sa direction.

Et pour quel résultat ? Aucun.

Elle avait aussi essayé — subtilement, il va sans dire — de l'empoisonner. Chaque repas qu'elle lui avait cuisiné avait été pire que de la bouillie à cochons. La veille, elle lui avait servi le pire dîner qui se puisse imaginer : du pain carbonisé plus dur que de la pierre, des haricots froids, des abricots éventés et du riz gluant, plus collant que de la mélasse. Même elle avait eu du mal à avaler pitance aussi infâme.

Il avait englouti sa portion en deux bouchées,

avait émis un rot sonore avant de se plonger dans son livre.

La douleur la fit revenir au présent. Elle suça son pouce déjà tout enflé. A l'allure où elle allait, elle n'aurait plus de doigts avant d'avoir fini son armoire. Elle n'arrivait pas à faire tenir ce machin en équilibre.

Au diable! décida-t-elle. Pourquoi se donner tant de mal? Ce n'était pas une armoire bancale qui allait déparer la splendeur de cette tente.

Elle n'avait qu'à la clouer au mur, point final. Sa décision prise, elle la mit aussitôt à exécution. Poussant les quatre planches de guingois dans un coin de la tente, elle les fixa avec force clous à la paroi de bois qui s'élevait à mi-hauteur. Puis elle se recula pour contempler son œuvre.

Pas mal. Normalement, bien sûr, personne ne considérerait que quatre planches clouées ensemble constituaient une armoire. Mais dans le Yukon, rien n'était normal.

Plus tard, quand toutes ses affaires seraient soigneusement rangées dans cette armoire, quand ses robes et ses jupes seraient pendues, ses boîtes à chaussures empilées, elle se sentirait beaucoup mieux.

Cependant, elle avait encore une dernière chose à faire pour mettre sa vie en ordre. La semaine écoulée avait été la plus abominable de son existence. Cela avait été pire même que de vivre dans l'ombre de son père alcoolique.

Enfant, elle avait toujours cherché à expliquer les excès de son père — il était ivre, il travaillait trop, il était incapable de montrer son affection... Mais elle n'était plus une petite fille et elle refusait de se mentir à elle-même.

Et ce serait se mentir que de se dire qu'elle

pourrait tenir un jour de plus avec Rock. Elle était à bout de nerfs.

Elle avait traversé la moitié du monde pour commencer une nouvelle vie, et que se passait-il ? Elle revivait l'horreur de son enfance. A cette différence près que les cris d'ivrogne s'étaient transformés en silences haineux.

Elle en avait assez. Elle était venue tenir un magasin et Rock n'allait plus tarder à s'en rendre compte.

Adieu, le silence.

Adieu, la paix.

Miss Forte-Tête débarqua dans le magasin comme si l'endroit lui appartenait... ce qui était malheureusement le cas. Tous les muscles de Rock se tendirent. Ses cheveux se hérissèrent sur sa nuque.

Elle se campa au beau milieu de la pièce, les poings sur les hanches, le fixant droit dans les yeux. Sa détermination était tangible comme un nuage qui flottait entre eux. Aucune erreur possible : cette femme avait une mission à accomplir.

— Salut, Rock.

Il repoussa son vieux chapeau de mineur sur son crâne et soupira.

— C'était trop beau...

— Que voulez-vous dire ? demanda-t-elle, suspicieuse.

Il ricana. Ebranler son calme était une petite victoire. Dans cette guerre sans merci, il devait se réjouir du moindre succès.

— Cette semaine a failli vous achever, dit-il. Garder le silence vous mettait dans un tel état que j'étais sûr que vous alliez exploser d'un moment à l'autre. Vous étiez toute rouge.

Devon s'adoucit.

— Ainsi, vous avez remarqué.

— Je suis idiot, pas aveugle.

Elle fit un pas vers lui.

— Vous n'êtes pas idiot. Et je regrette d'avoir insinué le contraire. Désirez-vous du café ?

Elle était plus insaisissable que de l'huile. Un sinistre pressentiment s'empara de Rock. Mais accepter une tasse de café ne pouvait le compromettre... Il l'étudia longuement avant de répondre.

— Pourquoi pas ?

Elle pouvait faire tout le café qu'elle voulait. Elle pouvait même se mettre à japper. Il en était déjà arrivé à l'inévitable conclusion : à moins d'utiliser des moyens qu'il se refusait à employer, il ne parviendrait pas à la mater. Cette fille était trop remuante.

Mais, cette fois, il était prêt. Il s'était mentalement préparé à cette conversation depuis plusieurs jours, sachant qu'elle finirait bien par exiger sa place.

Il frémit à l'idée de passer les journées avec elle au magasin (sans compter les nuits dans le lit). C'était la migraine assurée pendant tout l'hiver.

— Vous savez, Rock, je pourrais vous aider, ici.

Le coup d'envoi était donné ! Il déglutit, regrettant de ne pas savoir prier. Une petite faveur du bon Dieu aurait été bienvenue.

— Rock ?

Il devait répondre, dire quelque chose. Il se rappela la stratégie qu'il avait élaborée la veille. Phase A : créer une diversion.

Il s'éclaircit la gorge.

— Pourquoi ne feriez-vous pas un potager ? Ça vous détendrait. Pensez à toute la boue que vous pourriez remuer...

— L'automne arrive. On jardine au printemps

et, d'ailleurs, je suis ici pour travailler au magasin.

Il ferma les paupières, essayant d'ignorer la migraine qui rampait depuis sa nuque. Une seule phrase lui avait suffi pour démolir son plan.

Sans s'en rendre compte, il se massa les tempes. Soudain, il entendit le cliquetis de ses talons. Elle venait vers lui. Il se raidit, essayant de se souvenir de la phase B.

— Je vous propose un marché.

Il ouvrit les yeux.

— Ha ! Pas question. Vous m'avez déjà coûté assez cher. Vous êtes la pire affaire de ma vie.

— Alors, faites-en une bonne, dit-elle, la voix rauque, lourde de défi.

Voilà, on y était ! Elle arborait de nouveau son satané sourire, celui qui signifiait : « Toi, mon petit, je vais te mener par le bout du nez. » Il serra les dents.

— C'est-à-dire ?

— C'est-à-dire ceci : je suis prête à parier que je peux accroître vos bénéfices.

La cafetière se mit à bouillir. Elle se précipita pour l'enlever du feu et emplit deux gobelets. Elle lui en offrit un et reprit la parole :

— D'une manière ou d'une autre, vous serez gagnant, Rock. Voici ma proposition : si je n'arrive pas à améliorer vos profits, je resterai à l'écart du magasin jusqu'au printemps.

Cela semblait trop beau pour être vrai. Il la considéra avec suspicion.

— Et une fois le printemps à notre porte, qu'est-ce qui se passera ?

— Je partirai dès le dégel. Quoi qu'il arrive.

Une ride soucieuse creusa le front de Rock. Encore une fois, elle pensait plus vite que lui. Bon sang, pourquoi ne parvenait-il jamais à la devancer, à la percer à jour ?

— Qui décidera si vous avez réellement fait augmenter les bénéfices ?

Elle le regarda droit dans les yeux.

— Vous.

— Allons, vous n'êtes pas si stupide !

— C'est le marché que je vous propose.

Rock était en proie à un doute cruel... et il n'aimait pas ça. Sa raison lui conseillait de lui rire au visage, de refuser toute espèce de marché avec elle : elle avait sûrement un plan. Mais son instinct lui soufflait le contraire. Elle ne pouvait gagner. Elle comptait sur le fait qu'il agirait honorablement. Ah ! Il ne pouvait pas perdre. Comme toujours, il se fia à son instinct.

— D'accord, vous avez quatre jours pour tenter quelque chose qui fasse décoller nos affaires. Si vous échouez, vous n'êtes plus mon associée. Ça vous va ?

Devon sourit... ce qui ne manqua pas d'inquiéter Rock.

— Tope là ! dit-elle avant de regarder autour d'elle. Bon, j'aurais besoin de quelques ustensiles. Des bocaux, de la paraffine, et ainsi de suite...

Rock sentit toute sa tension s'envoler. Une grimace de satisfaction fit frémir les poils de sa barbe. Elle allait cuisiner ! Il repensa à l'atroce bouillie de riz qu'elle lui avait servie la veille. Et ce pain... même un chien se serait cassé les dents dessus.

Elle n'avait réussi qu'un seul bon repas, le premier jour. Un coup de veine. Il ne pouvait en être autrement : personne ne *choisissait* de manger aussi mal.

Oui, il avait bien fait d'accepter ce marché. Comme d'habitude, son instinct ne le trompait pas. Les hommes du Yukon ne débourseraient pas un liard pour les talents culinaires de Devon. Il avait avalé son poison sans protester uniquement pour avoir la paix. Pour lui, le silence avait plus de prix qu'un repas succulent.

Mais il n'en allait pas de même pour les autres. Ces hommes étaient peut-être désespérés, mais pas au point d'ingurgiter sa tambouille. Même Midas savait faire des gâteaux passables.

Il cracha une grosse glaire noire de tabac et ricana quand elle s'écrasa à quelques centimètres de ses jolies chaussures en daim bleu. Dans quatre jours, ses soucis seraient terminés.

— Oh, Devon, laissez-moi vous aider...

Voilà, ils avaient fini de manger : un dîner pour lequel elle s'était surpassée dans l'horreur. Et il s'était remis à lire. Il n'avait pas prononcé un mot depuis son retour. Il en avait pourtant eu l'occasion quand il avait découvert son armoire. Stupéfait, puis enragé, il s'était retourné vers elle avant de pousser un grognement accablé. Voilà, c'était tout ce qu'il avait proféré. Et maintenant, il lisait. Elle l'étudia pendant de longues minutes, étonnée par la passion avec laquelle il était plongé dans sa lecture. Par moments, il chassait une mèche de cheveux rebelle qui lui tombait devant les yeux. Dans la douce lueur de la lampe, il semblait différent. Moins grossier, moins rude...

— Vous savez, Rock, une coupe de che...

Il rota.

Elle grimaça.

— Charmant ! Je disais qu'une...

— Je me fiche de ce que vous disiez.

— Je sais. Mais je vais le dire quand même. Une coupe de cheveux et un bon coup de rasoir ne vous feraient pas de mal. Il se pourrait même que cela vous rende moins, euh... plus séduisant.

Il claqua violemment son livre.

— Je me contrefiche d'être séduisant.

Il émit un nouveau rot sonore, cracha son bout de chique, se leva et entreprit de se déshabiller.

Des traînées de tabac noirâtres maculaient le bas des jupes de Devon. Elle roula des yeux effarés, n'arrivant pas à le croire. Il lui avait fallu près d'une heure pour repasser sa robe.

Elle le saisit par la manche et pesa de tout son poids pour le forcer à se retourner.

— Cette fois, ça suffit ! siffla-t-elle, blême de rage. J'ai été très gentille jusqu'à présent, mais il est temps de vous inculquer quelques principes de base. Crachez encore une fois par terre, et vous le regretterez.

Il s'esclaffa.

— Ah ouais ? Comment ça ?

Elle sourit.

— Je chanterai tous les soirs.

Son hilarité s'évanouit.

— Vous n'oserez pas.

— En fait, j'aime bien le son de ma voix.

— Tant mieux pour vous.

— Bien. Oh, et puis encore une chose. Vous n'allez pas vous glisser entre mes draps propres avec ce caleçon dégoûtant.

Une étincelle de colère brilla dans les yeux de Rock.

— C'est ce que vous croyez.

Les poings sur les hanches, elle le défia du regard.

— Parfaitement ! C'est ce que je crois.

Ils se dévisagèrent pendant une longue minute. Finalement, il grogna :

— D'accord. Vous avez gagné.

Arrachant une des couvertures du lit, il s'enveloppa dedans comme dans un manteau et se coucha à même le sol dur et froid.

Elle le contempla, désarçonnée.

— Vous préférez dormir par terre plutôt que de laver votre caleçon ?

Il lui tourna le dos.

— J'ai plus chaud ici qu'avec vous, ma chère. Maintenant, fermez-la et laissez-moi dormir.

7

La lumière lui faisait mal aux yeux. Devon roula sur le ventre et s'enfouit plus profondément dans sa tombe de laine grise. Elle ne voulait pas se réveiller. Ces derniers temps, elle préférait nettement ses nuits emplies de rêves à ses odieuses journées.

Puis elle huma l'arôme du café frais. Ses narines frémirent, l'eau lui vint à la bouche.

Toujours sous la couverture, elle se redressa lentement contre la tête de lit.

Rock était à sa place habituelle, assis devant la table, les jambes allongées et croisées aux chevilles, ses doigts épais enserrant le gobelet bleu. Comme d'habitude, il évitait de la regarder.

Elle vérifia si sa chemise de nuit était bien boutonnée jusqu'au cou avant de s'éclaircir la gorge.

— Bonjour, Rock.

Il lui lança un coup d'œil par-dessus le bord de son gobelet. Il avait les yeux gonflés et rouges.

— 'jour, marmonna-t-il.

Devon éprouva un plaisir malicieux. Il avait dû passer une nuit atroce, le nez dans la poussière du parquet dur et froid avec des dizaines de bestioles voraces lui rampant sur le corps. Peut-être que, la prochaine fois, il n'aurait rien contre les caleçons propres.

— Le petit déjeuner est prêt, annonça-t-il en se levant.

Elle eut la surprise de constater qu'il avait — grosso modo — dressé la table : deux assiettes, deux fourchettes, deux tasses, mais pas de nappe ni de serviettes, bien sûr. Néanmoins, il avait fait un effort. Elle sourit.

Rock s'activait au-dessus d'une grande poêle à frire posée sur le réchaud.

Dieu merci, il ne la regardait plus. Soulagée, elle repoussa la couverture, sauta hors du lit et fila jusqu'à son armoire. Elle s'enveloppa dans une robe de chambre de flanelle rouge et attacha scrupuleusement les vingt-deux boutons en forme de perles qui la fermaient des chevilles au cou. Puis elle passa une paire de pantoufles. Ainsi couverte de la tête aux pieds, elle poussa un soupir de soulagement. Elle était décente.

— C'est très agréable, dit-elle en prenant place à table et en se versant une tasse de café. Merci d'avoir préparé le petit déjeuner.

— Je maigris.

Elle noya un gloussement dans une gorgée de café.

— Oh ? Désolée de l'apprendre.

— Vous voulez m'passer ça ?

Il désignait un broc en métal suspendu non loin du poêle. Elle le détacha. Immédiatement une odeur étrange, alcoolisée, lui monta au nez. Elle le lui tendit, surprise.

— Qu'est-ce que c'est ?

— De la pâte à beignets amers.

Il flanqua une bonne dose de la mixture malodorante dans son beurre frit. Ecœurée, Devon l'observa tandis qu'il malaxait la pâte. Bientôt, il avait formé quatre cercles parfaits. Quelques instants après, les crêpes épaisses avaient pris une jolie couleur brun doré.

Il déposa deux crêpes et du bacon dans une assiette qu'il lui tendit.

— Bon appétit, dit-il avant de plonger dans sa propre assiette.

Du bout de sa fourchette, Devon titilla les beignets comme si elle s'attendait à les voir se tortiller. Ils ne bougèrent pas. Elle les renifla, méfiante. L'odeur avait disparu.

— C'est des beignets, pas du parfum. Ça se mange, bon sang !

Elle leva vivement la tête. Leurs regards se croisèrent. Un peu honteuse, elle sentit le rouge lui monter aux joues. Il avait eu la gentillesse de préparer le repas et elle se montrait impolie.

— Désolée. Je ne voulais pas vous offenser. C'est juste…

— Ma chère, fit-il, dans le Yukon, on ne mange que trois choses durant l'hiver : des haricots, du bacon et des beignets amers. Va falloir que vous vous y fassiez.

Grimaçant, elle découpa un minuscule morceau de beignet qu'elle glissa dans sa bouche. Elle mâcha, d'abord avec hésitation, puis plus rapidement. Elle sourit.

— Oh, mais c'est délicieux !

— Tant mieux, fit-il, la bouche pleine.

Elle ne put s'empêcher de le regarder. Il était penché au-dessus de son assiette, son gros bras la protégeant comme s'il s'attendait qu'on la lui vole à tout instant.

Soudain, sa fourchette s'immobilisa.

— Vous avez un problème ? s'enquit-il.

Elle s'absorba dans la contemplation de sa propre assiette.

— Non.

La fourchette recommença à bouger.

— Tant mieux.

Engouffrant une dernière énorme bouchée, il se leva avant même d'avoir commencé à mâcher.

Devon regretta de ne pas avoir de serviette pour s'essuyer la bouche. Rien qu'à le regarder, elle se sentait… sale.

— Vous partez déjà ?

Il s'essuya la barbe d'un revers de manche.

— Ouais, éructa-t-il.

— Dans quatre jours, je vous accompagnerai, annonça-t-elle.

Il se contenta de grogner. Attrapant son ciré et son chapeau, il se dirigea vers la porte. Avant de sortir, il s'arrêta.

Devon fronça les sourcils. Il contemplait la porte avec une incroyable intensité, comme s'il était sur le point de découvrir le secret de l'univers.

— Euh… si ça vous amuse, vous pouvez laver mes autres caleçons, marmonna-t-il finalement.

La porte claqua violemment, ce qui n'empêcha pas Devon de savourer sa victoire. Ce n'était pas grand-chose, mais c'était un début.

Après avoir nettoyé la tente, s'être lavé les dents, coiffée et habillée, Devon était prête à partir.

Soudain, un coup retentit à la porte. Elle se figea, nerveuse.

— Qui est-ce ?

— Le père Michaels, répondit une voix d'homme stridente.

— Le père ? Comme un *père ?*

La voix aiguë émit un gloussement.

— Eh bien, je n'ai pas de bambins, si c'est ce que vous me demandez, ma fille.

— Un instant, mon père.

Elle ouvrit la porte.

L'homme qu'elle découvrit sur le seuil lui fit aussitôt penser à un oisillon abandonné. Il était petit

— chétif, même — et son visage rond était dominé par un long nez pointu et des yeux qui semblaient beaucoup trop grands.

Son corps déformé renforçait cette première impression. On aurait dit qu'il penchait d'un côté et sa tête, couronnée de cheveux roux, paraissait mal accrochée à ses épaules trop raides. On aurait juré qu'une main géante malintentionnée l'avait trituré dans tous les sens.

Mais c'étaient ses yeux qui retenaient l'attention : d'un bleu éclatant, ils débordaient d'humour et de joie de vivre. Sa bonne humeur était contagieuse et Devon, malgré l'aigreur qui l'accompagnait depuis quelques jours, en ressentit immédiatement les effets apaisants.

— Entrez, mon père. Je suis Devon O'Shea.

— Et moi, le père Michaels, prêtre et gardien des âmes égarées sur ce coin de terre. J'ai entendu parler de vous à la seconde où j'ai remis les pieds au camp, ce matin. Une dame ne peut espérer pénétrer dans le Yukon sans qu'on la remarque.

Le sourire de Devon s'estompa.

— Oui, je m'en suis aperçue. Entrez. Une tasse de café ?

Il grimaça de plaisir.

— Ce n'est pas de refus.

Il entra en boitant. L'écho de ses pas irréguliers sur le plancher faisait vibrer sur les murs de toile. Devon se précipita pour tirer un tabouret.

— Merci, ma fille, dit-il en s'y laissant tomber avec soulagement.

Elle servit deux tasses et s'installa face à lui, curieuse.

— Mon père, qu'est-ce qui vous a amené dans ce pays oublié de Dieu ?

— Dieu n'oublie aucun pays sur cette terre, ma fille. Vous devriez le savoir.

Elle fut aussitôt prise de remords.

— Pardonnez-moi.

Une ride gaie barra le front du prêtre.

— Vous l'êtes. Bon, pourquoi je suis venu ici ? Pour retrouver mon frère. Et je l'ai trouvé... (Sa voix forte s'assourdit un peu.) Il vivait dans cette ville, Skagway, une vraie fosse à purin, avec une vieille Indienne. Il était vraiment fou de cette sorcière jaune. Malheureusement, il est mort un mois après nos retrouvailles. Quant à moi, je me suis rendu compte qu'il y avait beaucoup de travail pour un prêtre, par ici. Alors, je suis resté.

— Je vous comprends. Je ne suis ici que depuis une semaine et je connais déjà quelques âmes qui ont besoin d'assistance.

— Et vous, ma fille ? Comment allez-vous ? A ce que j'ai entendu dire, ça n'a pas dû être très facile pour vous.

Le sourire de Devon trembla. Cela faisait longtemps que personne ne lui avait demandé comment elle allait, comment elle se sentait. Inexplicablement, les larmes lui montèrent aux yeux. Elle se détourna.

La main osseuse du prêtre couvrit la sienne.

— Qu'y a-t-il, ma fille ?

Elle ravala la boule qui lui serrait la gorge. Le fragile contrôle qu'elle exerçait sur elle-même se lézarda : une larme solitaire s'écrasa sur la main du prêtre.

— Je ne sais pas, murmura-t-elle. Je ne pleure jamais.

— Ah ! ah ! Voilà déjà une bonne raison. Nous avons tous besoin de pleurer de temps en temps. Même les plus forts d'entre nous.

Elle leva lentement la tête, fouillant le visage du père Michaels. La compassion qu'elle lut dans ses yeux la revigora. De nouvelles larmes lui déchirèrent la gorge. Soudain, le fardeau qu'elle portait sur les épaules lui parut horriblement lourd. Elle avait désespérément besoin de parler.

Un petit hoquet s'échappa de ses lèvres serrées.

— La semaine a été... difficile, mon père. Rock et moi, nous avons du mal à nous entendre.

Il lui pressa brièvement la main.

— Je m'en doutais. Rock est un homme dur et solitaire.

— Solitaire ?

— Oui. Il n'a jamais eu de vrais père et mère, n'a jamais eu de chez-lui, n'a jamais connu la paix.

Elle renifla, puis s'essuya les yeux avec sa manche.

— Que voulez-vous dire ?

Le père fouilla dans une des poches de son ciré trop grand et sortit deux photographies soigneusement pliées. Il les lui tendit.

La première montrait une vieille cabane en rondins dans un champ en friche. Devon examina rapidement le sombre cliché, puis voulut passer à l'autre.

Malgré elle, son regard revint sur la cabane. Il y avait quelque chose de vaguement inquiétant dans cette image. Elle l'étudia plus attentivement. La cabane était vieille, en ruine, et l'herbe parsemée de fleurs sauvages grimpait jusqu'au rebord des fenêtres. Elle percevait presque le murmure du vent dans les fleurs.

La cabane était abandonnée. Quelqu'un l'avait construite avec amour de ses propres mains, puis, pour une raison ou pour une autre, l'avait quittée. Pourquoi ? Etait-il mort ? Un malheur avait-il frappé sa famille ?

Le cliché ne donnait aucune réponse.

Mal à l'aise, elle examina la deuxième photographie. C'était le portrait d'une vieille femme élégamment vêtue, assise, le dos raide. On aurait dit une reine.

Mais, là encore, quelque chose n'allait pas. Sous l'effort de concentration, les paupières de Devon se plissèrent. Que manquait-il ?

Elle comprit subitement. La vieille femme était seule, et elle l'avait toujours été. Il n'y avait pas d'alliance à sa main décharnée, sillonnée de veines sombres. Pas d'images d'enfants sur les murs derrière sa chaise. Même pas un chien fidèle à ses côtés. Avait-elle toujours été seule ? Etait-ce ce qu'elle avait voulu ?

Tante Devon, la vieille fille. Cette pensée lui traversa l'esprit comme un éclair, plus douloureuse qu'un coup de poignard. Le cliché lui échappa des doigts. Cette femme, cette expression dans ses yeux... c'est moi. C'est mon avenir.

— Vous allez bien, ma fille ? Vous êtes toute pâle, tout à coup.

Elle l'entendit à peine. Comme malgré elle, ses doigts saisirent de nouveau l'image, glissant doucement sur les traits lisses de la vieille femme. Elle sentait la souffrance de cette femme. Elle serra les dents, refusant de céder aux larmes.

En général, Devon acceptait sa solitude, refusait de reconnaître le vide de sa vie. Elle resterait toujours solitaire, à l'écart des autres. Elle le savait. C'était un choix qu'elle avait fait bien des années auparavant, à la mort de sa mère.

Pourtant, parfois, le besoin de tenir son enfant dans ses bras lui déchirait l'âme.

Cette photographie venait de lui rappeler sa plus grande douleur, de souligner ce qui lui manquait cruellement : les tendres baisers d'un mari, le sourire d'un enfant, une main qui tiendrait la sienne au cours des dernières années glacées de sa vie.

Elle ravala sa salive qui avait le goût des larmes. Comme cette femme, elle était seule.

— Ma fille ?

La voix du prêtre la tira de sa détresse. Revenant au présent, elle reposa le cliché sur la table d'un geste décidé.

— Je vais bien, mon père. Vraiment, répondit-elle trop vite. Pourquoi m'avez-vous montré ces photographies ?

— C'est Rock qui les a prises.

— Oh... Je ne l'aurais jamais cru capable d'une telle... profondeur.

— Avec lui, il ne faut pas se fier à la première impression. Il est tout le temps en colère... enragé, même. Mais je crois que c'est parce qu'il ressent les choses plus profondément que la plupart des gens et qu'il a... peur.

Elle le considéra avec stupéfaction.

— Peur ? Rock ?

Il opina solennellement.

— Oui, il a peur d'avoir besoin de quelqu'un et c'est le moyen qu'il a trouvé pour supporter son existence solitaire. Par ailleurs... (il la scruta attentivement)... je lui confierais ma vie.

Elle fixa le cliché de la cabane, essayant désespérément de comprendre quelque chose à propos de l'homme qui avait fixé cette image. C'était la plus puissante qu'elle ait jamais vue et si différente de l'homme avec qui elle venait de vivre une semaine entière... C'était incompréhensible. Comment une âme d'artiste et de poète pouvait-elle habiter pareil misanthrope ?

— Pourquoi... pourquoi est-il aussi enragé ?

— En vérité, je l'ignore. Il y a des rumeurs, bien sûr, des ragots. A propos d'une femme dans son passé. Une mauvaise femme. Et on parle aussi de choses plus sombres.

— Il ne sera sûrement pas ravi que vous m'ayez confié tout cela.

Le vieil homme secoua la tête.

— Il ne parle avec personne, sauf avec Grizzly, et ça m'étonnerait que ces deux ours solitaires discutent de leurs sentiments. Les hommes viennent dans le Yukon pour ne pas parler, et Rock encore plus que les autres.

— Oui, dit-elle doucement, il attache beaucoup d'importance au silence.

La voix du prêtre monta encore dans les aigus.

— Quand on a peur de connaître les gens, le silence est le meilleur refuge.

Devon réfléchit un moment à la remarque.

— Oui... oui, vous avez raison.

Il reposa sa tasse et se leva péniblement.

— Eh bien, ma fille, dit-il en ajustant le col de son ciré, il est temps pour moi de partir. Ce ne sont pas les âmes en peine qui manquent par ici.

Impulsivement, elle lui prit la main.

— Merci, mon père. Je ferai tout pour arrondir les angles avec Rock. Je vous le promets.

Un sourire éblouissant illumina le visage du vieil homme.

— Je n'en attendais pas moins de vous. Vous avez du caractère, ma fille. Il faut être une femme très courageuse pour venir dans le Yukon. (Il lui serra la main.) Et plus encore pour y rester. Dieu vous assiste !

Une heure après le départ du père Michaels, Devon était prête à entamer sa quête. Elle ferma la porte de la tente derrière elle et respira profondément l'air frais de cette fin d'été. Ses poumons s'emplirent de la brise parfumée qui flottait le long du Yukon.

Ajustant son chapeau de feutre kaki, elle baissa

la fine voilette sur ses yeux. Sa main gantée se referma sur l'anse en métal de son seau. De l'autre, elle souleva ses jupes et se dirigea d'un bon pas vers les collines.

Le sol couvert de lichen était comme un tapis de mousse sous ses pieds. L'empreinte de ses pas s'effaçait en un instant. Même si le sous-sol était complètement gelé, la terre semblait bien décidée à vivre malgré tout.

A mi-chemin de sa destination, elle s'arrêta, posa son seau et laissa errer son regard. La colline était éclaboussée de couleurs : des écarlates, des ors, des verts. Des bourgeons rose-rouge parsemaient le paysage comme les coups de pinceau d'un artiste. Et les senteurs ! Elle aurait aimé garder à jamais cette odeur autour d'elle.

Elle avait du mal à croire que l'été finissait. Elle se serait plutôt crue au printemps : toutes les nuances de l'arc-en-ciel dansaient dans la brise délicieuse.

Comment avait-elle jamais pu trouver ce pays laid ? Ou même désolé ?

Quand elle atteignit les petits buissons qui couronnaient la colline, l'excitation la gagna. Elle ne tarda pas à trouver ce qu'elle cherchait.

Après sept jours dans le Yukon et près de deux mois de voyage, le panorama qui s'étendait devant elle la faisait défaillir. Mais il y avait mieux ! Elle se lécha les lèvres. Des myrtilles fraîches !

Elle sourit. Rock n'avait plus aucune chance.

Vlan !

— Satanées bestioles !

Devon venait d'écraser un autre moustique et la gifle lui brûla la joue. Ici, les moustiques étaient aussi gros que des abeilles. Ils faisaient un tel vacarme en volant autour d'elle qu'elle n'entendait plus rien d'autre.

Elle serra les dents. Pourquoi avait-elle choisi sa plus jolie voilette plutôt que la plus épaisse ? Cette maudite gaze était comme un défi pour ces petits monstres : ils faisaient de leur mieux pour la traverser.

Vlan ! Une nouvelle claque.

Elle ne pourrait pas en supporter beaucoup plus. La tête commençait à lui tourner. Les moustiques devaient lui pomper au moins un litre de sang par minute.

Elle inspecta son seau. Il était plein. De même que le tablier qu'elle avait pris la précaution d'emporter.

Cela suffisait. Il n'y avait pas plus de vingt-cinq hommes dans la vallée. Ils ne mangeraient pas des tonnes de confiture.

D'ailleurs, se dit-elle sombrement, augmenter le chiffre d'affaires du magasin ne valait pas qu'elle y laisse sa peau.

Elle replia les quatre coins du tablier et les noua ensemble, puis passa le bras sous le nœud. Son seau dans l'autre main, elle reprit le chemin de la tente.

En dévalant le flanc de la colline, elle se mit à penser aux photographies que lui avait montrées le père Michaels, et à l'homme qui les avait prises. Des images si poignantes, si émouvantes...

Elle ralentit le pas. Ses pensées s'égarèrent, portées par le vent qui lui caressait les cheveux.

Soudain, elle songea au baiser. Leur baiser. Celui qu'ils avaient échangé la première nuit. Etrangement, elle n'avait pas envie de chasser ce souvenir troublant. Ses lèvres s'étaient soudain faites si douces, si...

Elle envisagea sérieusement de se gifler encore une fois. Bonté divine, et puis quoi encore ? Qu'allait-elle s'imaginer ? Que ce rustre la désirait ? Il n'avait cherché qu'à l'agresser, utilisant ses lèvres à la place de ses poings. Il n'avait pas voulu d'elle, il avait voulu la faire partir.

C'étaient les moustiques, décida-t-elle. Ils ne lui avaient pas laissé une goutte de sang dans le cerveau. Peu importait ce qu'avait dit le père Michaels, peu importait que son associé soit un bon photographe, Rock n'était tout simplement pas un homme avec qui une femme pouvait se lier d'amitié. Pas une femme comme elle, en tout cas. Ses amies féminines, s'il en avait (ce dont elle doutait sérieusement), devaient s'appeler Lulu ou Nini.

Et pourtant...

Oublie les photographies, se dit-elle. Mais elle en était incapable. Ces deux images avaient donné naissance à la seule chose que l'esprit rationnel de Devon ne pouvait ignorer : une énigme.

Son associé, le grand, le silencieux, le vulgaire Rock, était devenu une énigme. Jamais, de toute sa vie, Devon O'Shea n'avait pu laisser un problème sans solution. C'était comme de vivre dans une maison mal rangée. Ça n'allait pas, tout simplement.

Elle abandonna l'idée d'essayer d'ignorer les questions qui la harcelaient. Elle ne passerait plus une nuit décente sur cette belle terre verte tant qu'elle n'aurait pas déchiffré le rébus.

Mais comment ?

Il n'y avait qu'un moyen : briser l'armure de froideur dans laquelle s'enfermait Rock. D'une manière ou d'une autre, elle devait découvrir l'homme qui se cachait derrière ce masque glacé, l'homme qui avait pris ces photographies.

8

Consterné, Rock consulta sa montre. Sept heures. Plus qu'une heure, songea-t-il, morose. Encore une heure de bienheureux silence avant de devoir fermer la boutique et rentrer chez lui.

« Chez lui ». Tu parles ! Il n'avait plus de chez-lui, désormais. Il vivait dans une tente qui ressemblait à une de ces illustrations pour roman féminin : une profusion de fleurs, des nappes, des draps immaculés. Seuls manquaient les rideaux — et pour cause, il n'y avait pas de fenêtre ! Il grimaça. Il était prêt à parier que Miss Fée-du-Logis allait découper un trou dans la toile uniquement pour mettre ses maudits rideaux.

Dieu merci, tout cela serait terminé dans deux jours.

Il n'en pouvait plus d'attendre. Dans deux jours, elle allait envahir son magasin avec sa nourriture innommable. Alors, il n'aurait plus qu'à la mettre dehors.

Il sourit. Depuis deux jours, il avait passé des heures et des heures à rêvasser de ce moment, à imaginer sa tête quand il lui dirait : « Vous avez perdu. » Les trois mots les plus agréables qu'il aurait jamais prononcés.

Miss Impeccable allait sûrement en pleurer toutes les larmes de son corps. A moins qu'elle ne s'évanouisse.

Seigneur, quelle attente !

Il s'arrêta devant la tente, se préparant mentalement à affronter son bavardage intempestif. Les mâchoires serrées, il ouvrit la porte.

Une bouffée de chaleur le fit suffoquer. Il referma derrière lui, surpris par l'étrange odeur douceâtre qui régnait dans la pièce. Cela sentait la cannelle et autre chose. Ecœurant.

Du coin de l'œil, il vit son associée sauter hors du lit. Le matelas rebondi le fit grimacer : elle l'avait regarni la veille. A présent, chaque fois qu'il se coucherait, il aurait l'impression de se noyer dans un océan de plumes.

Elle venait vers lui. Il la dévisagea avec curiosité : elle avait les yeux brillants et de la sueur perlait sur son front congestionné. Des mèches folles s'échappaient sur ses tempes. Qu'avait-elle encore fabriqué ? Pourquoi faisait-il aussi chaud ? Il n'y avait rien sur le poêle. Pas une casserole, pas une marmite. Elle n'avait donc pas préparé le dîner ?

— Bonsoir, Rock, fit-elle en s'arrêtant devant lui dans un tourbillon de mousseline bleue. Puis-je vous débarrasser de votre ciré ?

Il serra les dents pour ne pas l'agonir d'injures. Il était parfaitement capable de se dévêtir tout seul. Mais le jeu n'en valait pas la chandelle. S'il lui disait non, elle allait prendre sa tête de martyre. Haussant ses massives épaules, il ôta son ciré et le lui tendit.

Elle s'en empara comme si c'était un trophée et le défroissa soigneusement avant de le suspendre à son crochet.

Rock se laissa tomber sur un tabouret devant la table.

— Qu'est-ce qu'on mange ?

— Vous voulez du café ? demanda-t-elle en se précipitant vers son précieux poêle.

— Mmmoui. (Il fronça les sourcils. N'avait-il pas posé une question ? Ah oui.) Qu'est-ce qu'on mange ?

Elle posa vivement une casserole sur le poêle chauffé à blanc et ouvrit rapidement une boîte de haricots rouges.

— Des haricots et des beignets, répondit-elle en lui donnant un gobelet de café.

Autrement dit, elle n'avait rien préparé pour le dîner. Sans doute avait-elle été trop occupée à faire Dieu savait quoi. Tant mieux. Même elle ne pouvait pas rater une boîte de haricots. Il s'empara de son exemplaire fort abîmé d'*Oliver Twist* et se plongea dans la lecture.

— Encore un peu de café ? demanda-t-elle au bout d'un moment.

Il contempla son gobelet vide.

— Hon-hon.

Elle le resservit.

— Merci.

— Il n'y a pas de quoi.

Il but une gorgée et se replongea le plus vite possible dans son livre.

— Vous savez, Rock, je comprends vraiment pourquoi vous vous êtes installé ici. En comparaison, Saint Louis semble morne et gris.

Il leva les yeux pour l'observer. Elle ne le regardait pas, bien sûr. Elle dansait autour du réchaud. Touillant les haricots, goûtant, versant, touillant encore. Ses cheveux couleur de rouille s'échappaient de son chignon et ruisselaient telle une cascade d'or sur son dos. Son corsage blanc très serré soulignait ses formes.

Son souffle s'accéléra. Il avait si peu songé à elle comme à une femme que lorsqu'il se retrouvait confronté à l'évidence de sa... féminité, il en éprouvait un réel malaise. Il s'éclaircit la gorge et détourna vivement les yeux.

— Heu ?

Elle rit doucement.

— Oh, nous voilà revenus aux grognements ? (Elle versa des haricots dans deux assiettes.) Je croyais pourtant qu'on avait réalisé quelques progrès.

Il ne répondit pas. Il en était incapable. Il n'avait aucune idée de ce dont elle parlait.

Elle posa une nappe rouge sur la table avant de lui tendre un verre d'eau bouillie et refroidie... ainsi qu'une serviette.

Il lui lança un regard torve.

— Soyez gentil, dit-elle, toujours souriante. Laissez-moi croire que vous allez l'utiliser.

Il écrabouilla le morceau de tissu dans sa grosse pogne et commença à manger.

De temps à autre, il lui jetait un coup d'œil, juste pour vérifier. Mais elle continuait. Elle mangeait toujours comme un notaire : un mets à la fois.

— Vous ne m'avez pas répondu, vous savez.

Sa fourchette s'immobilisa juste devant ses lèvres.

— Hein ?

— J'ai dit que ce pays est magnifique.

— Ah ? Ouais...

Il enfourna son mélange de beignets et de haricots.

— J'ai beaucoup marché ces derniers jours, pour observer la campagne. Je suis impatiente de voir comment elle sera avec les couleurs de l'automne.

Une nouvelle bouchée de haricots.

— Ch'est pas mal.

Le silence retomba. Mais à présent, ce silence avait quelque chose de forcé. Il s'agita, mal à l'aise, sur son tabouret. Bon sang, c'était comme s'ils étaient *obligés* de papoter comme des hyènes autour de leur proie! Il secoua la tête. Elle lui avait tellement chamboulé l'esprit qu'il ne savait plus à quoi s'attendre. Sans réfléchir, il s'essuya la bouche avec sa serviette et recommença à manger.

De l'autre côté de la table, il entendit une petite exclamation offusquée. Il leva la tête. Elle fixait la serviette. Une chaleur lui envahit les joues. Il eut l'impression d'être l'idiot du village.

— Par les feux de l'enfer! aboya-t-il en jetant sa serviette par terre. Cessez de me regarder comme ça!

Devon se concentra sur sa propre assiette.

— J'ai aperçu un très bel oiseau aujourd'hui. Je n'en avais jamais vu de pareil. D'un gris pâle presque blanc, avec une tête noire et un bec d'un rouge éclatant. Il m'a suivie pendant près d'une demi-heure le long de la rivière en gazouillant.

— Une sterne, dit-il, la bouche pleine.

Elle fronça les sourcils.

— Pardon?

Il s'essuya la bouche avec sa manche et la contempla.

— Une hirondelle polaire. Une sterne.

— Oh?

De nouveau, le silence. Le silence béni.

Il entendit tinter sa fourchette quand elle la reposa, mais il refusa de la regarder. Un public ne ferait que l'encourager à jacasser encore plus.

— Je me disais que vous aimeriez peut-être en savoir davantage sur mon compte.

Qu'est-ce que c'était que cette nouvelle invention?

— Non.

Il aurait dû s'en douter: ce non ne lui fit ni chaud ni froid.

— Je suis venue ici en quête d'un nouveau départ. Je m'occupais de ma sœur, Colleen, mais maintenant qu'elle est mariée, elle n'a plus besoin de moi. Je me sentais un peu... perdue. Je sais que cela peut paraître idiot, mais je me disais que si je pouvais trouver quelque chose que je ferais correctement... (Sa belle voix rauque se voila, hésita.) Je ne sais pas. J'imagine que j'avais besoin de faire quelque chose pour moi, quelque chose que j'aimerais et qu'ainsi je me sentirais moins seule. Vous comprenez ?

Rock reposa sa fourchette. S'il comprenait la solitude ? Il leva les yeux. Leurs regards se rencontrèrent. Au fond de ces lacs verts, il remarqua la tristesse : un besoin, un manque aussi profonds que les siens.

Comment aurait-il pu *ne pas* comprendre ? Il avait été seul toute sa vie.

— Je comprends. C'est pour cela que je...

Il ravala sa confession. Ce qu'il faisait et pourquoi il le faisait ne la regardait pas.

— Que vous prenez des photographies. N'est-ce pas ce que vous alliez dire ?

Il leva de nouveau les yeux vers elle, surpris.

— Ouais, fit-il après une longue hésitation. Je prends des photos.

— Un photographe, dit-elle doucement. L'immortalité d'un instant. J'imagine...

Maintenant qu'elle avait démarré, elle ne s'arrêtait plus. Sa voix était basse et apaisante. Ses paroles tissaient une toile chaleureuse autour de lui. Il sirotait son café en l'écoutant. Une atmosphère agréable emplissait la pièce.

Au bout d'un moment, sa tête se fit lourde. Ses paupières se fermèrent. Le son de sa voix avait quelque chose de soporifique...

— Rock ?

Il releva brusquement le menton.

— Hein ?

Elle le dévisageait de ses yeux verts. Et taquins. Il sentit qu'elle contenait son hilarité à grand-peine.

— Sommeil ? s'enquit-elle gentiment.

Il s'éclaircit la gorge.

— Non. Pas du tout.

— Vous vous souvenez de ma dernière question ?

Il se trémoussa, mal à l'aise. Il ne se souvenait de rien de ce qu'elle avait raconté de la soirée. Ah si, à un moment donné, elle avait parlé d'oiseaux.

— C'était une question simple. (Sa voix rauque l'ensorcelait.) Croyez-vous que nous puissions devenir amis ?

Il bondit. Satanée bonne femme ! Elle avait recommencé. Elle l'avait encore manipulé. Et avec une facilité dérisoire. Il lui avait suffi d'une poignée de haricots, de quelques sourires, de deux ou trois mots bien choisis et il l'avait *écoutée*.

Il ferait mieux de se loger une balle dans la tête. Et tout de suite. Avant que ça empire, avant de devenir complètement dingue.

— Non, dit-il, les dents serrées. Je vous l'ai déjà dit : je n'ai pas d'amis.

— Mais…

— Il n'y a pas de mais.

En un clin d'œil, elle se retrouva à ses côtés. Sans un mot, elle posa les doigts sur son bras. C'était un contact doux mais ferme.

— Oubliez ce que je viens de dire. (Elle parlait à voix si basse qu'il avait du mal à l'entendre.) Nous en avons assez fait pour ce soir. Ne revenons pas en arrière.

Il la fixa. Elle le fixa. Ses yeux étaient immenses et d'une totale honnêteté. Il avait la gorge sèche.

— D'accord, grommela-t-il. On oublie ça.

— Merci, répondit-elle avec un petit soupir.

Elle lui lâcha le bras et entreprit de débarrasser la table.

Elle chantonna en faisant la vaisselle. Faux, comme d'habitude, mais, étrangement, sa voix ne lui paraissait plus aussi désagréable et semblait rendre moins pesant le silence dans la tente.

Il gémit. Il était dans un sérieux pétrin si ses fredonnements ne l'agaçaient plus.

— Il faut vraiment que vous fredonniez ? s'enquit-il durement.

Elle lui lança un sourire malicieux.

— Préférez-vous que je chante ?

— Et si vous vous contentiez d'y songer ?

— Oh, oh, Rock, vous plaisantez ? le taquina-t-elle. Qui aurait cru que vous possédiez le sens de l'humour ?

— Je n'ai aucun humour.

— C'est ce que vous croyez, à tort, peut-être.

— M'étonnerait.

— Pourtant... vous venez bien de faire de l'esprit. Méfiez-vous, vous risquez de recommencer.

Il ravala un sourire in extremis.

— Quand les poules auront des dents.

9

Rock regarda la silhouette chancelante et secoua la tête. Elle essayait encore de monter sur cette satanée bicyclette.

Cloc, flac. La silhouette plongea. La roue avant de l'engin venait de s'enfoncer dans la boue. La bécane s'arrêta net. Sa propriétaire s'envola dans les airs. Elle atterrit sur le sol meuble en même temps que la bicyclette. Le choc fit joliment tinter la sonnette.

— Ouch !

Rock ne put s'empêcher de sourire. Il attendit, sachant ce qui allait suivre. S'il y avait une chose qu'il avait apprise à propos de Devon, c'est qu'elle ne renonçait jamais. Cette fois encore, il ne fut pas déçu. Elle ne mit que quelques secondes pour regrimper sur sa machine et appuyer avec vigueur sur la pédale.

Flac. La roue s'enfonça de nouveau mais, cette fois-ci, elle fut capable de se désembourber. La bicyclette étincelante s'éloigna en zigzaguant.

Bon, se dit-il, tant qu'elle s'escrimait sur son vélocipède, elle ne faisait pas le ménage ou — Dieu merci ! — n'essayait pas de cuisiner. Et puis, elle avait bien le droit de s'amuser un peu : demain matin, elle connaîtrait une bien cruelle désillusion.

Rock ricanait tout seul. D'une minute à l'autre, il prononcerait les mots magiques : « Vous avez perdu. » Il avait du mal à contenir son excitation. Ces trois mots lui brûlaient la langue. D'une minute à l'autre, d'une seconde à l'autre, Devon allait pénétrer ici avec sa nourriture immangeable.

Il gloussa. Dieu, qu'il se sentait bien !

Pour la première fois depuis l'arrivée de cette enquiquineuse, il avait tous les atouts en main. Il n'aurait qu'à mordre dans un de ces machins et lui annoncer qu'elle avait perdu son pari. Les hommes du Yukon n'étaient pas désespérés au point d'avaler sa pâtée pour chiens.

Il ouvrit sa montre. Sept heures. Elle était en retard. Elle avait probablement goûté sa tambouille et tourné de l'œil.

— Bonjour, Rock.

Il leva les yeux. Elle se tenait sur le seuil, les mains vides. Un large sourire découvrit les dents de Rock. Elle n'avait même pas osé apporter un échantillon de ses talents culinaires.

— Vous n'auriez pas oublié quelque chose, Devon ?

— Non. En fait, j'ai même un invité supplémentaire. (Elle se tourna vers l'extérieur et lança :) Entrez.

Grizzly pénétra dans le magasin.

— 'jour, Devon, dit-il en portant l'index à son chapeau fatigué. Salut, Cornelius.

— T'es venu voir perdre la p'tite dame, Griz' ?

Grizzly prit place à la table.

— J'crois bien que j'vais voir quelqu'un mordre la poussière, répondit-il avec bonne humeur.

Devon se retourna et se pencha à l'extérieur de la tente. Seigneur ! se dit Rock. Voilà qu'elle essayait d'entrer le postérieur en premier. Il sursauta tandis que son regard se rivait aux fermes rondeurs. Aucun doute : c'était bien une femme. Qui aurait pu deviner qu'une fille aussi maigrichonne possédât une aussi jolie croupe ?

Son dos courbé et ses épaules apparurent. Elle tirait quelque chose. Du moins, elle essayait, ahanant de plus belle.

— Bon sang ! maugréa-t-il en se dirigeant vers elle. Qu'est-ce que vous fabriquez ?

Il écarta le rabat de la tente et découvrit une luge recouverte d'une nappe dissimulant un lourd chargement.

— A votre avis ? répliqua-t-elle en se redressant.

Avec une moue écœurée, il lui prit la corde des mains et tira la luge dans la tente. Les patins heurtèrent les planches mal jointes et il y eut un bruit de verre qui s'entrechoquait.

— Arrêtez ! hurla-t-elle tandis que le précieux chargement oscillait dangereusement sous la nappe.

Il tira avec une vigueur accrue.

Elle voulut lui arracher la corde des mains. Il résista. Elle insista. Il lâcha d'un coup. Déséquilibrée, Devon trébucha. Par chance, elle ne tomba pas sur la luge mais contre la paroi. Un nuage de poussière s'éleva autour d'elle tandis qu'elle glissait à terre, cherchant frénétiquement une prise sur la toile lisse. Elle éternua.

Le rire tonitruant de Rock emplit le magasin.

— Désolé, je n'ai pas balayé, aujourd'hui. J'ai dû oublier.

Malgré elle, Devon ne put s'empêcher de sourire. C'était si bon de l'entendre rire avec une telle ingénuité qu'elle en oubliait presque qu'il riait d'elle. Presque.

Il lui offrit sa main.

— Levez-vous.

L'ignorant superbement, elle bondit sur ses pieds en époussetant sa robe. Elle remit en place une mèche qui s'était échappée de son chignon et annonça :

— Assez rigolé ! Passons aux choses sérieuses.

Rock avait un peu pitié d'elle : elle se donnait tant de mal.

— Vous êtes certaine de vouloir un public ? s'enquit-il gentiment.

Elle lança un regard vers Grizzly.

— Lui ? Ce n'est pas un public. Il va nous servir de goûteur.

Le sourire de Rock s'évanouit.

— Je suis seul juge.

— Je me suis dit que vous aimeriez avoir l'opinion d'un... client. D'ailleurs, quand j'en ai touché un mot à Grizzly, il a paru ravi. Il a même parlé, je crois, d'un « combat à armes égales ».

Rock lança un regard meurtrier à son ami.

— Ah, il a dit ça ? Dis-moi, Griz', t'es pas un peu vieux pour revêtir ta belle armure étincelante ?

Grizzly jubilait.

— J'essaie juste de venir en aide à deux amis.

Rock haussa les épaules. De toute manière, même une bande de rats affamés ne toucheraient pas à ses plats.

— Bon, grommela-t-il, qu'est-ce que c'est ?

— De la nourriture ! s'exclama-t-elle, triomphante.

— Quel genre ?

Elle parut déçue.

— Vous manquez d'enthousiasme, on dirait.

Grizzly gloussa.

— Pour ça, oui ! Il a pas l'air ravi.

— Vous pensez que la nourriture n'est pas une bonne idée ? demanda-t-elle, sincèrement inquiète. Cela devrait pourtant plaire aux clients.

— Votre cuisine n'attirerait même pas une mouche.

Une étincelle s'alluma dans les yeux de Devon.

De la colère ? Du triomphe ? Du soulagement ? Il n'en savait trop rien. Mais, quoi que ce fût, ça le mettait mal à l'aise.

— Pourquoi faites-vous cette tête ?

Soudain, il n'eut plus aucun doute sur son humeur. Elle était contente. En fait, elle était excitée comme une puce. Ses joues étaient toutes roses et elle souriait jusqu'aux oreilles.

— Cessez de pouffer comme ça, ordonna-t-il, vous m'rendez malade.

Elle se calma.

— Navrée.

Elle n'avait pas l'air navrée du tout. Rock gronda. Il avait un très mauvais pressentiment.

— Bon, pourquoi souriez-vous comme ça ?

— Je vous ai un peu... égaré, dit-elle.

Pour le coup, égaré, il l'était vraiment...

— Comment ça ?

— J'ai saboté volontairement les repas — juste pour vous embêter.

Le cœur de Rock s'arrêta. Et voilà, elle avait remis ça ! Elle s'était montrée plus intelligente que lui.

Avant qu'il ne puisse prononcer un mot, elle souleva la nappe, comme s'il s'agissait de la cape d'un magicien, révélant ses trésors. La luge et son chargement parurent soudain occuper tout le magasin.

— Qu'est-ce que c'est ? demanda-t-il avec un filet de voix.

Elle montra de l'index les bocaux en verre coiffés d'un couvercle de métal.

— Des sauces, des confitures, des condiments, des conserves. (Elle se ménagea une pause, soignant ses effets.) Plus seize tartes aux myrtilles et quatre grosses tartes aux pêches.

Rock étouffa un gémissement.

— Seigneur...

Quel traquenard !

En un clin d'œil, Devon surgit devant lui et posa sa petite main d'albâtre sur la flanelle de sa chemise.

— Les mineurs feront la queue pour manger cela. Surtout en plein milieu de l'hiver, quand ils en auront assez des haricots et des beignets. Réfléchissez, insista-t-elle de sa voix la plus persuasive, des myrtilles sur vos tartines en plein mois de janvier.

Il ferma les yeux : dérisoire tentative pour ignorer l'évidence. Il avait fait un pari et il avait... perdu.

— Rock ? fit-elle, un tantinet nerveuse.

Elle attendait sa réponse, il le sentait. Elle attendait de savoir quel genre d'homme il était. Il releva lentement les paupières, révélant des yeux vides.

— Ouais ?

— Allez-vous respecter les termes de notre marché ?

Et voilà ! La grande question était lâchée. Il contempla la luge avec gêne. La main sur son bras accentua sa pression... et les parois de la tente se refermèrent sur lui.

La réponse à son dilemme était si simple. Il le savait, elle le savait. Il n'avait qu'à lui rire au nez. C'étaient sa vallée, son magasin, sa vie. Pas un homme vivant à des lieues à la ronde ne le lui reprocherait. Même pas Grizzly.

Pas un, sauf, évidemment, celui qu'il croiserait dans son miroir.

— Rock ?

Soupirant à fendre l'âme, il sortit sa montre de son gousset. C'était un geste inconscient qu'il répétait souvent quand il était tendu. Curieusement, la progression obstinée de la trotteuse le calmait. Il observa sa montre durant de longues secondes.

Son esprit s'éclaircit. Il avait perdu. L'heure avait sonné d'acquitter ses dettes.

— Vous avez gagné.

Jamais il n'avait prononcé de mots aussi difficiles.

Devon sautilla sur place en hurlant.

— Oh ! Rock ! Je savais que vous étiez un homme de...

— Silence !

Elle se figea.

— Mais...

— Rien du tout ! Vous avez gagné, je vous l'accorde. Maintenant, à votre tour de donner quelque chose en échange.

Elle le dévisagea.

— Expliquez-vous, de grâce !

— Vous pouvez travailler au magasin huit heures par jour à une condition.

— Laquelle ?

— Vous limiterez vos papotages à dix mots par jour. Au moment où le onzième vous échappera, votre journée sera terminée.

— C'est une gageure !

Il sourit.

— Pas tant que ça. Vous n'aurez personne à qui parler. Dans ces conditions, ça ne devrait pas être trop difficile de garder le silence.

Elle plissa les paupières, réfléchissant à toute allure.

— Et si je ne suis pas d'accord ?

— Alors, ce sera une victoire à la Pyrrhus. Je ferme le magasin, j'emballe mes affaires et je déménage.

Elle en resta bouche bée.

— Ce n'est pas juste.

— Eh non !

— Vous n'oseriez pas.

— Vous croyez ?

Elle se mit à mordiller furieusement son pouce.

Il l'observait, fasciné. Il pouvait quasiment voir les rouages qui tournaient dans sa tête. Oui, elle pesait le pour, le contre et le reste.

— Alors ? s'impatienta-t-il.

Le pouce réapparut, tout rouge.

— Cent mots.

Il écarquilla les yeux de surprise. Cette péronnelle osait marchander !

— Vingt.

— Soixante.

— Quarante.

— Marché conclu, dit-elle, lugubre.

Il poussa un soupir formidable. Quarante mots, c'était supportable. Et s'il jouait ses cartes correctement, il pourrait se débarrasser d'elle avant midi.

Le gloussement de Grizzly les ramena à la réalité.

— Bon, ben, faut qu'j'y aille. Le combat m'a paru tout à fait régulier.

— Merci, Grizzly, dit Devon.

— Ouais, c'est ça, Grizzly, renchérit Rock, merci beaucoup.

— De rien, Cornelius. Ravi d't'avoir rendu service.

Et là-dessus, Grizzly s'éclipsa, toujours aussi hilare.

Dès qu'ils furent seuls, Devon revint à la charge.

— Bon… maintenant, mes conditions.

— Pas question.

— Oh que si… si vous tenez à ce que je ferme mon clapet.

Il n'eut pas besoin de réfléchir longtemps. Il était prêt à payer le prix fort pour son silence.

— D'accord. Que voulez-vous ?

— Vous me laissez nettoyer et organiser le magasin. Tous les jours.

— Et si je refuse ?

— Je prolonge mon séjour. Peut-être jusqu'à la fin de l'été prochain.

— Vous ne feriez pas ça !

Un sourcil parfaitement arqué se dressa.

— On parie ?

Rock gémit intérieurement. Elle en était capable rien que pour l'embêter.

— Entendu, bon sang ! grogna-t-il. Faites comme il vous plaira. De toute manière, c'est toujours comme ça avec vous. Mais laissez votre satanée langue dans votre poche.

Elle sourit.

— Promis.

Puis elle se mit en devoir de décharger sa précieuse luge. Rock gronda. L'hiver allait être sacrément long...

Le lendemain matin, Rock ouvrit sa montre et regarda les aiguilles d'un air morne. Il n'était que neuf heures.

La journée s'étirait devant lui, énorme gueule béante qui tour à tour se moquait de lui ou menaçait de l'avaler tout cru. Ils ne travaillaient ensemble que depuis une heure et déjà il avait la migraine.

— Vous savez, Rock...

Dieu, qu'il haïssait cette phrase ! Invariablement, elle était suivie d'une suggestion destinée à améliorer son caractère ou son apparence. Ou les deux.

Il serra les dents et l'ignora. En pure perte, comme d'habitude.

— Je pourrais vous aider à ranger vos photographies.

Il la fusilla du regard.

— Je ne les ai pas vues, bien sûr, poursuivit-elle. (Amour du danger ? Totale inconscience ?) Mais j'imagine qu'elles ne doivent pas être... organisées.

Sans répondre, il compta vingt-quatre allumettes qu'il jeta dans un petit bocal sur le comptoir. Plus que seize! Cette pensée lui fit chaud au cœur.

— Si vous touchez à mes photos, déclara-t-il avec calme, je vous arrache les doigts.

Elle blêmit.

— Oh, vous n'êtes pas obligé d'être...

Il préleva six autres allumettes.

— Arrêtez! s'exclama-t-elle. Je n'ai prononcé que cinq mots. «Oh» ne compte pas. Ce n'est pas un mot, c'est... c'est...

— ... Un mot.

Il lança les allumettes dans le bocal; elles tintèrent joyeusement contre la paroi en verre.

— Je vous fais grâce de votre protestation, ajouta-t-il, magnanime, c'était une controverse légitime. Il ne vous reste plus beaucoup de mots. Vous voulez les utiliser tout de suite?

Elle ferma la bouche avec ostentation et se dirigea vers les étagères qu'elle réorganisait.

Il observa la rangée impeccable de boîtes de soupe Campbell et un lent sourire fit frémir ses moustaches.

— Pourquoi mettez-vous la soupe de pois cassés à côté de la soupe à la tomate?

Elle se retourna vers lui, ravie.

— Je suis contente que vous me le demandiez. A vrai dire...

— Stop! la coupa-t-il d'une voix tonitruante. Ça fait quarante. Terminé pour aujourd'hui.

Elle lui lança un regard noir.

— Oh, vous!

Relevant ses jupes avec dignité, elle quitta la tente.

Rock poussa un long soupir. Dieu, quel plaisir de s'être montré plus malin qu'elle, pour une fois!

Deux jours plus tard, debout devant sa rangée de boîtes de soupe enfin ordonnée, Devon pinça les lèvres. Aïe! Elle avait failli s'exclamer: « C'est fait! »

Elle avait maîtrisé à temps ses lèvres traîtresses. Pas question de se laisser posséder encore une fois par cet indigne spécimen de l'évolution.

Elle devait cependant reconnaître qu'il savait s'y prendre. Deux jours d'affilée, il avait utilisé sa propre faiblesse contre elle : elle aimait parler et il en profitait. Hier, elle n'avait guère tenu que jusqu'à dix heures et demie.

Sa stupidité la fit grimacer. A l'allure où elle allait, au printemps, elle n'aurait pas encore accompli une seule journée entière de travail.

Mais, à partir d'aujourd'hui, elle ne se laisserait plus avoir.

Le rabat de la tente se souleva et la Tige apparut, en compagnie d'un homme qu'elle ne connaissait pas.

— La Tige! s'exclama-t-elle joyeusement en courant vers lui.

Derrière elle, elle entendit le petit tintement de deux allumettes heurtant le bocal. Son sourire s'effaça.

La Tige enleva son chapeau qu'il écrasa contre sa poitrine.

— 'jour, miss Devon.

Rien que de la voir, il en rougissait.

Elle hocha la tête, laissant ses yeux s'exprimer à la place de sa langue.

— Voici mon ami, Digger Haines. Il va m'emmener à Circle City. On va faire la fête.

Devon se tourna vers Digger. C'était un petit homme au visage simiesque et dont le sourire découvrait des dents mal plantées et jaunes. Ses yeux gris, au milieu de son visage ridé, brillaient de l'éclat particulier aux chercheurs d'or.

— Comment qu'vous allez, miss ?

Il la considérait avec chaleur et respect.

— Bonjour, monsieur Haines.

— Monsieur Haines ! (Il éclata de rire.) Oh, miss, j'suis juste Digger. (Un coup d'œil vers le comptoir.) Salut, Rock, ça va ?

Rock ne leva même pas les yeux.

— Ça va.

Devon tapota l'épaule de la Tige. Comme il se tournait vers elle, intrigué, elle lui désigna d'un geste appuyé l'assortiment de tartes.

— Bon Dieu, Digger, regarde un peu ça !

Les yeux de Digger s'arrondirent.

— Dieu tout-puissant, des tartes fraîches ! Combien ça coûte ?

Devon soupesa chacun de ses mots, éliminant tous ceux qui étaient inutiles.

— Un dollar pièce. Une gratuite pour dix dollars d'achat.

Sur ce, Rock dressa la tête.

— Gratuite ?

Devon acquiesça en grimaçant tandis que neuf allumettes atterrissaient dans le bocal.

— Nom d'une pipe ! fit la Tige en se léchant les babines. J'ai besoin d'un tas de trucs. Je voulais tout acheter à Circle City, mais ces tartes ont l'air rudement bonnes.

Digger lui tira le bras.

— Viens, mon gars. Faisons nos provisions pour l'hiver.

Pendant la demi-heure qui suivit, Devon couva ses premiers clients comme une poule ses poussins. Elle claqua de la langue, hocha le menton, montra de l'index, utilisant tous les trucs possibles pour ne pas parler car elle était bien décidée à montrer à Rock qu'elle pouvait être une associée capable… et silencieuse. Quand Digger et la Tige eurent réuni tout ce dont ils avaient besoin, elle passa derrière le comptoir.

Rock lui barra aussitôt le passage.

— Les comptes, c'est mon rayon.

Elle lui lança un regard belliqueux.

— Non.

Ils se dévisagèrent un long moment. Puis Rock laissa tomber une allumette dans le bocal et se rassit sur son tabouret.

— A votre guise, ma chère !

Ragaillardie, elle se tourna vers les deux clients.

— Bon, qu'avons-nous ?

Elle dressa la liste avec méticulosité. Le dernier achat était une petite boîte orange. Elle la prit et la retourna dans tous les sens, mais elle ne portait ni prix, ni indication du contenu.

Elle fronça les sourcils. La Tige toussa. Elle le regarda : il était tout rouge et sa pomme d'Adam jouait au Yo-Yo. Il fixait la boîte avec des yeux exorbités.

— Tu vas bien ? s'enquit-elle.

Il hocha la tête, toussant de plus belle.

Digger lui flanqua une claque dans le dos.

— Il va bien, miss, dit-il en souriant.

Devon reporta son attention sur la boîte. Qu'est-ce que c'était ? Elle consulta la liste des marchandises, cherchant un indice qui pourrait l'aider.

La Tige toussa de nouveau.

— Ça vaut un dollar, miss Devon.

— Mais qu'est-ce que c'est ?

Cette fois, la Tige parut au bord de l'apoplexie. Elle l'examina, inquiète. Le malheureux avait du mal à respirer et son visage semblait sur le point d'exploser.

— Mon Dieu, la Tige…

Rock, d'un bond, lui arracha la boîte des mains.

— Ça fera dix dollars et dix *cents*, les gars.

Il jeta la boîte sur la pile d'achats.

Devon se raidit.

— Eh, attendez une…

— Laissez-moi faire.

Il y avait quelque chose d'étrange dans sa voix. Si étrange qu'elle n'insista pas. Il semblait… gai.

— Dites, miss Devon, on a droit à une tarte ?

La question de Digger la fit sourire.

— Oui, et deux morceaux gratuits des grandes tartes aux pêches. Dites-le autour de vous, les gars.

Tandis qu'ils quittaient le magasin, elle entendit le bruit des allumettes qui tombaient dans le bocal, mais cela ne doucha nullement son enthousiasme. Elle venait de faire du bon travail. Ses tartes avaient permis d'accroître leur chiffre d'affaires.

Elle se retourna pour découvrir que Rock la contemplait bizarrement. Il souriait et il y avait une douceur dans son regard qu'elle n'y avait jamais vue. Et qu'elle n'espérait plus.

— Qu'y a-t-il ? demanda-t-elle, perplexe.

— J'avais oublié qu'il existait des femmes comme vous.

— Comment cela, des femmes comme moi ?

— Des dames, dit-il avec douceur.

Se souvenant de la diatribe de Midas à propos des dames, elle le considéra avec suspicion.

— Ce qui veut dire ?

— La boîte orange contenait des préservatifs. (Comme elle ne réagissait pas, il ajouta :) Des capotes anglaises. Vous savez, des petits machins en…

— Je sais ce que c'est ! s'exclama-t-elle, écarlate.

Elle poussa un gémissement. Arrête ! s'ordonna-t-elle. Levant le menton, elle rassembla tout son sang-froid et affronta le regard de son associé.

— Je sais ce que sont les capotes anglaises.

Elle se força à prononcer ces mots vulgaires

pour montrer qu'ils ne l'embarrassaient pas. Qu'elle était prête à vivre dans le Yukon en compagnie d'hommes qui ne s'encombraient pas de délicatesses inutiles.

Il sourit de plus belle.

— Excellente nouvelle !

Elle essaya de reprendre l'avantage.

— Si vous les aviez rangées correctement, j'aurais deviné de quoi il s'agissait.

Il haussa un sourcil.

— Ah oui ?

— Franchement, elles n'ont rien à faire avec les chaussettes.

— Vous croyez ? dit-il d'un ton traînant. Moi, ça me semble indiqué. C'est la même initiale — ce qui devrait vous plaire — et, en plus, ça s'utilise à peu près de la même façon. Que suggérez-vous ? Qu'on les mette avec les capuches ?

Elle vira au rouge pivoine.

— Vous ne comprenez rien à la logique, décréta-t-elle.

Rassemblant ses jupes, elle se posta derrière la plus proche étagère.

Il éclata de rire. C'était un rire puissant, chaleureux, qui la fit étrangement frissonner. Elle se forçait à ne pas le regarder, mais ça ne servait à rien : elle imaginait son visage illuminé par ce rire.

Elle souleva une caisse d'oranges et se dirigea vers le coin le plus éloigné du magasin.

— Hé, Devon ! appela-t-il d'une voix douce.

Elle se retourna. Il agita le bocal rempli d'allumettes.

— Au revoir, Dev.

Bon sang ! Elle ouvrit la bouche, mais ravala ses protestations. La loi est la loi.

Sans un regard en arrière, elle quitta la tente.

Rock vérifia l'heure et sourit.

10

Déprimant, se dit Devon. Le magasin était d'un calme absolu. Le seul bruit qui y régnait était celui de son pied battant nerveusement le sol.

Bah, au moins, elle n'avait pas parlé. Le bocal aux allumettes était vide et il était déjà onze heures.

Si seulement elle avait quelque chose à faire...

Soudain, un étranger surgit. D'un pas lourd, il se dirigea vers la table et se laissa tomber sur un tabouret. Ses épaules s'affaissèrent et un long soupir lui échappa. Un soupir qui disait à quel point c'était bon de trouver enfin une chaise.

Devon contempla avec horreur les traces de boue laissées par ses bottes en caoutchouc.

L'homme enleva son chapeau.

— Rock, comment tu vas, mon vieux ?

— Mais c'est George le Menteur, de retour de chez les morts !

Nullement offensé, l'homme éclata d'un rire tonitruant qui fit trembler ses bajoues.

— Je ne mens pas, cette fois, Rock. Je l'ai trouvé. Le gros filon.

— Et moi, je suis le président des Etats-Unis.

La longue moustache de George frémit sous son grand nez. Il farfouilla dans la poche de son immense ciré et lança sur le comptoir une bourse qui atterrit avec un bruit mat.

Rock la contempla comme si elle allait le mordre. Il se décida finalement à s'en saisir sous le regard fasciné de Devon. Il dénoua le lacet et en renversa le contenu. De grossières pépites d'or roulèrent sur le comptoir.

Il s'écoula un long moment avant que Rock ne relève les yeux vers George.

— Cet or ne vient pas du coin.

— De Rabbit Creek.

— Merde, murmura Rock.

George sourit.

— Ouais. J'ai planté mes piquets autour de mon filon et je suis en route pour le faire enregistrer par Ogilvy. J'suis juste venu te l'annoncer. Tu pourras passer l'message.

— Bien sûr, répondit Rock d'une voix si lasse que Devon ne la reconnut pas.

Sans ajouter le moindre mot, il remit les pépites dans la bourse de daim qu'il tendit à George.

A l'évidence, la nouvelle ne lui plaisait pas. Mais pourquoi ? se demanda Devon. La découverte d'or dans la vallée était sûrement une bonne chose… En tout cas, un client avec les poches pleines d'or en était une.

— Attendez, dit-elle tandis que George se préparait déjà à partir. Vous ne voudriez pas une part de tarte ?

— Non, merci. Mon épouse injun me gâte assez comme ça, mam'selle.

Déçue, Devon le regarda partir. En se retournant, elle constata que Rock n'avait pas jeté d'allumettes dans le bocal. C'était une première.

— Rock ?

— C'est fini.

— Pardon ?

— Dans le Yukon, il ne faut pas plus de dix minutes pour qu'une vallée déserte se transforme en ville-champignon. C'est pour cela qu'on utilise des tentes : elles sont plus faciles à monter et à démonter. Nom de Dieu ! A la minute où la nouvelle du filon de George sera connue, les gens vont planter des piquets de Fairbanks jusqu'à Nome. Ils vont envahir ma paisible vallée...

— Des clients ! s'exclama-t-elle avec gaieté. Notre magasin ne désemplira pas du matin au soir.

— Il n'y aura pas que des mineurs. Certains vont ouvrir boutique. Au printemps, cette vallée se sera transformée en ville.

Devon se mordit les lèvres. Ils ne feraient pas le poids face à la concurrence... pas avec la personnalité de Rock.

— Eh bien, il nous suffira d'être les meilleurs. Je pourrais peut-être faire plus de...

— C'est ça, dit-il d'un ton las en saisissant une pleine poignée d'allumettes qu'il jeta dans le bocal. Bon vent !

— Mais...

Son poing s'abattit sur le comptoir.

— Fichez-moi le camp !

Devon tourna les talons. A l'instant où elle sortait, elle croisa Midas. Ils faillirent se bousculer et il éclata d'un rire méprisant tandis qu'elle s'écartait pour le laisser passer.

— Vous partez ? se moqua-t-il. Si tôt ?

Le menton dressé, elle sortit sans lui accorder un regard.

Sa voix fielleuse la rejoignit dehors.

— Eh ben, Rock, t'as réussi à t'débarrasser de cette mijaurée pour la journée. Bien joué !

Devon s'immobilisa, attendant la réponse de Rock. Il n'y en eut pas.

Elle serra les poings. Quand donc comprendrait-il que des associés devaient se soutenir ?

Rock contemplait son assiette sans la voir. Depuis le début du dîner, il n'avait pas levé une seule fois les yeux.

Devon s'inquiétait. Il était, à l'évidence, bouleversé. Et tout cela à cause de quelques pépites d'or.

Mais elle le comprenait. Ces quelques pépites signifiaient que des centaines d'hommes avides allaient violer sa vallée.

Pour la centième fois, elle se dit qu'il avait sûrement tort. Cette vallée désolée serait-elle vraiment une ville au printemps ? Une ville avec de vraies rues, de vrais magasins, de vrais habitants ?

— Rock… commença-t-elle avec prudence.

Il se leva. Rotant bruyamment, il s'essuya la barbe d'un revers de manche et lança sa serviette inutilisée sur la table.

— Je dois sortir.

Il s'empara de son ciré. Devon bondit pour lui barrer la route.

— Pour aller où ?

Il baissa les yeux vers elle. Il y avait un je-ne-sais-quoi dans son regard… de la peur, peut-être, ou de la douleur. Mais cela ne dura qu'une fraction de seconde.

— Dehors.

Elle posa une main sur son épaule.

— Ne partez pas.

Le contact le fit tressaillir.

— Pourquoi ? Pour que vous me cassiez encore les oreilles ? Ce soir, je ne supporterai pas votre papotage.

— Je ne papoterai pas.

Il plissa les yeux.

— Promis ?

— Promis. Mais… (elle termina sa phrase dans

un murmure)... parfois, cela soulage de parler d'un problème.

Dehors, le vent hurlait. Le toit de la tente ployait sous le poids de la pluie qui s'y accumulait.

— S'il vous plaît, ne partez pas!

Ses larges épaules tombèrent.

— D'accord. De toute manière, je n'ai nulle part où aller. Grizzly est parti poser ses pièges.

Elle glissa la main le long de sa manche jusqu'à son poignet et le ramena à la table. Elle servit deux tasses de café tandis qu'il se rasseyait. S'installant face à lui, elle avala une petite gorgée avant de se risquer:

— Tout dépend de quel point de vue on se place.

— C'est-à-dire?

— A votre avis, c'est une mauvaise chose que votre vallée devienne une ville, n'est-ce pas?

Il opina.

— C'est parce que vous ne voyez qu'un aspect du problème. Réfléchissez. Un afflux de gens signifie un afflux de clients. Un afflux de clients signifie un afflux de dollars et un afflux de dollars signifie plus de matériel photographique.

Il but longuement.

— Vous n'avez peut-être pas tort, murmura-t-il enfin. Mais...

— Et il y a encore autre chose de bien mieux que l'argent. Vous serez le premier photographe de la région. Vos clichés pourraient devenir le journal d'une grande découverte et, les choses une fois tassées, vous pourrez déménager pour aller vous installer dans un endroit éloigné de toute civilisation.

Il la dévisagea avec une réelle stupeur.

— Comment diable me connaissez-vous si bien?

La chaleur de son regard doré la troublait. Elle baissa les yeux vers le fond de sa tasse.

— On ne vit pas avec quelqu'un pendant trois

semaines sans apprendre à le connaître un peu... même s'il s'efforce de ne rien laisser transparaître.

Un silence.

— Merci, fit-il enfin d'une voix presque inaudible.

Le fond de sa tasse était vraiment passionnant.

— Il n'y a pas de quoi. C'est à cela que servent les amis.

Elle n'osa pas le regarder. Elle sentait ses yeux fixés sur elle, comme deux petites boules de feu qui lui transperçaient le crâne. Elle n'aurait pas dû dire cela. C'était prématuré. Il n'était pas encore prêt à être son ami.

— Alors, j'aurais peut-être dû m'en trouver un plus tôt.

Soudain, elle se rendit compte qu'elle retenait sa respiration depuis un bon moment. Il ne reconnaissait pas qu'ils étaient amis mais qu'ils *pourraient* l'être.

C'était déjà énorme.

Des amis...

Trois semaines plus tard, Rock retournait encore ces mots dans sa tête, se demandant ce qu'elle avait voulu dire par là.

Pensait-elle sérieusement qu'ils étaient amis ? Etait-elle vraiment stupide à ce point ? N'importe quel idiot savait qu'un homme et une femme ne pouvaient être amis.

Il l'espionna tandis qu'elle s'échinait à nettoyer le magasin, s'agitant dans tous les sens, passant d'une étagère à l'autre, vérifiant, changeant, arrangeant toujours quelque chose.

Il soupira. Au moins, elle ne parlait pas !

— Rock ?

En général. Il lança une allumette dans le bocal avant de répondre.

— Ouais ?

Elle ne s'agitait plus. Elle avait soulevé le rabat de la tente et regardait quelque chose dehors.

— Qui a dit que Jack Kelley pouvait s'approprier la cabane de Spike ?

Rock soupira. Malheureusement, il avait eu raison à propos du filon de George. De nouveaux prospecteurs arrivaient chaque jour. Des tentes se dressaient chaque soir. Et Jack Kelley était le pire de tous. Il avait vraiment l'intention de transformer la vallée en ville.

— Rock ? Ce n'est pas juste qu'il puisse installer son magasin dans cette cabane. Il va nous enlever notre gagne-pain.

— Je vous l'ai dit, c'est comme ça. Ces maudits prospecteurs, ils entendent le mot or à des kilomètres à la ronde. Jack a tout laissé tomber à Fortymile pour rappliquer ici à bride abattue. Et comme si ça ne suffisait pas, j'ai entendu dire que Joe Ladue a acheté quelques acres le long de la rivière et qu'il revend chaque parcelle vingt-cinq dollars pièce.

— Je sais pourquoi Jack est ici. Ce que je ne comprends pas, c'est pourquoi il a tous les clients. C'est à cause de la cabane ?

— Non.

Laissant tomber le rabat, elle se retourna.

— Alors, pourquoi ?

Deux nouvelles allumettes tombèrent dans le bocal avant qu'il ne réponde.

— Jack laisse les gars boire chez lui, et parler. Et il leur prend des parts dès qu'il le peut.

Elle resta muette, ce qui lui donna envie de glousser. A présent, il reconnaissait cet air constipé. Elle comptait.

Il compta à son tour. Il lui restait cinq mots.

Elle essaya son truc habituel : elle prit l'air étonné. Ce qui lui valut le résultat habituel : aucun. Dissimulant un sourire, il examina ses plaques de photographies.

Quand elle n'y tint plus, elle demanda :

— Des parts ?

Il daigna lui accorder un regard.

— Il fournit aux mineurs tout ce dont ils ont besoin pour passer l'hiver en échange de la moitié de leur filon.

Trois mots. Il ne lui restait plus que trois mots.

— Pourquoi pas nous ?

Trois nouvelles allumettes tombèrent dans le bocal.

— Je n'ai aucune envie d'être associé avec une bande de fous assoiffés d'or. Ça, non, alors ! D'ailleurs, la plupart d'entre eux trouvent même pas assez d'or pour s'en faire une dent.

Elle se dirigea vers ses tartes qu'elle avait réassorties la veille. A sa tête penchée, il savait qu'elle réfléchissait à toute allure. C'était quelque chose qui le mettait franchement mal à l'aise, ces derniers temps.

Pour l'instant, il pouvait s'offrir une journée de silence béni.

— Au revoir, Dev.

Elle était tellement plongée dans ses pensées qu'elle ne le regarda même pas. Elle disparut sur un « au revoir » absent.

— Ah, vous voilà ! Tant mieux. J'ai beaucoup réfléchi...

Ce que Rock avait prévu et craint toute la journée était en train d'arriver. Elle ne lui avait même pas laissé le temps d'enlever son ciré.

— Attendez, fit-il en levant la main. Laissez-moi au moins commencer à manger avant de me faire part de votre nouveau plan.

Elle sortit de son tablier une petite boîte sur laquelle était inscrit : PILULES DU DR FOLEY. Elle lui tendit deux petits cachets ronds.

— Tenez, voilà qui devrait soulager votre migraine.

— Comment savez-vous que j'ai mal au crâne ?

Elle sourit.

— Dès que je parle, vous avez mal à la tête. Et si vous n'avez pas encore mal, cela ne saurait tarder.

Réprimant un sourire, il avala les pilules avec un verre d'eau, puis s'installa à table devant une tasse de café.

— Allez-y, je vous écoute.

— Je pense que Jack Kelley a tous les clients parce que personne n'est au courant, pour mes tartes et mes conserves. (Elle lui lança un regard accusateur.) J'ai bien l'impression que la Tige et Digger n'en ont soufflé mot à personne.

Il soupira. Il s'était demandé combien de temps il lui faudrait avant de le deviner.

— Possible.

— Et c'est tout l'effet que ça vous fait ?

— J'aime le calme.

— Mais vous ne comprenez pas ? Vous avez besoin d'argent pour faire vos photographies. Il se passe tant de choses sur le fleuve ! Vous devriez déjà être en train de prendre des clichés.

— Oui, marmonna-t-il sans joie.

Oui, les choses changeaient, et vite. La Throndiuck avait été rebaptisée Klondike par des gens trop paresseux ou trop stupides pour apprendre la prononciation indienne correcte. Joe Ladue vendait ses bouts de terrain à tour de bras. Et dans un élan d'optimisme effréné, Rabbit Creek était devenue Eldorado Creek.

Bien sûr, les vieux de la vieille, comme Midas et Digger, ne se laissaient pas contaminer par toute cette agitation. Mais les *cheechakos*, les nouveaux venus... ils plantaient des piquets partout comme des fous.

— Nous sommes devant le fait accompli, reprit Devon, brisant le fil de ses pensées, qu'on le veuille ou non. A nous d'en tirer le meilleur parti.

— Comment ?

Elle soutint son regard.

— En faisant de la publicité.

Il repoussa son tabouret.

— Pas question, Dev. On n'est pas...

— Attendez ! Laissez-moi juste terminer.

Il se laissa retomber sur le tabouret.

— Une pancarte. C'est tout ce que je veux. Une banale pancarte pour faire savoir aux gens que mes tartes et mes confitures existent.

— Bon sang, on va se croire à San Francisco !

— Une pancarte ne va pas transformer votre vallée en ville. Mais cela peut vous permettre de vous offrir tout le matériel dont vous avez besoin.

Il réfléchit à cela. Et à bien d'autres choses. Regardant autour de lui, il remarqua tout ce qu'elle avait fait pour lui. Sa tente et ses habits étaient toujours propres. Ses dîners étaient toujours servis chauds et avec le sourire. Les draps étaient blancs et frais, le matelas agréablement rembourré. Seigneur, il ne se souvenait même plus du dernier cafard qui lui avait grimpé sur la jambe !

— D'accord. Une pancarte. Une seule petite pancarte.

Elle bondit et battit des mains.

— Oh, merci, Rock ! s'écria-t-elle. Merci ! Vous allez voir. Vous ne le regretterez pas !

Cela restait à voir.

11

— C'est rose. *Rose!*

Devon contempla les lettres qu'elle avait peintes avec une application d'écolière sur son plus vieux jupon : TARTES FRAÎCHES, GÂTEAUX, BISCUITS. UNE TARTE GRATUITE POUR 10 $ D'ACHAT. Ce n'était pas sa faute si elle n'avait trouvé que deux petits pots de peinture dans tout le magasin : un blanc et un rouge. Elle avait dû les mélanger afin d'en avoir assez pour composer sa banderole.

— C'est facile à expliquer...

— Je ne veux pas le savoir.

Il examinait la banderole. Nerveuse, elle se mordilla la lèvre inférieure. S'il lui disait de la jeter, cela signifierait qu'il ne voulait plus de son aide. Qu'il n'en avait pas besoin. Cette idée la désespérait. Elle refusait d'être une marionnette inutile qui se contenterait de faire de la figuration huit heures par jour.

Le silence s'éternisait, effritant sa confiance en elle. Elle n'y tint plus. Il fallait qu'elle sache.

Subitement, il se tourna vers elle. Ses yeux dorés semblaient en feu. Le cœur de Devon cessa de battre. La question qu'elle allait poser se coinça dans sa gorge.

Il eut alors la réaction la plus étrange et la plus inattendue : il se mit à rire à gorge déployée.

— Midas avait bien dit que vous alliez peindre la tente en rose. Ce vieux débris avait raison.

Elle le dévisagea, éberluée. Il trouvait ça drôle ! Rock, ce rustre dépourvu de tout sens de l'humour, trouvait sa banderole *drôle !*

Et la tête qu'elle faisait n'eut pour effet que d'accroître son hilarité.

— Seigneur, Devon, vous avez la bouche ouverte et il n'en sort aucun son ! Ça, c'est quelque chose !

Sa joie la fascinait. Il lui semblait le voir pour la première fois. Les rides inquiètes autour de sa bouche avaient disparu et ses yeux brillaient comme un lever de soleil d'été. Il était... beau.

A cet instant, toutes ses appréhensions à propos du long hiver polaire disparurent. Pour la première fois depuis des années, elle se sentit jeune, libre. Une bulle de bonheur éclata à la surface de sa solitude et explosa entre ses lèvres. Elle rit à son tour.

Leurs rires se mêlèrent, emplissant la tente d'un son joyeux. Sans y penser, elle s'approcha de lui. C'était si agréable, cette gaieté, cette légèreté. Elle posa la main au creux de son coude et leva les yeux vers lui.

A l'instant où elle le toucha, Rock se raidit. Il ne riait plus.

Aussitôt, Devon se sentit mal à l'aise. Son rire s'éteignit à son tour dans un silence gêné.

Rock s'éclaircit la gorge.

— Bon, vous feriez mieux d'installer votre truc.

Ses doigts abandonnèrent la manche de flanelle. Elle scruta l'implacable profil, cherchant une trace, même infime, de l'existence de l'homme qu'elle avait cru découvrir un instant plus tôt. En vain. Ses yeux fixaient le vide et sa bouche s'était étirée en une ligne mince et dure.

— La peinture n'est pas encore sèche.

— Ah... Bon, il faut que j'nettoie mes plaques.

Le silence les encercla tandis qu'ils regagnaient leurs places respectives — lui, derrière le comptoir ; elle, à la table. Elle effectua ses tâches habituelles : préparer le café, réordonner ses tartes et ses pots, épousseter. Mais, de temps à autre, son regard glissait vers l'homme assis derrière le comptoir.

Chaque fois, elle repensait aux paroles du père Michaels : « Il y a plus en Rock qu'on ne pourrait le croire. »

Le lendemain, cette gêne entre eux avait disparu. Ils en étaient revenus à leur routine confortable et silencieuse où l'on comptait les mots.

Mais, sous la surface, tout était différent. Devon le sentait. Le rire qu'ils avaient partagé avait changé leurs rapports. De quelle manière, c'était ce qu'elle voulait découvrir. Si elle lui demandait de l'aider à placer la banderole, ils retrouveraient peut-être cette complicité.

Elle se leva.

— Devon, asseyez-vous. Il pleut encore.

Elle retomba sur son tabouret.

— Je sais, mais...

— Mais vous vous imaginez qu'en allant vérifier toutes les dix secondes, vous ferez cesser la pluie ? (Il rit.) Détendez-vous. Ce n'est qu'une grosse averse. Je vous parie une crotte d'ours qu'à deux heures ce sera fini.

Elle sourit.

— Ne m'en veuillez pas, mais je n'ai pas de crotte d'ours sous la main.

Il sourit et s'intéressa de nouveau à ses plaques.

— Je m'ennuie.

Il jeta deux allumettes dans le bocal, puis :

— C'est vous qui vouliez travailler au magasin.

— Et si je fredonnais ? Ça ne compte pas pour des mots.

Il la fixa.

— Non !

— Vous avez une meilleure suggestion ?

Soupirant, il repoussa ses plaques.

— Et si on faisait un poker ?

— Je ne sais pas jouer.

— Tant mieux, on jouera de l'argent. J'pourrai peut-être vous regagner votre part du magasin. Asseyez-vous là. Bon, les règles…

Durant l'heure qui suivit, le vent se leva, hurlant dans les arbres qui bordaient la tente. La pluie s'écrasait avec fureur sur la toile. Les eaux du fleuve grondaient.

Mais, à l'intérieur, il faisait chaud et sec. Le poêle ronronnait. Les deux joueurs se faisaient face de part et d'autre du comptoir.

— Ha, ha ! s'exclama triomphalement Devon en montrant deux reines.

Rock fronça les sourcils.

Elle se pencha, prête à ramasser sa mise en allumettes. Une à une, il étala ses cartes. Quatre, as, quatre, six… quatre.

Elle prit sur elle pour se montrer bonne joueuse.

— Vous avez gagné. Encore… Bougre de crotte d'ours ! explosa-t-elle.

— Vous n'avez rien remarqué, Devon ?

Elle commença à battre soigneusement les cartes.

— Non.

— Il ne pleut plus.

Ses mains se figèrent. Elle contempla le plafond.

— C'est vrai !

Elle se rua sur son manteau, attrapa au vol un marteau, des clous et son jupon transformé en banderole.

— Heu… Devon ?

Elle s'immobilisa.

— Quoi ?

— Vous vous souvenez du jour où vous êtes arrivée ?

— Oui. Pourquoi ?

— Vous avez fini à quatre pattes dans la boue.

— Oh, non !

— Ne vous inquiétez pas. On va placer cette satanée banderole.

Il souleva la vieille table en chêne comme s'il s'agissait d'une boîte d'allumettes et sortit l'installer devant la tente. Les pieds s'enfoncèrent aussitôt de vingt bons centimètres dans la boue. Il attendit que la table s'immobilise, puis il la secoua pour éprouver sa stabilité.

— Ça a l'air d'aller. Montez.

Devon considéra la table bancale avec suspicion.

— Vous êtes sûr ?

Il lui tendit la main.

— Faites-moi confiance.

Il avait la peau calleuse, mais chaude et réconfortante.

Soulevant ses jupes, elle grimpa sur le plateau.

La table se mit aussitôt à osciller, tout en s'enfonçant plus profondément dans la boue. Devon s'accrocha à la main de Rock jusqu'à ce qu'elle retrouve un semblant d'équilibre.

Puis, se dressant sur la pointe des pieds, elle planta un clou à travers la ceinture du jupon dans un des piquets de la tente.

Elle se retourna pour demander son opinion à Rock. Le changement de poids fit vaciller la table. Devon s'envola fort peu gracieusement dans les airs.

Elle atterrit sur la poitrine de Rock. Chancelant sous l'impact, il tomba à son tour les quatre fers en l'air dans la boue, entraînant Devon dans sa chute. Le choc étourdit la jeune femme et lui coupa le souffle. Il lui fallut quelques secondes avant de retrouver ses esprits. Clignant des paupières, elle essuya son visage maculé.

— Ooohh…

C'est alors qu'elle le vit. Ou plus exactement qu'elle vit la seule chose visible : ses yeux. Le reste de son visage était couvert de boue.

Ce fut plus fort qu'elle — elle pouffa.

— Vous trouvez ça drôle ?

— N… non. C'est juste que… Euh… Non.

Il brandit les poings et la saisit aux épaules, laissant de grosses traînées noirâtres sur son corsage. Elle écarquilla les yeux.

— Mais, vous…

— Rira bien qui rira le dernier !

La boue était froide, mais ses mains brûlantes. Ces sensations contradictoires la firent frissonner. Puis, des doigts, il effleura ses lèvres.

Elle ouvrit malencontreusement la bouche. Une coulée visqueuse lui empâta la langue.

— Je vous l'accorde, ce n'est pas drôle, fit-elle en crachotant avec la plus grande dignité possible.

Un grognement hilare échappa à Rock. Ses dents impeccablement blanches apparurent sous sa barbe dégoulinante. On aurait dit un rayon de soleil crevant soudain un nuage.

Bientôt, et sans qu'ils s'en rendent compte, ils s'esclaffaient tous deux comme des gamins.

— De… bout, dit-il entre deux hoquets de rire. J'arrive plus à respirer.

Plus facile à dire qu'à faire. Ses jambes avaient glissé de part et d'autre du corps longiligne de Rock. Devon n'avait pas d'appui.

Voyant qu'il ne servait à rien de gigoter, elle posa les mains sur sa poitrine et poussa un grand coup. Involontairement, son ventre entra en contact avec les hanches de Rock.

Son rire s'éteignit aussitôt.

— Ne bougez pas.

La dureté de son ton la pétrifia. A califourchon sur lui, elle baissa les yeux. Il haletait.

Elle sentit à son tour son propre souffle s'accélérer. Soudain, elle ne pensa plus qu'à une chose : le baiser qu'il lui avait donné.

Fléchissant les coudes, elle se rapprocha doucement de lui. Comme dans un rêve, elle s'entendit murmurer :

— Vous aussi, vous pensez à notre baiser ?

L'instant suivant, elle se retrouva assise seule dans la boue. Elle se tordit le cou pour dévisager l'homme qui la surplombait de sa haute taille.

— Mettons cette satanée banderole avant qu'il ne recommence à pleuvoir.

Elle se leva tant bien que mal.

— Ça doit vouloir dire non, marmonna-t-elle.

Il lui lança un regard furibond.

— Ce baiser ne signifiait rien. Ne commencez pas à vous mettre des idées stupides en tête.

En trois coups de marteau, il cloua la banderole sur les piquets au-dessus de l'entrée. Il arracha la table à la boue et regagna le magasin.

— Je vous aimais mieux quand vous riiez, dit-elle, morose.

— Et moi, quand vous vous taisiez.

Une fois nettoyés, ils reprirent tous les deux leurs postes respectifs. L'un au comptoir, l'autre à la table. Devon faisait mine de coudre ; en une heure, elle ne réussit pas à faire un point.

— Tiens, tiens, fit soudain une voix familière, voilà mes deux brebis égarées préférées.

Devon se dressa aussitôt.

— Père Michaels ! (Elle se précipita vers lui.) Comment allez-vous ?

Le drôle de petit homme se laissa entraîner vers la table.

— Beaucoup mieux depuis une seconde, ma fille. Merci de vous inquiéter pour moi.

Elle lui versa une tasse de café et lui tendit une part de tarte aux pêches.

Il repoussa le gâteau.

— Ah, ma fille, je n'ai hélas pas les moyens de céder au péché de gourmandise ! Réservez ces merveilles aux clients qui peuvent payer.

Devon s'assit à ses côtés et lui pressa les mains.

— Prenez-en une… pour me faire plaisir.

— Ce ne serait pas bien.

— Ce sont nos tartes, mon père, et nous les donnons à qui nous voulons. N'est-ce pas, Rock ?

— Bien sûr, mon père, nous aimerions que vous en mangiez une… ou deux.

Devon reçut une décharge électrique. Il avait dit « nous ». Nous, comme pour dire « mon associée et moi ».

— Merci, murmura-t-elle en le regardant à travers la tente.

Il hocha la tête. Comme hypnotisée, elle s'avança jusqu'au comptoir.

— Vous savez, Rock…

Elle s'interrompit à la vue de sa grimace.

— Qu'y a-t-il ? demanda-t-elle.

— Rien.

— Je crois sincèrement que nous pouvons être de fameux associés, vous et moi.

— J'ai juste dit que le père Michaels pouvait prendre un morceau de tarte. N'exagérez pas.

— Vous avez dit plus que cela, et vous le savez. Vous avez dit *nous*.

— Un lapsus.

— Vous mentez !

Il tortilla les poils de sa barbe en soupirant.

— D'accord, je l'ai dit. Et je voulais le dire. Ne me poussez pas à le regretter.

— Oh non ! En fait, je compte bien vous en faire profiter.

Il grogna.

— C'est bien ce que je craignais.

Au moment où elle se retournait pour rejoindre le père Michaels, quelque chose sur le comptoir la chiffonna. Ou plutôt, l'absence de quelque chose. Elle fronça les sourcils et comprit subitement : le bocal à allumettes avait disparu. Elle regarda Rock.

— Où sont les allumettes ?

Il s'agita, mal à l'aise.

— Y en a plus.

— Comment ça ?

— Comment quoi ? Y en a plus, c'est tout. J'me suis habitué à votre papotage. Mais si vous en faites des tralalas pendant des heures, j'vais les r'chercher.

Devon entendit le père Michaels glousser derrière elle. Elle ouvrit la bouche, puis se mordit l'intérieur de la joue pour ne pas hurler de joie et lui énumérer méthodiquement les conséquences de cette décision. Mais, Dieu, qu'il lui coûta de garder le silence dans un moment pareil !

12

Midas Magowin contempla le jupon couvert de lettres roses qui battait au vent. Bon sang de bois, qu'est-ce que c'était que ce truc-là ?

Il lut l'inscription avec dégoût.

— Venez, les gars, lança-t-il à Digger et à la Tige, on va rigoler un peu.

Les trois hommes pénétrèrent dans la tente et se dirigèrent tout droit vers le poêle.

Midas rapprocha un tabouret et y prit place. Ses petits yeux gris inspectèrent rapidement les lieux. Nulle trace de la petite mijaurée.

— Hé, Rock, s'écria-t-il en sortant un flacon de gnôle de son manteau, où est la greluche ?

Dissimulée par le comptoir derrière lequel elle faisait la poussière, Devon se pétrifia, espérant une réponse bien sentie de Rock.

Il y eut un long silence, puis sa voix s'éleva :

— Tire-toi, Midas.

Déçue, Devon posa le front sur l'étagère qu'elle venait de nettoyer. Mais quand donc se déciderait-il à la soutenir ?

— Hé, Rock, c'est une façon de parler à un client, ça ? J'suis venu chercher ma tarte gratuite. Où est-elle ?

— Il n'y a pas de tarte *gratuite*. Enlève ton cul maigre de mon tabouret et fiche le camp !

Devon se montra enfin.

— Voyons, Rock, dit-elle calmement, les clients ont droit à une tarte gratuite à condition d'acheter.

— C'est pas c'que dit la pancarte ! postillonna Midas.

Devon fixa le vieil homme.

— Non ?

— Non ! Bon sang, c'est écrit « tarte gratuite ».

— Il est écrit une tarte gratuite *pour dix dollars d'achat*.

Les yeux chassieux de Midas brillèrent.

— C'est un attrape-nigaud. (Il se tourna vers Rock.) Tu vas soutenir une femme ?

— Ce n'est pas une question de sexe, Midas. La pancarte dit ce qu'elle dit.

Midas prit un air outragé.

— Cette maudite sauterelle ne sait même pas faire une malheureuse pancarte !

Digger Haines haussa les épaules.

— Je sais pas, Midas. Cette pancarte me semble très bien... Bon, j'sais pas lire, mais les couleurs sont jolies.

La Tige adressa un sourire timide à Devon.

— Oui, Griz' disait pas plus tard qu'hier qu'ça rendait le magasin plus gai.

Leur gentillesse toucha Devon.

— Il a dit ça ? C'est...

Midas ricana.

— Grizzly est bête comme trente-six cochons.

Rock, d'un signe, intima l'ordre à Devon de laisser tomber.

Se dirigeant vers le poêle, elle souleva la cafetière.

— Quelqu'un désire du café ?

Digger hocha la tête avec enthousiasme.

— Oui, siouplaît.

Le servant, elle demanda :

— Alors, comment ça se passe, à Eldorado Creek ?

— J'en sais rien, fit Digger, mais j'ai entendu dire qu'il y a pas plus d'or que dans le... derrière d'une mouche. A mon avis, le filon de George, c'est rien qu'un filon de m... euh, de fumier.

— Midas est du même avis, miss Devon, renchérit la Tige.

— Vraiment ? Et pourquoi donc ? demanda-t-elle, désireuse d'entretenir une conversation à peu près normale.

— Ça vous r'garde pas, aboya Midas. Vous m'rendez malade avec vos grands airs. Laissez-moi vous dire une bonne chose : vous avez rien à faire ici. Et vous aurez jamais rien à y faire.

Devon pâlit, reculant malgré elle.

— Jamais ! répéta Midas comme s'il crachait.

— La ferme, Midas ! (La voix de Rock tonna dans la tente.) Je t'interdis de parler à mon associée sur ce ton.

Mon associée. Les genoux de Devon flageolèrent. Son cœur bondit et une boule douloureuse se forma dans sa gorge. Il l'avait soutenue !

Elle chercha son regard qu'elle n'eut aucun mal à trouver : il la fixait droit dans les yeux. Elle comprit sans peine le message qu'il voulait lui faire passer : « Ne vous laissez pas impressionner. »

Elle n'en demandait pas plus. Le menton dressé belliqueusement, elle retourna vers le vieil homme et, lui arrachant sa gourde des mains, la posa sur la table.

— Hé, vous ne pou...

Le regard qu'elle lui lança l'arrêta net.

— Si, je peux, et plus tôt vous le comprendrez, mieux ce sera pour tout le monde. C'est mon magasin et j'ai autant le droit que n'importe qui de vivre dans le Yukon.

Il était assis — elle le dominait, et elle en profitait.

— Vous n'avez aucun droit.

Elle se pencha, menaçante, au-dessus de lui.

— J'ai tous les droits, Midas. Je vis ici, à présent, et tout ce que je demande, c'est d'être traitée comme tout le monde. Je veux qu'on me laisse tranquille.

Midas déglutit avec peine. Il avait trouvé son maître.

— Elle t'a eu, Midas, fit Digger. C'est le code du Yukon et toi aussi, tu dois le respecter. On s'occupe pas des autres. Bon sang, si on voulait qu'les gens fourrent leur nez dans nos affaires, on vivrait à San Francisco ou à Boston !

Midas se leva. D'un geste bravache, il saisit sa gourde qu'il serra contre sa maigre poitrine. La haine brillait dans ses yeux.

— Ma p'tite dame, vous avez rien à craindre, j'vous laisserai tranquille. J'vous cracherais même pas dessus, même si vous étiez en flammes. Et je mangerais pas vos tartes, même j'mourais de faim. (Il se tourna vers la Tige et Digger :) Allons-nous-en, les gars.

Digger montra ses dents jaunes dans un large sourire.

— Ben, non... j'crois qu'j'vais rester un peu.

Midas tressaillit.

— La Tige ?

Le garçon examina ses bottes.

— Je... je vais rester aussi.

— Bougres de... ! Eh ben, restez !

Silencieux, Rock s'arrêta devant la porte.

Bon Dieu, quel imbécile ! Pourquoi avait-il fait un truc pareil ? Sa main glissa sur son visage. Il grimaça. Sa peau lisse le picotait. Il était comme nu. Exposé.

Il ferma les yeux. Elle allait le crucifier avec ses questions. Merde !

Mais il était trop tard pour reculer. Serrant les dents, il respira un bon coup et poussa la porte.

La première chose qu'il vit fut le dos de Devon. Elle se tenait devant le poêle. Il se faufila à l'intérieur et referma silencieusement derrière lui.

— Ah, vous êtes rentré...

Il se raidit. Au bout de ses bras ballants, ses poings se serrèrent. Inconsciemment, il adopta une posture de combat, les pieds légèrement écartés, bien plantés dans le sol, le menton levé.

Un tintement retentit quand elle reposa le couvercle d'une casserole. Repoussant une mèche de cheveux, elle se retourna enfin.

— Je suis... Ooh !

Elle se figea sur place. Sa main vola à sa bouche.

Un silence pesant emplit la tente.

— Rock ?

Son nom avait été prononcé à voix si basse qu'il eut du mal à l'entendre. Une boule râpeuse s'était logée dans sa gorge. Essayant d'avaler un filet de salive, il hocha la tête.

La main de Devon tomba. Suivie de près par sa mâchoire. Elle fit un pas hésitant.

— C'est vraiment vous ?

— C'est bien moi, et c'est pas la peine d'en faire tout un plat.

Un sourire effarouché frémit sur les lèvres de Devon.

— Je peux vous prendre votre ciré ?

Il ferma les yeux en un remerciement muet. Soudain, il fut conscient qu'elle était toute proche de lui. Il respirait son odeur : douce comme une nuit d'été et remplie de promesses.

— Oui, acquiesça-t-il d'une voix rauque.

Il s'extirpa de son long ciré et le lui tendit.

Leurs regards se croisèrent. Il détourna vivement les yeux.

— Qu'y a-t-il pour le dîner ? demanda-t-il.

— Du ragoût de caribou. Des pêches cuites. Des biscuits. Rien que de très ordinaire. Je ne me doutais pas que ce soir...

Il grogna.

— Ce soir est un soir comme un autre. Je me suis rasé et j'ai pris un bain. C'est tout. Je me rase toujours avant l'hiver.

— A ce qu'on m'a dit, l'hiver ne sera pas là avant trois semaines.

Mal à l'aise, il haussa les épaules.

— Il y a du café ?

— Bien sûr. Asseyez-vous.

Elle retourna près du poêle. Il prit place à table, observant ses gestes gracieux, souples.

— Ça a l'air bon, dit-il en la voyant servir.

— Merci.

Elle s'assit en face de lui.

Rock contempla son assiette. Des carottes, des oignons, des pommes de terre émergeaient d'une belle sauce épaisse. L'arôme qui en montait lui mit l'eau à la bouche. Son estomac émit une longue plainte.

Il s'empara de sa cuillère, puis s'immobilisa. Non. Il avait un plan et il avait bien l'intention de le suivre. Une fois. Il ne le ferait qu'une seule fois. Après, il pourrait de nouveau être lui-même. Il posa les mains sur la table et attendit galamment que Devon commence à manger.

Elle prit sa serviette, la déplia et la posa délicatement sur ses cuisses.

Il grimaça. C'était maintenant ou jamais. Il attrapa le coin de sa propre serviette. La fourchette glissa sur la table. Il se pétrifia, tout en la surveillant du regard.

Mais Devon ne l'observait pas. Elle contemplait

sa propre assiette avec intensité, se demandant sans doute par quel légume attaquer.

La serviette se déplia enfin, comme un drapeau blanc. Il soupira de soulagement. Mission accomplie.

Du bout de sa cuillère, Devon pêcha un minuscule morceau de viande qu'elle se mit à mastiquer sans bruit.

Comme si on pouvait avaler du ragoût sans faire de bruit ! Il s'empara de sa cuillère et se mit à manger aussi silencieusement que possible.

Devon bouillait intérieurement. Il essayait de copier ses bonnes manières à table ! Oh, il n'était pas très doué, loin de là, mais il *essayait*.

Elle risqua un œil au-dessus de son assiette. Son regard caressa les manches de sa chemise de flanelle bleue. Il avait même changé de chemise ! Puis elle remonta jusqu'à son col ouvert où sa peau imberbe était dorée par le soleil. Elle se demanda si cette peau était douce. Cette pensée fort peu convenable la fit rosir.

La lumière tremblante de la lanterne projetait sur sa chevelure noire des fils d'or qui rivalisaient d'éclat avec l'ambre de ses yeux.

Il était vraiment beau. Sans sa barbe, il paraissait rajeuni de dix ans. Elle étudia avec délices l'angle de ses mâchoires, le nez droit et fort, fièrement perché au-dessus des plus jolies lèvres que Devon eût jamais vues chez un homme. Des lèvres qu'elle avait déjà goûtées…

— Qu'est-ce que vous regardez ? gronda-t-il.

Elle détourna prestement les yeux.

— R… rien. Vous voulez de la tarte ?

Il s'essuya les lèvres… avec la serviette !

— Non, merci.

En le voyant accomplir ce geste, elle éprouva une étrange sensation de vertige. Il essayait vraiment. Pourquoi ? se demanda-t-elle soudain. Pourquoi ce changement ?

— Pourquoi ?

Le mot lui avait échappé dans un murmure.

Rock ne put faire autrement que de la regarder : il y avait une telle émotion, une telle urgence dans sa voix. Leurs regards se nouèrent.

Plus rien n'existait. Le monde avait disparu autour d'eux. Ils étaient seuls et perdus dans les yeux l'un de l'autre.

— Pourquoi ? répéta-t-elle.

Il s'humecta les lèvres. Elle avait le droit de savoir, et il voulait le lui dire. Mais la réponse : « Parce que vous ne méritez pas la méchanceté de Midas » resta coincée dans sa gorge. Des années d'entraînement l'empêchaient de prononcer ces mots.

C'était une erreur de trop en révéler sur soi-même. Il savait depuis bien longtemps qu'il valait mieux dissimuler ses pensées et ses rêves. Surtout à une femme.

Il haussa les épaules.

— C'est bientôt l'hiver et je ne supporte pas d'avoir la barbe et la moustache gelées.

Devon cilla.

— Oh...

Sa déception était tangible. Il se sentit soudain très mal à l'aise. Et très lâche. Bon sang !

Il avait voulu, ce soir, lui rendre un peu de la chaleur qu'elle lui avait donnée. Pourquoi, alors que la vérité était si simple, se cachait-il encore derrière un mensonge ?

— Non, ce n'est pas vrai.

Etonnée, elle leva les yeux vers lui. Soudain, il regretta amèrement de ne plus pouvoir se gratter la barbe. Une barbe qui cacherait sa subite rougeur. Le moment était venu de dire la vérité. De faire une confession.

— Je me suis rasé et tout ça parce que je pensais… que… après Midas… vous aviez besoin d'un peu de réconfort. Il a eu tort de vous parler comme ça et… Oh, merde, je sais quelle importance vous accordez à ces broutilles et je…

— Oui ? insista-t-elle gentiment.

— Et je ne voulais pas que vous soyez trop peinée.

La gorge de Devon se serra. Il l'avait fait pour elle. *Pour elle !*

Elle remarqua la rougeur qui colorait ses joues et une tendresse déchirante s'empara d'elle. Il était si grand, si dur, mais, à l'intérieur, là où cela comptait vraiment, il était aussi effrayé et vulnérable qu'elle.

— Je ne sais pas quoi dire…

Rock se leva aussitôt.

— Tant mieux ! Faisons la vaisselle.

Il attrapa la grande bassine de métal pendue à son crochet et la remplit d'eau à la citerne avant de la poser sur la table. Il ajouta quelques cristaux de soude et remua jusqu'à ce que l'eau prenne une teinte grise.

Il plongea les assiettes sales dedans, éclaboussant la jolie nappe. Il lança un regard en coin à Devon.

— Désolé.

Elle sourit.

— Ce n'est rien. Vous lavez ou vous essuyez ?

— Je lave.

S'emparant d'un torchon, elle se posta à ses côtés. Les mouvements rapides et sûrs de ses mains la fascinaient. Des bulles de mousse s'accrochaient aux poils noirs de ses bras.

— Ça vous ennuierait de prendre cette assiette ? demanda-t-il avec une gaieté qu'elle ne lui connaissait pas.

Cela faisait dix bonnes secondes qu'il la lui tendait. Elle gloussa.

— Excusez-moi !

Ils expédièrent la vaisselle en parlant de tout et de rien : de leur journée, du Yukon, de la folie qui s'emparait des hommes dès qu'il était question d'or. De temps à autre, leurs rires emplissaient la tente. Devon ne s'était jamais sentie aussi bien. C'était comme si cette simple déclaration avait libéré Rock. Son détachement glacial et sa mauvaise humeur avaient disparu. Il était simplement son associé, son ami.

Dès qu'ils eurent fini leur tâche, Devon posa une casserole sur le feu.

— Qu'est-ce que vous faites ?

— Vous allez voir.

Prenant Rock par la main, elle le conduisit jusqu'au lit.

— Asseyez-vous là. Ces tabourets sont beaucoup trop inconfortables et...

— Ça va, ça va, j'ai compris. Vous avez une idée derrière la tête et je ne vais pas essayer de vous faire changer d'avis.

Il s'adossa à la tête de lit. En un rien de temps, Devon avait préparé du maïs grillé et deux tasses de thé au lait. Il sourit : c'était sa manière à elle de célébrer l'événement.

Elle grimpa sur le matelas, prenant bien garde de ne rien renverser. Comme deux adolescents, ils mangèrent et burent en bavardant à propos de tout et de rien. Sauf, bien sûr, d'eux-mêmes.

Une heure s'écoula ; peu à peu, le froid envahissait la tente. Le vaillant petit poêle ne parvenait pas à chasser l'humidité. Sans un mot, Rock se leva et sortit d'un coffre une couverture en fourrure. Rampant sur le sommier, il en enveloppa Devon.

— Attendez, dit-elle, on va partager.

Il se glissa à son tour sous le plaid. Devon leva le visage vers lui. Dans la lueur de la lanterne, elle avait la peau dorée, les yeux sombres.

Comme si c'était la chose la plus naturelle du monde, il passa un bras autour de ses épaules pour la serrer contre lui. Elle se lova contre lui.

— De quoi voulez-vous que je vous parle, maintenant ? demanda-t-elle calmement. De l'incroyable télégraphe de M. Marconi ?

Il réfléchit un moment à sa proposition avant de répondre :

— Parlez-moi plutôt de votre famille. Vous avez dû connaître de bons moments.

Il la sentit se raidir.

— Pas exactement.

Rock bloqua sa respiration. Il avait toujours cru, sans trop savoir pourquoi, qu'elle avait jusqu'à présent connu une vie heureuse, dorée. Se pouvait-il qu'elle aussi ait connu la douleur ? L'idée le troubla.

Sa main se posa sur sa chevelure rousse. Dans un geste inconscient, il la caressa. Il ne voulait rien lui demander. Sa vie privée ne le regardait pas.

Cette pensée le frappa. Soudain, il eut la surprise de constater que c'était faux. Il *voulait* en savoir le plus possible sur elle. Il voulait faire partie de sa vie.

Il savait que demain il le regretterait mais, pour une fois, il désirait vraiment apprendre à connaître quelqu'un d'autre.

Il s'entendit demander :

— Est-ce quelque chose dont vous voulez parler ?

Sa réponse fut longue à venir.

— Oui, je crois.

13

Oui, je crois. Devon était abasourdie. Qu'est-ce qui lui avait pris ? Jamais elle n'évoquait son passé. Jamais, même, elle n'y pensait. Du moins, elle essayait.

Elle se blottit un peu plus contre Rock. Dans ses bras, le passé semblait moins effrayant. Ici, avec lui, elle pouvait purger son esprit et commencer à guérir. Elle pouvait se permettre d'être faible. Seigneur, comme elle désirait, juste une fois, être réconfortée !

Il lui caressait les cheveux. La chaleur de sa main l'apaisait, calmait ses peurs. Elle avait *besoin* d'ouvrir la boîte...

Elle s'arracha à ses bras pour le regarder droit dans les yeux. Ce qu'elle y vit acheva de la convaincre. Le moment était venu. Elle reposa la tête sur son épaule. Ses yeux se firent vagues.

— Mon père était quelqu'un de bien, au début. En tout cas, c'est ce que disait ma mère. Ils n'avaient pas dix-neuf ans quand ils se sont connus et ils se sont mariés en moins de temps qu'il n'en faut pour le dire. Mon père n'avait sans doute qu'une seule envie — amener ma mère dans son lit. Mais, en dame qu'elle était, elle l'a convaincu de la conduire d'abord à l'autel.

» Ma mère ne se rendait pas compte qu'elle

commettait une abominable erreur, évidemment. Tout ce qu'elle savait de Paddy O'Shea, c'était qu'il était l'homme le plus séduisant et le plus drôle qu'elle eût jamais rencontré. Il lui avait tourné la tête. Et tout se déroula à merveille, à ce qu'on m'a dit… jusqu'à ce que j'arrive.

Ses lèvres tremblèrent. Ses petits poings se serrèrent.

— Vous comprenez, Paddy ne voulait pas être père. « Trop de responsabilités, disait-il. Ça coûte trop cher. » Il a même exigé que ma mère prenne quelque chose pour se débarrasser de moi. Je le sais, car il n'a jamais manqué une occasion de me le dire…

» Quand il était sobre, enchaîna-t-elle très vite, mon père n'était pas si mal. C'était quelqu'un de… méthodique. Il aimait que les choses soient organisées. Je faisais de mon mieux pour toujours tout ranger à sa place. Mais, chaque fois qu'il rentrait, rien n'était jamais comme il le fallait. Il disait qu'une bonne fille aurait su s'y prendre. Moi, je ne savais pas, je n'étais pas une bonne fille, conclut-elle d'une voix qui se brisait. Mais j'essayais de toutes mes forces. (Une pause.) Bien sûr, mon père n'était pas très souvent sobre.

Soudain, Devon eut conscience que, maintenant qu'elle avait commencé à parler, elle devait aller jusqu'au bout.

— Quand il était ivre, il devenait méchant, poursuivit-elle d'un ton neutre. Il se mettait à crier, à hurler. Et puis, il y avait la ceinture…

La ceinture. Elle n'avait pas voulu le dire, n'avait même pas voulu y songer. Mais, tout à coup, l'image était là, impossible à chasser.

Elle ferma les yeux, tentant désespérément de fermer la porte à ses souvenirs. Cependant, les scènes se bousculaient dans son esprit : sa mère brisée ; elle-même, blottie dans un coin, pleurant toutes les larmes de son corps ; le visage de son père déformé par l'alcool, ses insultes, ses cris. Et la ceinture. Toujours la ceinture.

Elle frissonna. Rock la serra plus fort contre lui.

— Il vous frappait ? demanda-t-il avec colère.

Devon sursauta, incapable de répondre.

— Il vous frappait ?

— Pas avec ses poings.

C'était tout ce qu'elle pouvait dire, tout ce qu'elle pouvait admettre.

— On peut frapper les gens avec autre chose que ses poings, murmura Rock.

Elle ne respirait plus.

— Calmez-vous, Dev. Videz votre sac. Je suis là, je veille sur vous.

Elle le croyait. C'était stupéfiant, mais elle le croyait. Pour la première fois de sa vie, elle se sentait protégée. Les larmes ruisselèrent sur son visage.

Elle les versa à cause de l'amour que son père lui avait toujours refusé, à cause de sa pauvre mère, à cause de toutes les fois où elle avait retenu ses pleurs. Enfin, l'œil sec, elle se sentit plus forte. Entière.

Sortant un mouchoir de la poche de son tablier, elle se moucha. Prudemment, elle leva les yeux vers Rock. La tendresse qu'elle vit dans son regard lui coupa le souffle.

Il n'y avait plus que le silence.

Elle esquissa un pâle sourire.

— Je ne suis pas très drôle, hein ?

— Merci de m'avoir fait confiance, déclara-t-il très doucement.

Devon se rendit compte qu'elle n'avait pas épuisé son stock de larmes. Elle les ravala à grand-peine, hochant la tête, n'osant le remercier, de peur de se remettre à pleurer comme une fontaine.

Soudain embarrassée, elle chercha un moyen

d'alléger l'atmosphère. Elle repoussa une mèche de cheveux de Rock qui lui chatouillait le nez. Mais bien sûr! D'un bond joyeux, elle se mit à genoux face à lui.

— Je peux vous couper les cheveux?

La proposition le désarçonna. Sacrée Devon, elle venait de mettre son cœur à nu et elle ne pensait qu'à une chose: mettre un peu d'ordre autour d'elle! Il sourit.

— Je peux?

Il haussa les épaules. Il était incapable de lui refuser quoi que ce soit à présent.

Rayonnante, elle se rua sur son armoire et ne tarda pas à brandir une immense paire de ciseaux en argent.

— Venez vous asseoir, dit-elle en tapotant le tabouret.

Il lui obéit et se retrouva aussitôt avec un torchon autour du cou.

— Pas trop courts, hein? fit-il en fixant les ciseaux avec inquiétude.

— Ne vous en faites pas.

Le cliquetis des ciseaux emplit la tente. Devon travaillait vite et efficacement. Rock, statufié, ne bougeait pas d'un pouce.

Elle avait commencé par la nuque. Tournant lentement autour de lui, elle finit par lui faire face et insinua la jambe entre ses genoux. Il sursauta.

— Ne bougez pas! ordonna-t-elle.

Il se pétrifia, le regard planté dans la masse de tissu qui froufroutait entre ses cuisses. Il sentait la chaleur de sa jambe. Quelque chose comme la foudre lui frappa le ventre. Il voulut changer de position.

— Rock, cessez de gigoter!

Etait-ce son imagination ou la voix de Devon était-elle plus rauque? Eprouvait-elle le même trouble elle aussi? Il leva les yeux. Immédiatement, il le regretta. Ses seins se trouvaient à cinq centimètres de ses cils. Il retint son souffle, aussi longtemps qu'il le put. Puis force lui fut d'expirer. La dentelle de son chemisier frissonna.

Ses longs doigts fins glissèrent sous son menton pour qu'il lève la tête. Il résista, se forçant à regarder droit devant lui, là où n'étaient pas ses seins.

— Levez la tête !

Il lui obéit à regret et plongea les yeux dans les siens. Il eut l'impression de se noyer. Ils étaient si verts ! Si... Dans un effort surhumain, il détourna le regard.

Sa proximité lui donnait toutes sortes d'idées, des idées qu'il ne devait pas avoir avec une femme comme elle. Il en avait des sueurs froides.

Soudain, il n'eut plus qu'une envie : s'éloigner d'elle au plus vite. Il bondit.

Mais il avait oublié où elle se trouvait. Déséquilibrée, Devon tomba dans ses bras. Les ciseaux heurtèrent le sol, suivis de près par une pluie de cheveux noirs.

Elle était tout contre lui. A travers leurs vêtements, il sentait la pointe durcie de ses seins. Luttant pour retrouver son sang-froid, il examina le plafond, maudissant les traîtresses réactions de son corps.

Elle bougea. Il l'attrapa par les épaules dans l'intention de la repousser. Mais ses doigts se noyèrent dans la douce rondeur de sa chair. Il perdait tout contrôle. Lentement, très lentement, il l'attira contre lui.

Ce qu'il vit dans ses immenses yeux verts signa sa perte. Une étincelle s'alluma au fond de son âme, balayant l'amertume.

— Cornelius ?

Sa voix était une caresse. Une faiblesse merveilleuse inonda son cœur.

Elle était sur la pointe des pieds, son visage à

quelques centimètres du sien. Il sentait les légères vibrations de son souffle contre sa gorge. Ses lèvres étaient offertes…

La petite sotte ! Elle voulait qu'il l'embrasse !

Quand il comprit qu'il désirait exactement la même chose, il en resta pantois. Il avala sa salive. Il ne se souvenait pas d'avoir jamais voulu embrasser une femme. Un petit tour entre les draps, ça oui, mais partager un vrai baiser ? Jamais !

— Devon, ne soyez pas stupide. (Sa voix lui parut ridiculement fluette.) Vous ne savez pas où cela peut nous mener.

Elle soutint son regard sans ciller. Il avait tort. Elle voulait qu'il l'embrasse. Elle le voulait plus que tout au monde. Dans ses bras, elle puisait réconfort, sécurité, chaleur. Tous ces sentiments qu'elle n'avait jamais connus. Et pourtant, cela ne suffisait pas. Elle voulait davantage. Elle voulait, rien qu'une fois, une seule fois, vivre une étreinte passionnée.

Au ralenti, elle retira quelques épingles de sa chevelure. Une cascade d'or déferla sur ses épaules jusqu'au creux de ses reins.

— Alors, montrez-moi, murmura-t-elle.

Il gémit, prenant son visage entre ses mains avec une tendresse dont il fut le premier étonné. Ses pouces effleurèrent la peau satinée de son cou.

Elle lui sourit et, soudain, il n'y eut plus que ses lèvres. Il se pencha, elle se dressa. Leurs bouches se mêlèrent.

Il fit appel à toute la douceur dont il était capable pour ne pas l'effrayer. Mais elle était intrépide. C'était elle qui l'invitait. Bientôt, sans qu'il s'en rende compte, il s'accrochait à elle comme un noyé. Après des années de solitude, c'était si incroyablement bon d'être dans les bras de quelqu'un, d'être embrassé.

Il ferma les yeux, formulant une prière silencieuse. Pour la première fois de sa vie, il avait trouvé quelque chose de réel.

Un frisson glacé le secoua. Avec un grognement de douleur, il s'arracha à ses lèvres et enfouit son visage dans la soie de sa chevelure. Il était idiot. Un bougre d'idiot de trente-neuf ans.

Comment pouvait-il être aussi stupide ? Un homme comme lui ne pouvait trouver le bonheur, et encore moins dans les bras d'une femme comme Devon. Une dame.

Elle lui toucha le visage. Sa paume était chaude. Il gémit.

— Cornelius ?

Il succomba à sa voix. Se redressant, il la regarda. Ses yeux verts étaient emplis d'amour.

Le désespoir le saisit. Toute sa vie, il avait attendu un tel regard, mais il arrivait trop tard. Il était trop vieux. Il s'était réfugié dans le Yukon, dans la solitude, dans l'amertume. Il ne pouvait plus changer. Il comprit soudain que toute sa vie était construite sur un mensonge, qu'il était passé à côté de l'essentiel. Ses genoux faiblirent.

— Embrassez-moi encore, murmura-t-elle, comme dans un rêve.

Elle ne lui demandait que de l'embrasser, mais lui voyait une vie entière à deux. Une vie qui n'était pas à sa portée. Si elle était assez naïve pour ne pas comprendre ce que signifierait ce baiser, lui ne l'était pas. Un homme ne pouvait pas faire l'amour à une femme comme Devon et s'en aller. En tout cas, lui ne le pourrait pas. A moins de partager son rêve, son illusion, il devait immédiatement arrêter ce qui était en train de se passer.

Il la repoussa.

— Bonté divine ! s'exclama-t-elle avec impatience. Qu'y a-t-il encore ?

— La leçon est terminée.

— La leçon ? Quelle leçon ? Je veux seulement un autre baiser.

— Trouvez quelqu'un d'autre.

Devon cilla, blessée.

— C'est vous que je veux.

Ce simple aveu faillit le convaincre. Dieu tout-puissant, s'il ne fuyait pas sur-le-champ, il n'en aurait plus jamais la force !

Un son rauque lui échappa, mais il saisit son ciré et se dirigea vers la porte.

— Attendez, Cornelius ! Parlons-en, au moins.

Il s'arrêta et se tourna vers elle, les traits durs.

— Je m'appelle Rock.

Il se rua dehors tout en sachant qu'il venait de prononcer le pire des mensonges.

Devon grimaça quand la porte claqua. Elle commençait à en avoir assez de le voir fuir chaque fois que les choses devenaient intéressantes.

Elle fixa la porte avec intensité, comme si, par sa simple volonté, elle pouvait le faire revenir. Comme ce ne fut pas le cas, elle se versa du thé. Elle s'assit à table avec sa tasse et un livre, bien décidée à attendre son retour.

— Vous pouvez fuir, mais vous ne pouvez pas vous cacher, déclara-t-elle d'une voix forte et déterminée.

Un grand coup frappé à la porte la tira de son sommeil. Elle ouvrit lentement les yeux. Quelqu'un lui tordait le dos. Et un morceau de bois lui écrasait le nez. Qu'est-ce que... ! Elle cligna des paupières.

La mémoire lui revint subitement. Elle s'était endormie en attendant Rock.

Elle se tourna aussitôt vers le lit. Il était vide.

Son ventre se noua. Il n'était pas rentré de la nuit. Maudite tête de mule ! Quand il se cachait, c'était pour de bon. Elle avala une gorgée de thé froid. Il avait un goût amer.

On frappa de nouveau à la porte. Plus fort.

— Qui est là ?

— Grizzly.

Tout à coup, elle se sentit parfaitement réveillée. Elle sourit. Grizzly était exactement celui dont elle avait besoin. Il était le seul qui connût vraiment Rock.

— Un instant !

Elle s'aspergea rapidement le visage d'eau froide et courut à la porte.

— Bonjour, Grizzly ! s'exclama-t-elle joyeusement. Quelle bonne surprise !

— 'jour, Devon.

Elle fronça les sourcils. Cette sécheresse ne lui ressemblait pas. Chaque fois qu'il mettait les pieds au magasin, c'était avec une bonne humeur contagieuse. Le prenant par le bras, elle le conduisit jusqu'à la table.

— Asseyez-vous. Je vais faire du café.

En s'affairant devant le poêle, elle lui lança un regard en coin. Il était trop calme. Et il semblait fatigué.

— Vous allez bien ?

— Je viens de la part de Cornelius.

Le nom, dans sa bouche, la glaça. Il l'appelait rarement ainsi. Il lui fallut un moment pour rassembler assez de courage et demander :

— Pourquoi ?

— Il est parti. Il a dit qu'il voulait aller prendre des photographies à Rabbit Creek. A c'qu'on dit, George le Menteur a peut-être mis la main sur un vrai filon, après tout.

Devon crut qu'elle allait éclater en sanglots. Mais elle se reprit. Elle ne voulait pas pleurer devant Grizzly, cela ne ferait que le mettre mal à l'aise. Elle s'assit en fermant les yeux. Mentalement, elle compta jusqu'à dix.

Elle rouvrit les paupières. Grizzly la fixait. La tristesse de ses grands yeux marron lui noua la gorge. Les larmes menacèrent de nouveau.

— Il aurait pu me dire au revoir.

Grizzly approcha son tabouret, mais il ne lui prit pas la main.

— J'crois pas qu'il aurait pu.

— Ah oui, vous êtes les rois du silence, tous les deux ! fit-elle avec une amertume qui ne lui ressemblait pas.

— Hé, ne m'criez pas d'ssus, si vous voulez pas que j'vous crie d'ssus à mon tour !

Devon sentit la tendresse avec laquelle il se moquait d'elle. Elle se comportait comme une enfant gâtée.

— Excusez-moi, Grizzly.

— Peut-être que Rock ne pouvait pas vous dire au revoir. Peut-être qu'il avait besoin de tout son courage pour partir.

— Oh, c'est sûr ! Il en faut, du courage, pour fuir !

— Ah, Devon, vous me décevez ! Rock dit toujours que vous êtes intelligente.

Elle se raidit.

— Je ne suis pas totalement stupide.

Grizzly l'examina attentivement avant de reprendre la parole.

— Alors, répondez-moi, miss Je-Sais-Tout. Pourquoi les gens fuient-ils, en général ?

Devon réfléchit quelques instants.

— Je ne sais pas. J'ai quitté Saint Louis parce que j'avais peur de ce que je serais devenue si j'étais restée.

— Ha, ha !

Elle eut un geste impatient.

— Cessez de me regarder comme si vous veniez

de m'expliquer le mystère de la Création ! Bon, je suis partie parce que j'avais peur de rester. Qu'est-ce que cela a à voir avec Rock ? De quoi, au nom du Ciel, pourrait-il bien avoir peur ?

Cette fois, Grizzly lui prit la main. Sa voix tomba d'une octave.

— De souffrir.

Devon en resta interdite. Si n'importe qui d'autre avait suggéré une chose aussi ridicule, elle lui aurait ri au nez. Mais pas Grizzly. Il connaissait trop bien Rock.

— Rock doit bien savoir que je ne le ferai jamais souffrir, dit-elle finalement.

— Il ne pense pas comme vous, Devon. (Grizzly se pencha davantage, la fixant droit dans les yeux.) Vous avez déjà vu un loup solitaire ?

— Non.

— Eh bien, si vous en aviez vu un, peut-être que vous comprendriez mieux Cornelius.

— Alors, aidez-moi à le comprendre, Griz', s'il vous plaît.

— Parfois, un loup se fait chasser de la meute et il doit errer seul dans les bois. Quand il voit un feu de camp, il s'approche. Il sent la viande qui rôtit et il sait qu'il peut tuer le pauvre diable qui est là tout seul. Mais le loup ne bouge pas. Il reste dans le noir, à regarder et à attendre.

— Et c'est Cornelius ? Attiré par le feu, mais effrayé par lui ?

— Grosso modo. N'oubliez pas, miss, il a toujours vécu seul. Il suit son instinct depuis si longtemps qu'il ne se pose même plus de questions. Quand son instinct lui dit de fuir, il fuit.

— Et, d'une manière ou d'une autre, je l'effraie. (Elle soupira.) Mais jamais je ne lui ferais de mal.

Cette fois-ci, elle avait prononcé cette phrase avec une infinie douceur. Grizzly lui sourit.

— Je sais. Et quand Rock le comprendra, lui

aussi, il reviendra. Un homme n'est pas fait pour hurler à la lune.

Elle essaya de rire.

— J'espère qu'il le comprendra très vite. La patience n'est pas mon fort.

— Bah, à vot' place, je me bilerais pas trop. Il reviendra quand il reviendra. (Il lui adressa un clin d'œil.) A votre avis, un truc pareil, il va le comprendre vite ?

Devon sourit malgré elle.

— Non, je ne crois pas.

— Bon, dit Grizzly, tant qu'il n'est pas là, je veillerai sur vous. Je viendrai vous chercher tous les matins pour vous accompagner au magasin et j'vous garderai à l'œil pendant la journée.

— Oh, ce n'est pas néc…

— Ça l'est pour Rock. Il m'a dit de veiller sur vous comme si vous étiez ma fille.

Le cœur de Devon cessa de battre.

— Il a dit ça ?

— Ouais.

Devon se sentit pousser des ailes. Cela signifiait qu'il *tenait* à elle. Et c'était même pour cela qu'il était parti. Parce qu'il avait peur de ses propres émotions.

Elle espérait bien qu'il était mort de peur.

14

Devon enroula ses doigts gantés autour du gobelet, puisant un peu de chaleur au contact du métal brûlant. Elle avala une gorgée de thé et soupira d'aise lorsque le breuvage réconfortant lui coula dans la gorge.

Elle contempla le magasin autour d'elle. Il était parfait, impeccable. Il n'y avait absolument rien à faire. Rien.

Bon sang ! Rock était parti depuis une semaine et elle mourait déjà d'ennui. Et de solitude.

— Bonjour, miss.

Elle se tourna vers l'entrée de la tente que Digger Haines venait de franchir très vite. Pour la première fois depuis qu'elle le connaissait, il ne souriait pas.

— Salut, Digger. Vous voulez du thé ?

Déjà arrivé près du poêle, il se laissa lourdement tomber sur un tabouret.

— Que se passe-t-il ? s'inquiéta-t-elle en le rejoignant.

— Pas grand-chose, fit-il avec une inhabituelle amertume. Je viens juste de faire la plus grande découverte de ma vie, et pour des prunes. (Il arracha ses épaisses moufles fourrées.) Ouais, j'prendrais bien un peu d'thé, à la réflexion.

Elle le servit en fronçant les sourcils.

— Que voulez-vous dire ?

Il s'empara vivement de la tasse qu'il serra comme un trésor entre ses doigts gourds.

— Moi, Marvin Joseph Haines, dit-il, je viens de trouver une concession libre à Eldorado.

— Une concession libre ?

— Oui. Vous savez que les gars ont tous des lots de cinquante mètres le long du fleuve ? Eh bien, ils ont laissé un coin libre. Vingt mètres sur l'Eldorado. Libres. Vous vous rendez compte ? Ça représente une vraie fortune. (Ses épaules s'affaissèrent.) Mais pas pour moi.

— Pourquoi ?

— Oh, j'ai enregistré la concession, bien sûr, mais tout c'que j'peux faire, c'est la vendre.

— La vendre ? Mais c'est ridicule, Digger ! Vous êtes prospecteur. Pourquoi ne...

— Je peux pas m'le permettre, miss. Il faudrait que j'travaille tout l'hiver sans gagner un sou. Sans chasser, sans poser de pièges, rien. Juste à creuser. Vous comprenez, une fois que vous avez vot' concession, il faut creuser pour trouver de l'or. Vous allumez un feu chaque nuit et vous l'laissez brûler jusqu'au matin. Pendant la journée, vous piochez et déblayez c'qui a fondu pendant la nuit jusqu'à ce que vous arriviez à la terre gelée. C'que vous avez creusé, vous l'empilez et c'est déjà gelé cinq minutes après qu'vous l'avez retiré du trou. C'est qu'au printemps qu'vous savez si vous avez d'la boue ou des millions.

— Ça semble être un dur labeur, mais vous êtes fort et...

— C'est pas ma force qui m'remplit l'ventre. Il faudrait qu'on m'prenne des parts.

— Jack Kelley...

— ... peut plus en prendre.

Devon but une gorgée de thé. Rock n'aimerait sûrement pas ça. Il est parti, bon sang ! Un petit sourire lui étira les lèvres. Après tout, le magasin lui appartenait aussi.

— Digger, je serais fière de prendre des parts dans votre concession.

Il en resta bouche bée.

— Oh non, miss ! J'peux pas vous laisser faire ça. Rock, il est très strict là-dessus. Pour lui, prendre des parts, c'est comme un vol.

— Vous voyez Rock quelque part ici ?

— N... non.

— Vous l'avez vu depuis six jours ?

— Non.

— Alors, disons que, pour l'instant, c'est moi qui dirige ce magasin et j'ai décidé de prendre des parts dans l'affaire d'un ami.

Digger se mordillait les lèvres. Elle comprenait son dilemme : il brûlait d'accepter son offre, mais il craignait le courroux de Rock.

— Eh bien ? insista-t-elle.

L'appât du gain triompha.

— Oh, bon sang, c'est d'accord ! J'vous cède des parts, mais seulement pa'ce que j'suis sûr que c'est un gros filon. Vous n'courez aucun risque.

— Bien !

Aussitôt, elle extirpa un morceau de tissu blanc de son sac à couture et y rédigea soigneusement un contrat. Puis elle le donna à signer à Digger.

— Qu'est-ce que ça dit ?

— Que le magasin MacKenna est propriétaire à trente pour cent de votre filon, Marvin Joseph Digger Haines.

— Trente ? En général, on prend cinquante...

— Je sais. Mais trente me suffisent amplement. Après tout, c'est vous qui faites tout le travail.

La fierté souleva la maigre poitrine de Digger.

— Je n'vous laisserai pas tomber, miss.

Elle sourit.

— J'en suis sûre. Bon, maintenant, voyons de quoi vous avez besoin.

Bien plus tard, quand Digger eut rassemblé ses provisions et son matériel, Devon souriait encore. Si Rock entendait dire qu'elle prenait des parts dans des filons de prospection, il allait revenir dare-dare.

Car, Dieu merci, Digger était un bavard impénitent.

Claquant des dents, elle se rapprocha du poêle brûlant. Elle posa les doigts sur le couvercle. L'idée d'enlever sa robe de chambre en laine lui donnait la chair de poule.

Hélas, elle n'avait pas le choix ! Les hommes avaient besoin du magasin et comptaient sur ses heures d'ouverture. Grimaçante, elle se déshabilla à toute allure et enfila quatre couches de vêtements en laine. Elle boutonna sa chemise jusqu'au col. Une chemise que Rock lui avait conseillé d'acheter.

Les larmes lui montèrent aux yeux. Cela faisait quarante et un jours qu'il était parti, maintenant, et chaque jour, il lui manquait un peu plus. Et tout ça à cause d'un malheureux baiser !

Ce baiser qui avait tout changé. Un bref contact de leurs lèvres et l'illusion d'une amitié platonique s'était envolée en fumée. Ils s'étaient retrouvés nus et vulnérables et n'avaient pu se dissimuler qu'ils comptaient l'un pour l'autre.

Rock, étant Rock, avait fui la vérité.

Devon, étant Devon, l'avait analysée. Elle avait pensé et repensé à ce baiser… froidement, cliniquement. Et elle avait compris : pour la première fois de sa vie, seuls comptaient les sentiments qu'elle éprouvait pour Rock. Elle voulait, rien qu'une fois, être aimée comme toute femme devait l'être. Et Rock était son unique et dernière chance.

Elle rêvait, bien sûr, mais qu'y avait-il de mal à cela ? D'ailleurs, elle ne demandait pas grand-chose : simplement un magnifique souvenir à emporter chez elle au printemps.

Un coup frappé à la porte interrompit le fil de ses pensées. Elle chassa sa mélancolie et afficha un large sourire. Dieu bénisse Grizzly ! L'amitié qui avait fleuri entre eux depuis un peu plus d'un mois l'avait maintenue en vie. Sans lui, les interminables journées au magasin auraient été insoutenables.

Elle enfila sa parka en toile cirée et matelassée, ses gants de fourrure et ouvrit la porte. Un courant d'air glacé lui gifla le visage. Elle tituba en arrière. Grizzly la rattrapa et la serra contre lui, la protégeant de la bise.

— Fermez votre capuche ! cria-t-il.

Elle lui obéit promptement. La main de Grizzly se referma autour de sa taille et, ensemble, ils plongèrent dans le vent arctique.

— Regardez le fleuve, ce matin ! hurla Grizzly.

Elle leva les yeux juste assez pour regarder le Yukon. D'énormes packs de glace dérivaient lentement au gré du courant. Un étrange gémissement perpétuel accompagnait la mort glacée du fleuve.

— Dans un jour ou deux, il sera complètement pris par les glaces, commenta-t-il.

Au magasin, Grizzly alluma le poêle sans tarder. Tout excitée, Devon courut au thermomètre flambant neuf qu'elle avait apporté dans ses bagages. Pas de chance, le mercure était gelé.

— Il ne fait que moins quarante, annonça-t-elle.

— Vous vendez des maillots de bain ?

Gloussant, elle le rejoignit avec la cafetière. Grizzly ne lui laissa pas le temps de commencer les préparatifs.

— Asseyez-vous, Devon.

Aussitôt, une crainte sourde la saisit. Jamais, au cours des jours qui venaient de s'écouler, il n'avait employé pareil ton avec elle. On aurait dit un père sur le point d'annoncer une punition.

— Voilà, je suis assise.

— Et moi, je m'en vais.

— Pas prendre un bain, j'espère ?

Il ne sourit même pas et vint s'asseoir auprès d'elle pour lui prendre la main. Ses yeux étaient tristes.

— Le magasin ne restera ouvert que deux ou trois semaines encore. Après, il fera beaucoup trop froid. L'hiver, dans le Yukon, nous autres, on s'enferme dans nos tentes et on boit pour rester vivants... en jurant dix fois par bouteille qu'on r'passera plus jamais Noël dans cet enfer.

— Restez, s'il vous plaît, l'implora-t-elle, au désespoir. J'ai prévu un Noël que vous n'oublierez pas. Nous...

Il lui serra la main.

— Chhhut... Je ne pars pas pour de bon. Je vais juste chercher Rock. Cela fait trop longtemps qu'il se décharge de ses responsabilités. Il est temps qu'il revienne chez lui...

Un éclair invisible fracassa le toit de la tente et vint foudroyer le cœur de Devon. Elle n'entendait plus rien. *Il est temps qu'il revienne chez lui.*

Grizzly se leva.

— Bon, j'ferais mieux...

Elle s'accrocha à son bras.

— Non ! Je ne veux pas qu'il revienne contraint et forcé.

Grizzly sourit.

— Vous en faites pas. S'il renâcle, je l'assomme.

— Ce n'est pas drôle, fit-elle, misérable.

L'étincelle de gaieté s'effaça des yeux de Grizzly.

— Non, reconnut-il.

Elle essaya de sourire, en vain. Sa vision se brouilla.

— Je... je veux qu'il revienne parce que je lui manque... pas parce qu'il est groggy.

— Je sais, mais nous avons attendu trop longtemps. Vous ne survivrez pas toute seule et je ne peux pas emménager avec vous. (Il lui tendit son unique bras.) Ça va m'manquer, d'plus vous causer tous les matins.

Elle se jeta contre lui. Il la serra sur son torse puissant. Déglutissant convulsivement, elle prit sur elle pour ne pas pleurer.

— Vous... vous... vous allez me manquer aussi.

Il l'étreignit un peu plus fort.

— J'devrais pas être absent très longtemps. J'suis sûr qu'il est déjà sur le chemin du retour.

Elle renifla bruyamment.

— Soyez prudent, Grizzly.

— J'suis toujours prudent, Dev. Et comptez sur moi pour Noël, j'vais dévorer toutes vos tartes.

Son bras retomba et elle s'arracha lentement à lui.

— Que vais-je faire sans vous ?

— Vous inquiétez pas. Le père Michaels est revenu hier du camp indien. Il veillera sur vous.

— Ça ne sera pas pareil.

— Merci, fit-il d'une drôle de voix. Ça fait plaisir à un vieil ours comme moi d'savoir qu'il est pas complèt'ment inutile.

Elle eut un sourire tremblant.

— Oh, Grizzly...

Mal à l'aise, il s'éclaircit la gorge.

— Prenez soin de vous et n'oubliez pas c'que j'vous ai dit. Rock est peut-être plus teigneux qu'un ours blessé, mais il a un cœur plus grand que tout le Yukon. Le seul problème, c'est qu'il ne le sait pas.

Rock aperçut le reflet métallique du tuyau du poêle et faillit pousser un cri de joie. Il neigeait depuis quatre bonnes heures, le traîneau était de plus en plus lourd et le soleil avait disparu. Tout était gris et glacé. Il tira sur la corde. Le traîneau ne bougea pas. S'arc-boutant, il tira plus fort. L'engin bougea enfin. Il mit cinq minutes pour franchir les cent mètres qui le séparaient de la tente. Il s'enfonçait dans la neige jusqu'aux cuisses.

Arrivé devant l'entrée, il cria :

— Y a quelqu'un ?

Pas de réponse. Il hala le traîneau jusqu'au rabat couvert de glace. Fouillant dans ses affaires, il en extirpa son sac de couchage, une boîte de haricots et un ouvre-boîtes.

Il pénétra dans l'abri silencieux et sombre, tâtonnant dans l'obscurité. Il trouva rapidement le poêle. Ses doigts en explorèrent les flancs, cherchant une boîte d'allumettes qu'il ne tarda pas à découvrir. Il en frotta une et regarda autour de lui.

Ce qu'il vit le fit sourire. La tente appartenait à un ancien du Yukon qui respectait les règles non écrites de la région. Le propriétaire absent avait laissé une pile de bois et une boîte de haricots pour celui qui viendrait à passer par là.

Rock alluma le feu et, en un rien de temps, il se sentit comme chez lui dans cette tente étrangère.

Quel mensonge ! Pour la première fois de sa longue et solitaire existence, il savait ce que c'était que de se sentir chez soi. Et ça n'avait rien à voir avec un feu et une boîte de haricots.

C'était cette idée qu'il fuyait en vain depuis six semaines. Il venait d'apprendre une dure leçon : on peut fuir un ennemi, on peut fuir devant le blizzard, on ne peut pas fuir une idée. Chaque nuit, depuis six semaines, alors qu'il était seul dans la tempête, cette pensée l'avait miné.

Et maintenant, il était assez faible pour l'admettre : Devon lui manquait.

Non ! S'il rentrait, c'était parce qu'il en avait assez de courir, qu'il était fatigué, voilà tout. Ce genre d'excursion dans le froid polaire n'était plus de son âge.

Et si tu crois ça, mon vieux, se dit-il, tu es bon pour avaler toute la neige de l'Alaska à la p'tite cuillère !

Bon sang ! Il ne voulait plus penser à elle. Il se mit en devoir d'ouvrir sa boîte de haricots. Après l'avoir mise à chauffer sur le poêle, il dégota une cafetière. Il la remplit de neige et la posa dessus. Quelques instants plus tard, de la vapeur s'en éleva. Elle montait en tournoyant vers le plafond de la tente où elle se condensait et gelait immédiatement.

Il contempla longuement les stalactites avant de se mettre à manger. Les haricots étaient à demi brûlants, à demi gelés. Au moment où il allait en prendre une seconde bouchée, il entendit un bruit. Prudemment, il alla soulever le rabat et regarda dehors.

— Rock... Rock...

L'écho dansait dans la vallée.

— Griz' ! hurla-t-il. C'est toi ?

— Qui... serait... assez... dingue... pour... venir... te... chercher... ici... ?

Rock grimaça un sourire. Pour une fois, c'était bon d'avoir quelqu'un à qui parler. Ça lui éviterait de penser à Devon.

Devon... Son sourire se figea. La peur lui glaça le sang. Grizzly n'était pas du genre à faire des visites de politesse. Oh non, pas Devon ! S'il lui était arrivé quelque chose...

Grizzly se trouva enfin en vue.

— Seigneur ! souffla-t-il en titubant vers la tente. Il fait plus froid…

Rock l'attrapa par le col.

— Elle va bien ?

Les yeux de Grizzly étaient injectés de sang et soulignés d'énormes cernes, mais le regard qu'il posa sur son ami n'en était pas moins perçant.

— Très bien. Maintenant, donne-moi quelque chose de chaud.

Ils pénétrèrent dans la tente et Rock versa deux gobelets d'eau chaude. Grizzly en saisit un avec reconnaissance ; il était frigorifié.

— Je… j'étais sur le point de renoncer. Ça fait quinze jours que je te cherche. J'ai dû parcourir plus de soixante kilomètres. Et voilà que j'te trouve à trois kilomètres du camp !

— Pourquoi me cherchais-tu ? Tu te doutais bien que j'allais revenir. En fait, je suis en train de rentrer.

— Il était temps !

— Pour toi, peut-être.

Un peu réchauffé, Grizzly étudia son ami.

— Ce qui veut dire ?

Rock ne répondit pas.

— Ecoute, Rock, ni toi ni moi on est du genre à parler pour ne rien dire. Qu'est-ce que ta cervelle de moineau a encore imaginé ?

Toujours aucune réponse.

— D'accord, reprit Grizzly, commençons par quelque chose de simple. Pourquoi rentres-tu ?

Rock s'agita, mal à l'aise.

— J'ai des responsabilités au poste.

Grizzly prit une allumette dans la boîte et se mit à la mâchonner.

— Oh, tu dois pas connaître la nouvelle.

— Quelle nouvelle ?

— Digger Haines s'est occupé de tes « responsabilités ». Devon et lui partagent ta tente. Ils sont heureux comme…

Rock lui avait déjà sauté dessus et semblait tout prêt à le frapper. Grizzly posa la main sur sa poitrine pour le repousser.

— T'as l'cœur qui bat comme un tam-tam indien. T'y tiens beaucoup, à tes « responsabilités », pas vrai ?

Rock retomba sur son tabouret. Il se sentait soudain très vieux, pathétique. Et c'était elle qui lui avait fait ça ! Il n'était même plus capable de dissimuler ses sentiments.

— Ce n'est pas vrai, hein ?

— Bien sûr que non. (Grizzly se pencha vers lui.) Cornelius, on n'est plus des gamins. Si tu as quelque chose à dire, dis-le.

Rock contempla le seul ami qu'il eût jamais eu. Grizzly avait raison. Les mots devaient être dits. Peut-être que s'il les entendait sortir de sa bouche, il pourrait en rire. Les garder en lui le tuait.

— Elle me manque, fit-il très vite.

Un silence. Un long silence.

— C'est ce que j'pensais. Et, au cas où ça t'intéresserait de le savoir, tu lui manques, à elle aussi.

— C'est vrai ?

Pendant un instant, il éprouva une joie sans bornes. Puis il secoua la tête.

— Griz', murmura-t-il, je suis perdu.

— Non, Cornelius, au contraire, tu viens à peine de te retrouver.

Ils ne s'en dirent pas plus. Pendant les quatre heures qui suivirent, les deux amis restèrent assis à boire de l'eau chaude. Ils n'échangèrent pas plus de dix mots, et cela ne les gêna ni l'un ni l'autre.

Quand il n'y eut plus d'eau, Rock se leva et s'étira. Il leva la cafetière.

— Tu en veux ?

— Non, j'crois qu'j'vais dormir, répondit Grizzly en ramassant sa fourrure roulée sous la table.

Comme Rock en faisait autant, les parois de la tente frémirent. Il perçut le martèlement sourd des bottes de neige. Quelqu'un approchait, le souffle court.

Grizzly et lui se dressèrent en même temps pour souhaiter la bienvenue au nouvel arrivant.

Un jeune gars se rua à l'intérieur de la tente. Au premier regard, Rock sut qu'il s'agissait d'un *cheechako*. Il semblait fatigué, affamé et perdu.

— Voilà le feu, mon gars. Viens te ré...

Le garçon sortit un colt de sa poche qu'il pointa sur la poitrine de Grizzly qui était le plus proche de lui.

— Ne bougez pas !

Grizzly leva les mains en l'air.

— Nous n'sommes pas armés. C'est le Yukon ici, petit, pas San Francisco. Si tu veux quelque chose, tu n'as qu'à demander.

Rock fit un pas prudent vers le *cheechako*.

— Ecoute, fils, si tu as faim...

— Ça oui, j'ai faim, mais pas de tes restes de haricots, mon vieux. J'ai faim d'or.

L'arme frémissait dans la main du gamin. Son index tremblait sur la détente.

Ils étaient dans le pétrin.

— Allons, petit... commença Grizzly.

— Ta gueule ! Si j'voulais parler, j'te l'dirais. Donnez-moi votre foutu or.

— On n'est pas des prospecteurs, dit Rock. On n'a pas un gramme de poussière d'or sur nous. Si tu ne me crois pas, va vérifier nos paquetages. Ils sont dehors.

Le garçon lança un regard nerveux derrière lui.

— P... pas d'or ?

— Pas d'or. (Grizzly fit un pas vers lui.) Tu...

La détonation explosa dans l'espace confiné de

la tente. Du coin de l'œil, Rock vit Grizzly chanceler en arrière.

Avec un hurlement de rage, il se jeta sur le garçon.

Une nouvelle lueur éblouissante jaillit devant lui et un volcan de douleur éclata dans son corps. Il essaya d'en localiser l'origine, en vain. La douleur était partout.

Le garçon avait disparu. Le monde se mit à tournoyer. Il s'efforça de rester debout, mais le sol se déroba sous ses pieds. Il s'effondra.

— Griz'... appela-t-il, tandis que ses mains tâtonnaient autour de lui.

Ses doigts s'enfoncèrent dans quelque chose de chaud, d'épais et d'humide. Presque immédiatement, cette mélasse se congela. Il se demanda vaguement ce que c'était, puis oublia cette question.

— Griz'...

Sa voix était plus faible, maintenant. Il posa ses mains sur le sol et essaya de se relever.

Il était déjà inconscient quand sa tête heurta le sol.

15

La douleur réveilla Rock. Un éclair qui lui traversa la cuisse et le ventre. Il ouvrit les yeux.

— Griz' ?

Pourquoi appelait-il son ami ? Grizzly n'était pas...

Soudain, tout lui revint.

Plantant ses paumes sur le plancher grossier, Rock tenta de se mettre à genoux. Ses mains dérapèrent sur une surface glacée et glissante. Il s'écrasa dans la mare gelée de son propre sang.

Haletant, il fit une seconde tentative.

Le monde oscilla. Un flot de bile envahit sa gorge. Il serra les dents et se força à respirer. Quand la nausée se calma, il rampa, centimètre par centimètre, sur le sol gelé. Le feu était éteint depuis longtemps et la tente était aussi froide et sombre qu'une tombe.

Il heurta la table. Il agrippa l'un des pieds de ses doigts gourds et se hissa lentement sur ses genoux.

Une douleur abominable lui déchira le haut de la cuisse. La nausée revint, lui tordant l'estomac. Ses phalanges blanchirent tandis qu'il étreignait la table. Par un titanesque effort de volonté, il se mit debout.

— Griz' ? coassa-t-il de nouveau.

Il tâtonna sur le plateau de la table et trouva

enfin les allumettes. Il lui fallut plusieurs minutes avant d'arriver à en craquer une. Une lueur ténue illumina la tente... et le corps de Grizzly.

Le sang de Rock se glaça dans ses veines. Les doigts tremblants, il dut s'y reprendre à sept fois avant d'allumer la lanterne. Puis il traversa laborieusement la tente. Chaque pas était comme un énorme clou qu'on lui plantait dans la jambe. Il eut l'impression de mettre des heures pour rejoindre son ami.

— Griz' ?

Pas de réponse. Même pas un souffle. Le silence l'écrasa. Une terreur immonde lui fouilla le ventre. Il retomba à genoux dans un cri de souffrance.

— Bon Dieu, Griz', réveille-toi !

Il lui saisit le poignet, cherchant son pouls. La chair de son ami était glacée.

Rock suffoqua. Le cœur lourd, il ne pensa plus à sa jambe blessée. Ses yeux, douloureusement secs, fixaient son ami mort. Tant bien que mal, il réussit à se redresser. Il penserait à son chagrin plus tard... si jamais il y avait un plus tard. Pour l'heure, il devait se concentrer sur le fait de rester en vie. Pour lui-même. Pour Devon.

Dans un éclair de lucidité, il se rendit compte qu'il avait changé. Quelques semaines auparavant, il se serait contenté de s'allonger aux côtés de son ami pour dormir avec lui. A quoi bon lutter ? aurait-il pensé.

A présent, les choses étaient différentes. Pour la première fois de sa vie, quelque chose l'attendait. Il devait rentrer chez lui avant de s'être vidé de son sang. Grizzly avait dit qu'ils n'étaient qu'à trois kilomètres du camp. Trois kilomètres ? Une broutille... Il pouvait y arriver. Il devait y arriver.

Il empoigna sa parka et l'enfila. Puis il détacha le foulard qu'il portait autour du cou et s'en servit pour faire un garrot de fortune à sa cuisse. Avec une cuillère, il serra le bout de tissu.

Il y avait bien longtemps de cela, la prison lui avait enseigné que la souffrance ne disparaissait que si on l'ignorait.

Il devait encore attacher ses bottes. Il se pencha et s'évanouit.

Il revint bientôt à lui, et, comme s'il ne s'était rien passé, se mit à nouer ses lacets. C'était plus facile maintenant qu'il était par terre.

Il se leva. La douleur lui déchira les chairs. Un gémissement rauque lui échappa. Mais il avait un but. Il ne savait plus lequel, mais il en avait un. Ah oui ! Il devait sortir Griz' de là. Pourquoi ? Il ne le savait plus. Il savait seulement qu'il avait deux choses à faire : emmener Grizzly et rentrer auprès de Devon.

Ses doigts agrippèrent la veste de Grizzly et il se mit à tirer. De nouveau, il perdit connaissance. Il reprit conscience peu après et, au prix d'un effort surhumain, parvint à sortir le cadavre de la tente. Il le traîna dans la neige jusqu'à son traîneau et le hissa dessus. Il s'évanouit à cinq ou six reprises, mais, chaque fois, il revint à lui par la seule force de sa volonté.

Le froid polaire l'engourdissait. Il ne ressentait plus ni douleur, ni émotion, ni épuisement, ni rien. Il *n'était* plus rien. Rien qu'un automate qui devait avancer, un pas après l'autre.

Ne pouvant plus plier les doigts, il enroula la corde autour de son poignet. Le traîneau ne bougea pas d'un pouce. Rock serra les dents et essaya encore. Sa jambe céda et il s'effondra dans la neige.

Obstiné, insensible, il se releva encore une fois. Il fit un pas. Puis un autre. Et un autre. Il marchait dans la nuit, mais ne s'en rendait plus compte. Il avait dépassé la douleur, la fatigue. Il ne voyait pas la neige qui s'étendait devant lui, ni le ciel noir, ni les arbres décharnés. Il ne voyait qu'un visage tacheté de son, des yeux verts comme la mousse en été, des cheveux d'or, une bouche entrouverte...

Devon ! C'était elle qui le tirait en avant. S'il mourait, il ne pourrait plus jamais l'embrasser. Et, Dieu du Ciel, il voulait l'embrasser !

Qu'elle était belle ! Il tendit la main vers elle, riant de bonheur.

Devon se versa une tasse de thé brûlant.

Soudain, sans que rien le laissât prévoir, la tente frémit sur ses piquets. Un vent glacé s'engouffra à l'intérieur, projetant devant lui un tourbillon de neige.

Elle sursauta.

— Au nom du...

Rock entra en titubant.

En le voyant, elle cessa de respirer. Il avait l'air d'un spectre. Le regard vide, la peau blême, la bouche ouverte, il s'immobilisa. Ses sourcils et ses cils étaient couverts de neige. Une moustache de glace recouvrait sa lèvre supérieure.

Sa tasse lui échappa des mains et s'écrasa par terre avec un bruit étrange.

Rock ouvrit la bouche, mais aucun son ne franchit ses lèvres bleuies et gercées.

Devon se rua vers lui. Le prenant dans ses bras, elle lui enleva sa capuche et ses gants. Du pied, elle repoussa la porte derrière lui. Les bras de Rock, raides comme des morceaux de bois, se refermèrent sur elle, l'attirant contre lui.

Seigneur, songea-t-elle, paniquée, on dirait un bloc de glace !

— Dev ?

Elle n'était pas certaine de l'avoir entendu. Elle

leva les yeux. Il baissa les siens. Puis ses lèvres effleurèrent les siennes avec douceur. Ses paupières se fermèrent.

— Rock ?

Il s'écroula.

— Mon Dieu ! Rock ? Lève-toi !

Elle s'agenouilla, cherchant frénétiquement son pouls. Quand elle le trouva, elle put respirer de nouveau.

Serrant les dents, elle refusa de céder à la terreur. Les doigts tremblants, elle essaya de lui enlever sa parka. Mais le vêtement gelé était dur comme de la pierre. Son corps, inerte, pesait des tonnes.

— Seigneur, Rock, gémit-elle, aide-moi…

Aucune réaction. Elle bondit jusqu'au placard et revint avec le grand couteau à viande. Elle découpa la parka en morceaux.

— A présent, Rock, souffla-t-elle, on va se lever.

Elle se faufila sous lui, utilisant son propre corps comme levier. Il était pareil à un sac de pommes de terre gelé sur son dos.

— Allez, on compte jusqu'à trois…

Elle compta jusqu'à trois puis, poussant de toutes ses forces, elle se redressa.

Il gémit.

— Aide-… moi, haleta-t-elle, arc-boutée. Bon sang, je n'y arrive pas… je n'y arrive pas…

La main de Rock agrippa le pied du lit. Un râle lui échappa :

— Main… t'nant.

Elle se redressa, le forçant à se mettre à genoux. Accroché au lit, il se jeta en avant et tomba en travers du matelas.

Devon lui toucha le front. Il était brûlant. Elle grimpa dans le lit à ses côtés. Il lui fallut une éternité pour l'allonger sur le dos et déboutonner sa chemise. Elle voulut lui enlever son pantalon. Impossible.

Elle vit alors la tache noire et gelée qui maculait sa cuisse.

— Ô Seigneur...

Se servant du couteau, elle déchira pantalon et caleçon. Quand elle tira sur le tissu collé, Rock frémit mais ne bougea pas.

Devon fixa la jambe avec horreur. Elle était couverte de sang séché. Elle vit un bout d'étoffe noué avec une cuillère à dix centimètres de l'aine. Elle reprit son couteau.

Du sang rouge vif jaillit de la blessure. Une balle ! Il avait reçu une balle. Comprenant enfin de quoi il retournait, Devon réagit au quart de tour. Chiffonnant sa chemise de nuit, elle la pressa contre la plaie pour arrêter le flot de sang. Cela fait, elle lui souleva prudemment la jambe. Un soupir de soulagement lui échappa. Il y avait un trou à l'arrière de la cuisse. La balle était ressortie.

Elle se rua sur son armoire et sortit son matériel de couture qu'elle jeta sur le lit. Puis elle mit trois casseroles d'eau à bouillir.

Cela dura une éternité. L'attente céda la place à la panique et, soudain, elle trembla de tous ses membres.

Ne sois pas stupide. Réfléchis. Que faut-il faire ?

D'abord, arrêter l'hémorragie. Elle se précipita de nouveau vers l'armoire et trouva un ruban. Elle le noua au-dessus de la blessure et glissa une cuillère de bois entre le tissu et la peau. Quand elle fut satisfaite de son garrot, elle sortit de sa trousse de couture une paire de petits ciseaux, du fil de soie, une aiguille, du linge propre et des pinces. Elle plongea le tout, sauf le linge, dans l'eau bouillante.

Elle attendit avec impatience que tous ses instruments soient stérilisés. Pendant ce temps-là, elle épongea le front brûlant de Rock avec un linge mouillé. Puis elle sortit les instruments de l'eau bouillante.

Les mains tremblantes, elle rapprocha les pinces de la plaie noirâtre. A l'instant où le métal chaud toucha les chairs, la jambe de Rock se raidit.

Elle murmura des paroles apaisantes. Au bout de quelques minutes, il se détendit. Travaillant efficacement, elle enleva tous les bouts de tissu déchirés qui se trouvaient dans la blessure. Puis, abandonnant les pinces, elle s'empara des ciseaux.

Seigneur, elle n'avait rien à lui donner contre la douleur ! Ni alcool, ni laudanum. Rien.

Serrant les dents, elle se mit à découper les bords souillés de la blessure.

Heureusement, il était inconscient. Il le resta jusqu'à ce qu'elle eût terminé.

Elle enfila l'aiguille. Elle pressa les bords de la plaie l'un contre l'autre et, fermant un instant les yeux, rassembla ses forces. Puis, d'un petit coup sec, elle enfonça l'aiguille dans sa chair.

Tendue, elle guetta sa réaction. Il n'en eut aucune. Il était assommé pour de bon. Soulagée, elle sutura la plaie et la banda avec un linge imbibé d'essence de térébenthine.

Pendant les heures qui suivirent, elle ne quitta pas son chevet une seule seconde. Elle lui parlait sans cesse dans le creux de l'oreille, murmurant tout ce qui lui passait par la tête.

Rock émergea de l'obscurité. Il ouvrit les yeux et une lumière blanche l'aveugla. Il gémit.

— Merci, mon Dieu ! fit une voix merveilleuse dans la lumière.

Une fraîcheur agréable lui caressa le front.

— Tenez, buvez ça. C'est du bouillon d'élan.

— Aah...

— Chut... ne parlez pas. Buvez.

Il obéit à ces mots aussi doux qu'une brise d'été tandis qu'une main tendre lui soulevait le cou. Le liquide coula dans sa gorge. Il déglutit, et ce simple effort l'épuisa. Il retomba en arrière.

Tout lui faisait mal. Ses yeux, sa bouche, sa tête, son corps, sa jambe. Tout. Et plus il essayait d'atteindre la lumière, plus elle s'éloignait.

Il avait quelque chose à faire, quelque chose qui concernait Devon.

Cette pensée s'estompa aussi vite qu'elle était venue. Il y eut un tourbillon, puis les ténèbres l'engloutirent de nouveau.

16

La fièvre tomba d'un coup. Le quatrième jour, Rock sortit de son inconscience.

Immédiatement, Devon sentit la différence : cette fois, il était vraiment réveillé et tiré d'affaire. Il n'allait pas sombrer encore dans un sommeil délirant après avoir tenté de prononcer un ou deux mots incompréhensibles.

— Bonjour, dit-elle joyeusement.

— Bonjour, répondit-il.

Dieu, qu'elle était belle ! Il savait qu'elle ne l'avait pas quitté. Parfois il avait émergé des ténèbres et l'avait surprise endormie à son chevet, dans le lit ou sur un tabouret. Il avait voulu lui conseiller de prendre un peu de repos, mais n'en avait pas trouvé la force.

Il leva la main ; elle le rejoignit aussitôt dans le lit et se blottit contre lui. Pendant un instant, il fut submergé de bonheur.

Elle avait des yeux immenses et lumineux, une bouche exquise, légèrement humide.

Son regard se fixa sur ses lèvres. Quelque chose se noua en lui. Sans qu'il se rende compte de ce qu'il faisait, il l'embrassa. C'était plus fort que lui, plus fort que tout. Et leur baiser fut passionné, sauvage. Comme si tous les deux y cherchaient la vie qu'ils avaient failli perdre.

La vie ! Un poing écrasa le cœur de Rock. Il s'écarta de Devon.

— Mais... protesta-t-elle.

— Pas maintenant, murmura-t-il.

Elle leva des yeux ébahis. Il l'embrassait comme un fou et, l'instant d'après... Soudain, en voyant ses yeux, elle fronça les sourcils. Il y avait autre chose.

— Vous avez déchargé mon traîneau ?

— Non, répondit-elle d'un ton sec. J'ai été très prise, ces derniers jours.

Il était trop fatigué et trop peiné pour chercher à amortir le coup. Il se contenta de déclarer :

— Grizzly est mort.

Devon blêmit, puis se mit à trembler.

Il lui fallut plusieurs secondes avant de pouvoir demander d'une voix altérée :

— Seigneur... comment ?

— Un *cheechako* à moitié fou a surgi une nuit dans notre tente et nous a tiré dessus. Il a eu Griz'.

La douleur tordit le visage de Devon. Livide, elle le fixa, attendant qu'il en dise plus.

Les larmes rendaient ses yeux magnifiques, songea-t-il. Son chagrin réveilla celui de Rock. Il frémit. Elle lui ouvrit ses bras. Il frémit de nouveau. Ô Dieu, que ce serait bon de se réfugier dans ces bras-là ! Il contempla ses petites mains si blanches et se souvint qu'elles l'avaient soigné. Toute sa vie il avait voulu, désiré, attendu des mains pareilles.

Mais il venait de perdre son meilleur ami et la souffrance était insoutenable. Si jamais il s'autorisait à aimer Devon et qu'il vînt à la perdre, elle aussi, ce serait pire encore. Et il la perdrait au printemps; elle retournerait à Saint Louis. Il n'y avait pas d'autre choix, pas d'autre avenir possible.

Rejetant les couvertures, il se leva. A l'instant où

ses pieds heurtèrent le sol, un élancement lui parcourut la cuisse. Il grimaça.

Aussitôt, elle fut près de lui.

— Ça va ?

L'inquiétude dans sa voix était réelle et déchirante. Il serra les dents pour ne pas dire quelque chose de stupide. Quelque chose comme : *Non, bon Dieu, ça va pas ! Ça va pas du tout depuis le jour où vous êtes apparue dans ma vie !*

— Je vais bien, répondit-il d'un ton sec.

Elle eut un geste de recul, serrant le col de sa chemise de nuit autour de son cou d'une main incertaine.

— Bien sûr que vous allez bien, fit-elle avec un petit rire forcé. Je suis idiote, vraiment.

Il réunit ses vêtements et commença à s'habiller.

— Je vais aller voir les gars et les prévenir pour Grizzly. Ça va bien nous prendre trois jours pour lui creuser une tombe. On ferait mieux de s'y mettre.

Elle ne répondit pas. Il se tourna lentement vers elle. Elle n'avait pas bougé. Toujours près du lit, elle gardait la tête basse. Et elle tremblait.

Sa douleur muette lui griffa le cœur. Il mourait d'envie de la prendre dans ses bras, de la réconforter. De boire ses larmes. Mais il ne pouvait pas. S'il l'embrassait maintenant, il ne s'arrêterait plus jamais.

— Euh... Devon ?

— Oui ? répondit-elle sans le regarder.

— Merci de m'avoir sauvé la vie.

— De rien.

A la seconde où il quitta la tente, elle s'effondra à genoux.

Oh, Grizzly...

Le visage enfoui dans ses mains, elle laissa ses larmes couler.

Pourquoi n'était-il pas venu aux funérailles ?

Devon contempla le trou noir et béant dans le sol devant elle, si noir et si terrifiant sur la blancheur de la neige. Les larmes lui nouèrent la gorge, lui brûlèrent les yeux et gelèrent sur ses paupières. Elle n'entendait plus l'éloge funèbre prononcé par Midas.

Elle se tenait seule à l'écart des prospecteurs. Le ciel était d'un gris métallique, le soleil invisible. Tout autour d'elle, des arbres torturés et couverts de neige montaient la garde comme les sentinelles de l'enfer. Le vent hurlait et gémissait.

C'était comme si deux énormes mains glacées lui tordaient l'âme. Chaque inspiration lui faisait mal. Chaque fibre de son être criait de ne pas être touchée par Rock. Elle agonisait de ne pas être dans ses bras, réconfortée par lui.

Les quatre derniers jours avaient passé comme dans un brouillard. Ils n'avaient pas échangé un mot. Chaque matin, elle se levait, effectuait ses tâches, préparait le repas, faisait la vaisselle. Tout cela aux côtés de Rock, et pourtant effroyablement seule. Elle regrettait que le magasin fût fermé. Au moins, elle aurait eu quelque chose à faire.

— Hé ! Ça vous va ? demanda Midas à la ronde. J'connaissais pas son vrai nom, alors j'ai mis Grizzly.

Devon leva les yeux. Ses larmes avaient gelé sur ses joues. Elle enleva les petits glaçons en contemplant Midas. Elle ne se rendait pas compte qu'elle s'arrachait aussi des bouts de peau.

Midas brandissait une planche.

— Ben, j'lui ai fait une plaque, déclara-t-il, un peu penaud. Mais j'savais pas son vrai nom.

Devon se souvint alors d'une de *leurs* matinées.

— Quel est votre vrai nom ? lui avait-elle demandé.

— Hé, vous savez bien que, dans le Yukon, c'est

pas une question à poser, avait-il répondu, l'œil pétillant de malice.

— Je sais, mais...

— Mais vous êtes curieuse.

— Oui, avait-elle admis. Et j'aimerais bien connaître votre prénom.

Il avait hésité.

— Eugene, avait-il finalement déclaré. Eugene Jedediah Ott. Et j'vous interdis d'rire! J'ai seize frères et sœurs. J'imagine que tous les chouettes noms étaient déjà pris...

Elle avait souri.

— J'imagine... Eugene.

— Ah! M'appelez pas comme ça! Vous comprenez, Devon, Eugene, c'est pas un nom que j'ai choisi et c'est un nom d'esclave. Grizzly, c'est un nom que j'ai *mérité*.

Elle revint au présent.

— Non, Midas, déclara-t-elle doucement, c'est Grizzly qu'il aurait voulu qu'on écrive.

Midas hocha la tête.

— J'm'en doutais bien...

Et il se mit à clouer sa croix de fortune dans le sol. Devon lut l'inscription :

GRIZZLY
Enterré le 24 décembre 1896
Un homme bon

Elle enfouit son visage dans le cuir dur de ses gants et sanglota. Le temps cessa d'exister tandis qu'elle restait là, secouée par le vent. Elle pleura jusqu'à ce qu'une voix s'insinue dans son chagrin.

— Devon ?

C'était le père Michaels. On aurait dit qu'il se tenait à des centaines de mètres alors qu'il venait de lui prendre le bras.

— Mon enfant, c'est terminé. Vous allez attraper la mort.

Devon baissa les mains et regarda autour d'elle. Ils étaient seuls. Tous les autres étaient partis.

Elle contempla la tombe. Le trou noir était comblé. Une fine couche de neige le recouvrait déjà. Demain, il ne serait même plus visible.

Grizzly était vraiment parti pour toujours.

— Ça m'est égal de mourir, murmura-t-elle.

— Allons, ma fille, vous souffrez, et c'est normal. Mais il faut continuer. Dieu l'a voulu ainsi.

Elle fit la moue.

— Quel Dieu ? Grizzly est mort et son meurtrier est libre.

— Allons, allons, je ne veux pas entendre ce genre de choses ! Surtout pas le jour de Sa naissance.

— Excusez-moi, mon père.

— Vous n'avez pas à vous excuser. Vous avez de bonnes raisons d'être en colère. Mais, ma fille, Dieu ne prend jamais rien sans donner quelque chose en échange. Vous verrez. Quelque chose de merveilleux va sûrement arriver bientôt.

— Rien ne peut valoir la vie de Grizzly.

— C'est vrai. Mais... (Il réfléchit une minute puis son visage s'éclaira.) Peut-être qu'il arrivera quelque chose de bien à la soirée de Noël.

Devon s'étrangla.

— Quoi ? Vous ne pensez tout de même pas que je vais faire cette soirée... la soirée de Grizzly ?

— Je pensais que c'était la fête du Seigneur ?

— Oui, mais c'était pour Grizzly et...

— Et pour tous ceux qui, comme lui, sont loin de leur foyer. Vous croyez que leur famille leur manque moins maintenant que Grizzly est mort ?

— Non, admit-elle, mais je ne peux pas faire ça. Pas...

Le prêtre lui serra gentiment le coude.

— Et les enfants indiens que vous m'avez demandé d'inviter ? Et les hommes ? Vous y pensez ? Vous avez dit à tout le monde de venir au moulin de Joe Ladue à sept heures pour fêter Noël. Vous leur avez promis quelque chose.

Elle fixa la tombe sans la voir. *Vos tartes, je vais toutes les dévorer*. Pour ça, elle en avait fait, des tartes. Assez pour nourrir une ville entière.

— Grizzly voudrait que vous donniez cette soirée. Il vous observe de là-haut et il attend son premier repas de Noël. Il risque d'être un peu déçu si...

Elle eut un hoquet avant de renifler.

— D'accord, vous avez gagné. La soirée aura lieu comme prévu.

— Ah, je vous reconnais enfin ! Je savais que vous n'abandonneriez pas les enfants.

Rock se tenait sur la colline de l'autre côté de la ville. Autour de lui, le vent soufflait furieusement, à l'unisson de la souffrance qui le ravageait. Il contempla le petit groupe rassemblé autour de la tombe et serra les bras pour combattre le froid. Mais c'était un froid trop profond, trop mordant. Et c'était un froid qui n'avait rien à voir avec la température.

Il tomba à genoux. La neige crissa sous lui. Il baissa la tête pour prier. C'était un acte qui lui était parfaitement étranger, mais c'était le moins qu'il pouvait faire pour Grizzly.

— Prenez soin de lui, Seigneur. C'est un type bien. (Il s'éclaircit la gorge.) Et si vous pouvez, rendez-lui son bras. Ça l'avait drôlement embêté de l'avoir perdu.

Il se redressa et contempla la vallée. Le fleuve était un ruban de glace qui serpentait entre les tentes. Au-delà, les collines restaient silencieuses et menaçantes.

Les funérailles étaient terminées. Il n'y avait plus que deux personnes près de la tombe. Un homme et une femme.

Même d'ici, Rock entendait sa robe claquer dans le vent.

— Devon...

Le nom lui échappa dans un murmure d'agonie. Dieu, comme il aurait aimé être auprès d'elle ! Pour la réconforter, pour qu'elle le réconforte...

Mais c'était impossible. S'il ouvrait une seule brèche dans le mur de silence dont il s'était entouré, il était fait comme un rat. S'il la touchait au moment où il en avait plus que jamais besoin, il perdrait son âme. Et son âme, si amère fût-elle, était la seule chose qu'il eût jamais possédée.

Devon consulta sa montre. Sept heures moins le quart. Dans un quart d'heure, les invités commenceraient à arriver.

L'angoisse la saisit. Elle se força à respirer calmement. Elle voulait que tout soit parfait. Pour Grizzly.

D'un œil critique, elle examina sa décoration et le sentiment apaisant du travail bien fait chassa son anxiété. Elle avait transformé le moulin de Joe Ladue en une demeure accueillante.

Dans un coin, se dressait un immense sapin, joliment orné de baies rouges — des canneberges — et de grains de maïs grillés. Des chandelles, accrochées aux branches, le nimbaient d'une lumière irréelle. A son pied s'entassaient des douzaines de boîtes enveloppées dans une moustiquaire. Chacune contenait un jouet : pour les garçons, des animaux en bois sculptés par le père Michaels ; pour les filles, des poupées de chiffon pour lesquelles Devon avait sacrifié un bon nombre de ses jupons.

En face, le gros poêle en émail de Joe — le seul qui fût jamais arrivé jusqu'au Yukon — ronronnait tranquillement. Dessus mijotaient du cidre à la cannelle ainsi qu'une sauce appétissante.

Devon ferma les yeux et huma avec délices les odeurs de Noël : la cannelle, les pommes, le sapin et les chandelles. Si seulement...

Non, ne pense pas à lui. Redressant le menton d'un air décidé, elle jeta un coup d'œil vers la fenêtre décorée de branches de sapin. Un joli ruban blanc courait de l'une à l'autre et remontait vers les coins supérieurs de la fenêtre où elle avait fait deux gros nœuds.

Au centre de la pièce se trouvait la table. Ou, plutôt, les tables : seize en tout, qu'elle avait empruntées à chaque mineur dans la vallée. Elle les avait rassemblées pour en faire une seule longue table de banquet. Quatre couvertures de laine rouge servaient de nappe.

Des douzaines de plateaux copieusement garnis attendaient. Il y avait deux énormes plats d'ours rôti, six marmites de hareng fumé, du ragoût d'élan, des tourtes à l'écureuil, des pommes de terre, des navets, des carottes, sans parler des tartes aux myrtilles, des pêches en conserve, des biscuits. Il ne manquait que les assiettes.

Un coup frappé à la porte tira Devon de sa contemplation.

Elle lissa les plis invisibles qui auraient pu déformer sa belle robe blanche, vérifia les boutons de son corsage, puis, enfin satisfaite, alla ouvrir.

Une vingtaine de prospecteurs et plusieurs familles indiennes étaient massés devant la porte. Devant elle, ce n'était qu'une forêt de capuches et de sourires.

La Tige surgit de la foule.

— 'soir, miss Devon, fit-il en claquant des dents. J'ai mon assiette et ma fourchette. Comme vous l'avez d'mandé.

— Moi aussi, lança Digger.

— Moi aussi, répétèrent une douzaine de voix en chœur.

Devon se détendit. Elle n'avait plus à s'inquiéter. Tout se déroulerait parfaitement.

— Entrez, entrez...

La Tige bondit le premier et se figea sur le seuil.

— Bonté divine !

Digger, qui le suivait de près, se cogna à lui et s'immobilisa, arrêtant du même coup ceux qui se trouvaient derrière lui. La foule tangua comme un jeu de quilles.

— Bouge-toi d'là, maudit gamin ! tonna la voix de Midas, quelque part parmi les capuches. Y fait plus froid que dans le cul d'une sorcière !

La Tige avança, le regard braqué sur le sapin de Noël.

— Ô Seigneur... souffla Digger.

Midas se fraya un chemin à travers les fourrures.

— Mais qu'est-ce... (Il s'arrêta à son tour à l'entrée du moulin.) Bon sang de bonsoir !

Le spectacle de la pièce décorée l'ébahissait, lui aussi. Revenu de sa surprise, il se tourna vers Devon et leurs regards se croisèrent. Elle perçut soudain dans le sien une douceur inconnue. Avant qu'ils ne puissent échanger le moindre mot, la cohue refoula le vieux mineur vers la table.

Une à une, Devon prit les assiettes que les hommes avaient apportées et les disposa soigneusement sur la grande table. Elle plaça les enfants près du sapin et les mineurs de l'autre côté, près du baril de gnôle qu'elle avait préparé. L'idée de boire l'infâme breuvage lui donnait la chair de poule. La boisson fermentait depuis moins d'un mois : c'était un mélange d'eau, de mélasse, de myrtilles séchées et d'alcool à brûler.

La porte s'était refermée sur le dernier invité et Rock n'était pas venu.

A mesure que la soirée avançait, Devon ne pouvait s'empêcher de surveiller la porte ; mais elle restait obstinément fermée.

La fête battait son plein. Sous l'arbre, une demidouzaine d'enfants indiens étaient réunis. Avec des voix aiguës et excitées, ils désignaient les cadeaux. Les hommes s'étaient rassemblés autour du tonneau qu'ils vidaient avec un entrain digne d'éloges. Leurs rugissements mêlés de rires et de crachats emplissaient la pièce enfumée.

Sa soirée était un succès. Tout le monde était heureux, personne ne songeait au foyer qu'il avait dû abandonner à des milliers de kilomètres de là. Elle aurait dû être contente. Mais elle ne l'était pas. De tous ses invités, un seul n'était pas venu. Elle aurait dû le prévoir.

Un bras chaud enveloppa ses épaules.

— C'est une belle soirée, ma fille, la félicita le père Michaels avec un clin d'œil. Et c'est la meilleure gnôle que j'aie jamais bue.

— Merci, mon père. Je suis contente que tout le monde s'amuse.

— Contente ? On ne le dirait guère.

Devon détourna les yeux.

— Oh, je suis un peu fatiguée, c'est tout.

— Je vois... Bon, j'ai une petite course à faire et je reviens, poursuivit-il en attrapant sa parka à un crochet.

— Dépêchez-vous, mon père, dit-elle, absente. Nous allons bientôt manger.

Après son départ, elle contempla la pièce et sa solitude l'accabla de nouveau.

Assez ! se dit-elle en redressant les épaules. Rock

n'était pas là, point final. S'apitoyer sur elle-même ne le ferait pas venir.

Se frayant un chemin dans la foule joyeuse jusqu'à Midas, elle lui tapa sur l'épaule.

— Midas ?

Il se retourna.

— Ouais ?

Devon le dévisagea avec des yeux ronds. Midas ne ressemblait plus à Midas. Un large sourire l'avait transformé. Et quand il la vit, étrangement, son sourire ne disparut pas.

— Je pourrais vous parler un moment… en privé ?

— Mmouais, dit-il en la suivant à l'écart.

Pendant un instant, ils se firent face, hésitant tous les deux.

— Midas, je me demandais si vous consentiriez à endosser l'habit du père Noël. Pour les enfants.

Les joues roses de Midas pâlirent.

— Vous voulez que *moi* j'fasse le père Noël ?

— Si vous acceptez.

Une onde de chaleur parcourut le corps de Devon quand elle remarqua comme les yeux injectés de sang du vieil homme brillaient et se mouillaient. Il s'éclaircit la voix.

— C'est vrai que j'suis bien l'seul ici qui préfère une barbe gelée à la caresse du rasoir.

Mais il ne la trompait plus. Elle avait vu l'émotion derrière son masque renfrogné. Elle sourit. Un homme qui pleurait à l'idée de faire plaisir à des enfants ne pouvait pas être complètement mauvais.

Elle posa la main sur sa manche.

— Je ne vous le demande pas parce que vous portez une barbe. Je vous le demande… eh bien, parce que je me disais qu'il devait bien y avoir un cœur là-dessous et que peut-être ça vous ferait plaisir.

— Pff ! N'allez pas crier ça sur les toits.

Elle sourit de plus belle.

— Promis.

Il s'agita d'un pied sur l'autre et se racla de nouveau la gorge.

— Heu... merci. Je... j'ai pas fait l'père Noël d'puis qu'mes garçons étaient grands comme des bouteilles de whisky.

— Je ne savais pas...

— Et vous l'savez toujours pas.

Il valait mieux changer de sujet.

— J'ai de la farine pour vous blanchir...

— Devon ?

— Oui, Midas ?

— Vous avez un nouvel invité, annonça-t-il, souriant jusqu'aux oreilles. Un grand type avec une tête de cochon.

Elle se retourna, les mains nouées sur son ventre. Sur le seuil de la porte se tenait le père Michaels. Et Rock l'accompagnait.

Sauf qu'il n'avait pas l'air particulièrement ravi d'être là.

17

Rock la gratifia d'un bref signe de tête, puis lui tourna le dos.

Devon soupira. Pas de bataille, pas ce soir. Rassemblant son courage, elle se dirigea vers le centre de la pièce et frappa dans ses mains. Immédiatement, ou presque, tous les invités se tournèrent vers elle.

— Si nous mangions ?

Une acclamation enthousiaste salua la proposition. Tous se ruèrent à table dans un étrange et très rapide jeu de chaises musicales. Deux restèrent vacantes, à chaque extrémité de la table : les places d'honneur.

Avec un coup d'œil irrité vers Devon, Rock s'installa à l'une d'elles. Elle s'assit à l'autre bout. Toute la longueur de la table les séparait. C'était beaucoup trop pour elle, pas assez pour lui.

Le père Michaels demanda le silence.

— Je crois qu'une petite prière ne nous ferait pas de mal.

— Oh oui, mon père, acquiesça Devon.

— Merci, Seigneur, de votre générosité qui nous comble ce soir. Nous…

— Dépêchez-vous, mon père !

— Ouais, ça r'froidit.

Le prêtre leva les yeux au ciel et conclut :

— Merci, mon Dieu. (Un rapide clin d'œil à Devon.) Passez-moi donc cette tourte à l'écureuil, ma fille.

Pendant tout le repas, Devon eut conscience du regard de Rock posé sur elle mais, dès qu'elle se tournait vers lui, il détournait les yeux. Chaque fois, c'était comme si elle recevait un coup de poignard.

Quand le repas fut terminé — et il lui parut durer une éternité —, Devon se leva très vite pour ranger les restes, qu'elle distribuerait au moment du départ.

Midas se glissa auprès d'elle et la tira par la manche.

— C'est l'moment ?

Elle dut se mordre la joue pour ne pas sourire devant tant d'ardeur.

— Oui. Le costume est dans la remise. Voici la farine.

Quelques minutes plus tard, Midas la surprit encore en faisant preuve d'invention. Il fit pleuvoir un peu de farine comme de la neige depuis la remise située au-dessus de la pièce principale. Puis il déroula une corde et le gros père Noël put enfin descendre du ciel. Il avait bourré son costume de chiffons et s'était blanchi la barbe avec de la farine.

L'illusion était parfaite. Pendant un instant, Devon oublia qu'il s'agissait de Midas. Le père Noël semblait si différent. Si heureux.

Les enfants se rassemblèrent autour de lui en ouvrant des yeux ronds. Devon sourit. Une larme perla au coin de sa paupière. *J'espère que tu vois ça, Grizzly. Joyeux Noël, mon ami.*

— Ho ! Ho ! Ho ! Joyeux Noël ! s'exclama le père Noël d'une voix de stentor.

Un murmure frissonnant passa sur la bande de gamins. Chuchotant furieusement, ils désignaient du doigt l'homme en rouge, le tâtaient. Finalement, un des plus jeunes, un garçon d'environ six ans, s'avança.

— Attends, Petit John...

Il ignora l'avertissement de ses amis et se planta hardiment devant Midas.

— Le père Michaels nous a dit que tu étais le père Noël. C'est vrai ?

Midas posa un genou à terre.

— Pour sûr que c'est vrai.

A l'instant où cette confirmation franchit ses lèvres, il fut submergé. Les enfants se jetèrent sur lui, le chatouillant, plaisantant, tirant sa barbe, donnant des petits coups dans son gros ventre.

— Hé là ! les enfants, s'esclaffa le père Noël. J'ai un travail à faire. Je dois vous donner vos cadeaux.

C'était le moment ou jamais. Devon jeta un coup d'œil autour d'elle : tout le monde était pris par la distribution des présents. Tout le monde, sauf Rock, bien évidemment. Il était assis tout seul dans son coin, avalant un dernier morceau de tarte.

Elle s'empara du petit paquet qu'elle avait caché sous la table, près d'elle.

Dès qu'il la sentit approcher, Rock se raidit. Il pria le Ciel de s'être trompé. Mais non, elle venait bien le voir.

Devon s'agenouilla à ses côtés. Pour la première fois depuis des jours, il se retrouva nez à nez avec elle. Il eut soudain du mal à respirer. Ses yeux étaient encore plus verts que dans son souvenir.

— Que voulez-vous ? fit-il d'un ton hargneux.

L'expression de tristesse de Devon lui tordit le cœur. Mais il ne pouvait se permettre de se montrer gentil. Pas maintenant. Pas avec ses lèvres à quelques centimètres des siennes.

— J'ai quelque chose pour vous. Un cadeau.

Elle lui lança un paquet emballé dans du papier

rouge qui ricocha sur son ventre. Il n'avait pu l'attraper au vol. Il aurait voulu le toucher mais il en était incapable.

Elle émit un petit rire nerveux.

— Vous n'êtes pas forcé de l'ouvrir. C'est juste mon vieil exemplaire d'*Un chant de Noël* de Dickens. C'est un de mes préférés et... Eh bien, je pensais qu'il vous...

— Je n'ai rien pour vous, la coupa-t-il d'une voix étrange, dépourvue de toute intonation. Je n'ai jamais fait... ou reçu... de cadeau. Je ne pensais même pas...

— Ce n'est pas grave. (Elle posa sa paume chaude et douce sur sa joue.) Joyeux Noël, Cornelius.

Et, là-dessus, avant qu'il n'ait même le temps de murmurer un merci, elle s'en fut.

Plusieurs heures plus tard, Devon rangea la dernière assiette. Elle essuya une goutte de sueur sur son front, puis se sécha les mains sur son tablier.

La table avait été démontée, les couvertures pliées. Les enfants et leurs parents étaient rentrés chez eux depuis longtemps. Seuls restaient les mineurs, assis par petits groupes et bavardant à qui mieux mieux. Ils ne voulaient plus partir.

Son regard vola jusqu'à Rock. Il était assis tout seul dans un coin, à moitié endormi. Les battements de son cœur s'accélérèrent. Il semblait si paisible ainsi, avec les yeux fermés. Presque vulnérable.

— Hé, Devon ! tonna une voix d'homme.

Elle poussa un juron étouffé. Rock cligna des paupières et leurs regards se nouèrent. Pendant une fraction de seconde, avant qu'il ne soit tout à fait réveillé, elle vit dans ses yeux ce qu'elle désirait tant y voir : une infinie tendresse.

Elle lui adressa un sourire éblouissant. Immédiatement, ses traits retrouvèrent leur dureté coutumière. Mais elle s'en moquait. Elle avait vu la douceur et cela lui rendait l'espoir. Elle se tourna vers les garçons.

— Oui ?

La Tige s'avança. Plus exactement, les autres le poussèrent en avant.

— Miss Devon, on a quèque chose pour vous.

Son haleine empestait tellement la gnôle qu'elle faillit suffoquer. Elle essaya de ne pas respirer.

— Moi, et Digger, et Midas, et Joe et les zaut', on vous z'a cherché un truc pour Noël. Ch'est not' fachon d'vous dire… (il hoqueta)… merchi.

Digger lui arracha une grande bouteille verte des mains et la fourra dans celles de Devon.

— Bon Dieu, p'tit, tu causes comme un macaque. Voilà, miss. C'est pour vous. De la part de nous tous.

L'émotion serra la gorge de Devon.

— Je… je ne sais pas quoi dire…

— Dites rien, buvez ! s'exclama quelqu'un dans la foule.

Elle examina l'étiquette blanche. En lettres compliquées, celle-ci annonçait : *Champagne brut Farino*. De l'alcool ! Elle grimaça.

— C'est très gentil de votre part. Vraiment. Je vais la garder…

— Elle veut pas boire ? hurla quelqu'un.

— Ben sûr qu'elle va boire, hein, miss ? fit Digger. Joe Ladue a rapporté c'te bouteille tout exprès de Circle City.

Elle fit un terrible effort pour rester digne. Une dame, bien sûr, ne buvait pas d'alcool. Et elle ne l'avait jamais fait.

— Maintenant ?

Devant leur « oui » collectif, elle s'étrangla.

— T'nez, miss, prenez mon verre.

La Tige avala les dernières gouttes de gnôle qui

restaient dans son gobelet cabossé, puis il nettoya l'intérieur avec sa manche sale et le lui tendit.

Elle réprima un frisson. Digger s'empara de la bouteille et du gobelet et, avec cérémonie, versa le champagne. Devon ouvrit de grands yeux.

— Oh ! Ce n'est pas nécessaire de le remplir...

— Ben sûr que si, miss. Le champagne, ça s'garde pas.

Elle se força à sourire.

Quand le gobelet fut rempli à ras bord, il le lui tendit. Une douzaine de paires d'yeux la surveillaient attentivement. Elle était prise au piège. Il serait de la plus haute impolitesse de refuser de boire.

Elle avala une infime gorgée.

— Oh, mais c'est délicieux ! s'exclama-t-elle.

Un cri de joie monta de l'assemblée et les hommes se congratulèrent.

Renonçant pour une fois à se conduire comme une dame, Devon avala plusieurs bonnes rasades. C'était extrêmement plaisant, toutes ces bulles qui pétillaient en elle.

Les hommes attendirent patiemment qu'elle ait bu toute la bouteille — ce qui, de façon choquante, ne lui prit qu'un temps très court — avant de commencer à gagner la sortie. Défilant l'un après l'autre devant elle, ils la saluaient, la remerciaient et s'en allaient.

L'avant-dernier à partir fut Midas. Son visage pincé était indéchiffrable. Elle se raidit, s'attendant que sa haine resurgisse, maintenant que la soirée était terminée.

Il lui prit la main.

— J'vous ai fait du tort, et je l'regrette. C'est mon premier vrai repas de Noël depuis vingt-cinq ans et j'sais pas comment vous dire... (sa voix se fit soudain très sourde)... à quel point ça m'a fait chaud au cœur.

Une larme brilla dans le regard de Devon.

— Oh, Midas…

— Ne laissez plus les vieux gâteux comme moi vous embêter. Vous avez l'droit autant que n'importe lequel d'entre nous d'vivre ici. Peut-être même plus.

Avant qu'elle ne puisse prononcer un seul mot, il avait disparu.

Elle pivota, souhaitant d'instinct partager sa joie avec Rock.

Il avait déjà mis sa parka et ses moufles.

— Allons-y.

Sa bulle de bonheur éclata. La réalité la frappa au visage comme une gifle. Elle avait peut-être gagné une bataille avec Midas, mais la guerre avec Rock était loin d'être terminée. Sans un mot, elle enfila à son tour parka et moufles et le suivit.

Ils n'avaient pas fait plus de quelques pas dans le froid glacial quand l'effet du champagne se fit sentir. Soudain très gaie et très légère, Devon se mit à glousser.

— Oh, bon Dieu ! maugréa-t-il. Je savais que j'aurais pas dû vous laisser boire ce truc.

Elle essaya de rester à sa hauteur mais elle avait soudain des pieds immenses et sa jupe lui serrait les chevilles.

Il la saisit par la main pour lui faire reprendre son aplomb.

Elle lui sourit.

— Mer… ci.

Rock ne put s'en empêcher — il sourit à son tour. Elle était toute rouge. Ses yeux brillants étaient incapables de se fixer quelque part.

— De rien.

— Mais si, j'in… siste. J'ai fai… failli tomber.

— C'est bien ma Dev. Même ivre, elle reste logique.

Ma Dev. Ces deux mots firent à Devon l'effet d'une énorme bulle de champagne. Emerveillée, elle voulut s'approcher de lui. Hélas... Si le haut de son corps bougea, ses pieds restèrent cloués au sol. Elle s'effondra contre sa poitrine. Sa poitrine si large, si confortable.

— Devon... gronda-t-il d'une voix menaçante.

Elle posa sa moufle sur ses lèvres pour le réduire au silence tout en se blottissant contre lui. Puis elle jeta les bras autour de son cou.

Il vit le baiser arriver mais ne put résister. Quand leurs bouches se touchèrent, il gémit... de plaisir, de douleur et de défaite. Il posa les mains sur sa taille.

— Ah, petite Dev...

— Tai... taisez-vous et em... embrassez-moi encore. J'aime... ça !

Il la lâcha.

— Seigneur ! Rentrons. Vous êtes ivre et je me gèle les fesses.

Il la planta là et partit à grandes enjambées vers la tente, sans l'attendre.

Elle haussa les épaules, nullement affectée. Le champagne la rendait invincible. Elle trotta derrière lui.

Rock écoutait les petits *crunch*, *crunch* de ses bottes sur la neige, sachant exactement à quoi il devait s'attendre. Il avait vu sa tête au moment où ils s'embrassaient. Elle avait pris une décision.

Il grimaça. Ça allait probablement commencer par : « Vous savez, Rock », puis elle lui exposerait son plan d'une logique imparable.

Dès qu'ils furent dans la tente, il s'affaira autour du poêle, allumant le feu et préparant du café.

Elle s'assit à table.

— Vous sa... savez, Rock...

— Pas tout de suite, grommela-t-il. Attendez au moins que le café soit prêt. Je n'ai pas envie de vous écouter tant que vous serez à moitié ivre.

— Je... je suis d'accord.

Seigneur, se dit-il, elle était vraiment pompette — elle *l'écoutait*.

Il servit deux tasses et prit place à la table aussi loin d'elle que possible.

Elle fit aussitôt glisser son tabouret vers lui.

— Vous sa... savez...

Un énorme hoquet l'interrompit net. Un peu tard, elle mit la main devant sa bouche.

Rock faillit éclater de rire. Sauvé par le champagne ! Elle n'était pas capable d'aligner deux mots.

Devon regarda autour d'elle avec surprise. Depuis quand la tente tournait-elle sur place ? Elle secoua la tête pour rendre quelque stabilité à ce monde en mouvement. En vain. Bonté divine, elle n'aurait pas dû boire ce champagne ! Elle avait des choses importantes à dire à Rock et, pour le moment, elle ne savait même plus comment elle s'appelait.

Bon, elle allait devoir tricher un peu. Elle se leva avec les plus grandes difficultés et alla chercher dans son armoire un morceau de papier. Elle revint et le lissa avec des gestes exagérément lents. Elle leva les yeux et fut un instant déconcertée à la vue du sourire de Rock.

— Bon, j'ai des cho... choses à dire.

Bien : elle avait la voix parfaitement claire.

— Hein ?

Elle fronça les sourcils, coupée dans son élan.

— J'aimerais dis... cuter de quelque chose avec vous. Est-ce... (Quel était ce mot ? Ah oui.) Accepta... ble.

— Bien sûr.

Il se tordit le cou pour regarder son bout de papier. C'était une liste avec deux colonnes : avantages/ inconvénients.

— Bon, j'ai pen... pensé...

Il ricana.

— Ça m'étonne pas.

— M'im*perrontez* pas.

— Désolé.

Elle se raidit. Il n'avait pas l'air du tout désolé. Il avait l'air amusé. Haussant les épaules, elle consulta sa liste. Elle eut un peu de mal à déchiffrer les mots, ce qui la déconcerta : en général, elle avait une écriture très lisible.

— Bon... Bon, j'ai ré... fléchi et j'ai con... conclu que l'hiver serait long.

— Vous avez dû beaucoup réfléchir pour trouver ça.

Elle serra les dents, mais poursuivit :

— Un long hiver dans une petite tente et dans un lit encore plus petit.

— Ouais. Digger et la Tige se plaignaient exactement de la même chose ce soir. Vous vous y habituerez, comme nous tous.

Ça n'allait pas bien du tout. Elle but une gorgée de café. Le liquide chaud et amer dissipa un peu de la confusion due au champagne. Ravie, elle vida la tasse. Elle ne tarda pas à se sentir mieux, plus maîtresse d'elle-même.

— D'accord, je vais le dire clairement. Il me semble sensé de partager ce lit avec vous tout l'hiver... et je veux dire de la façon la plus intime.

La tasse de Rock heurta violemment la table. Il ne savait ce qu'il s'était imaginé, mais ce n'était sûrement pas *ça*.

— Vous... vous voulez dire que nous...

Sa voix faiblit.

Les joues de Devon rosirent, mais elle soutint son regard.

— Oui. Je pense que nous devrions nous engager dans un processus sexuel.

Un processus sexuel ? Il fronça les sourcils. Fallait-il un notaire pour ça ? Tous les nerfs en alerte, Rock la dévisagea. Miss Bon-Sens venait de jeter une allumette enflammée dans un puits de pétrole sans se douter des conséquences. Il retrouva enfin sa voix — ce qui en restait.

— Vous avez décidé qu'il est… sensé que nous devenions amants. Pourquoi ?

Elle rayonna. Voilà, elle était dans son élément, à présent. Consultant sa liste, elle se mit à lire.

— Primo, intimité. Deuzio, chaleur. Tertio, vous êtes ma dernière occasion. Quarto…

— Attendez un peu. Revenons à tertio. Qu'est-ce que ça veut dire « je suis votre dernière occasion » ?

Flûte ! elle avait espéré passer rapidement sur celle-là.

— Devon ?

Bon, il fallait répondre.

— Ce n'est rien, vraiment, fit-elle d'une voix aussi neutre que possible. J'ai presque trente ans. Il est peu probable que je trouve un homme désireux de m'épouser.

— Qu'est-ce que cela a à voir avec moi ?

Elle contempla ses mains. Quand elle répondit enfin, ce fut d'une voix chevrotante.

— Je veux… être aimée. (Elle leva des yeux enflammés vers lui.) Et je veux l'être par vous. Rien que par vous. Quarto, au cas où cela vous intéresserait : je tiens à vous.

Rock avait l'impression de tomber dans un précipice. Il lui saisit les mains.

— Ah, Dev, fit-il d'une voix rauque, méconnaissable. Savez-vous ce que vous êtes en train de me demander ?

— Oui. J'ai lu ce chapitre du livre du Dr Cowan. Les détails n'étaient guère explicites, mais… Pourquoi souriez-vous ?

— Un chapitre entier. Vous croyez que cela va suffire ?

— Je le pense. Je ne connais pas d'espèces qui

ont disparu parce qu'elles manquaient de lecture sur ce sujet. J'imagine que cela se passe naturellement.

Un pli malicieux étira la bouche de Rock.

— A condition de s'y prendre correctement.

Elle réfléchit à la remarque.

— Pourquoi ? On peut s'y prendre d'une autre manière ?

Sa naïveté effaça le sourire de Rock.

— Quels sont les inconvénients de notre… processus sexuel ? s'enquit-il.

Elle consulta ses notes.

— Primo, la grossesse. Je tiens à souligner que le livre du Dr Cowan est une mine d'informations sur la contraception. Secundo, la perte de la virginité… mais cela n'en est un que si j'ai la chance de trouver un mari plus tard.

La jalousie frappa Rock comme un poignard. Il se rembrunit.

— Certainement. Et tertio ?

— Vous pourriez me briser le cœur, dit-elle d'une toute petite voix.

Il déglutit à grand-peine. Soudain, il se vit lui prendre le visage entre ses paumes et il s'entendit lui demander :

— Oubliez votre liste, oubliez les avantages et les inconvénients et dites-moi simplement ce que vous voudriez.

Elle ne cilla même pas.

— Je veux que vous me fassiez l'amour.

Il ferma les yeux pour chasser les images qu'elle venait de susciter.

— Et si je ne suis pas l'homme que vous croyez ?

— Que voulez-vous dire ?

Pendant des années, Rock avait enfoui ses souvenirs dans le recoin le plus sombre de son esprit. Et maintenant, il avait besoin d'eux. Ce n'était pas facile.

Elle lui serra le bras dans un geste rassurant.

Il grimaça. Quand elle connaîtra la vérité, elle ne voudra plus jamais poser la main sur moi. Cette idée le rendait à moitié fou. Mais il ne pouvait pas lui mentir, et ce silence était un mensonge.

Il serra les poings.

— J'ai passé cinq ans en prison.

La main de Devon ne bougea pas.

— Pour quoi ?

— Meurtre.

Il se raidit, attendant que la main s'éloigne.

Au lieu de cela, elle le serra plus fort. Rock avait l'impression que son bras allait se dissoudre sous les doigts de Devon. Elle ne disait rien : le dégoût la rendait muette.

— Vous ne me le demandez pas ?

— Demander quoi ?

Seigneur, elle devait être ivre ! Il se tourna vers elle. Ce qu'il vit lui coupa le souffle. Il n'osa pas y croire.

— Vous n'allez pas me demander si j'étais coupable ?

— Je sais que vous étiez innocent.

C'était la phrase qu'il avait voulu entendre toute sa vie. Ce fut la phrase qui balaya ses dernières hésitations.

18

Elle leva vers lui des yeux pleins d'amour et Rock fut perdu. Cet amour réchauffait ses os glacés et, pour la première fois de sa vie, il sut ce que c'était que d'être désiré.

— Ah, Dev...

Il la prit dans ses bras et, pour la première fois de sa vie, Devon sut ce que c'était que d'être dans les bras d'un homme aimé. Elle posa la joue contre la chemise de flanelle.

Oh, que c'était merveilleux! Bien sûr, ce serait encore plus merveilleux d'être dans ses bras et embrassée en même temps. Mais il n'allait pas tarder à le comprendre, se dit-elle. Aussi, elle attendit.

Malheureusement, la patience n'était pas son fort. D'ailleurs, il tardait beaucoup trop.

Gigotant entre ses bras, elle le dévisagea avec ce qu'elle espérait être un air aguicheur.

— Vous allez bien? demanda-t-il en fronçant les sourcils.

Exaspérée, elle soupira. Elle aurait dû s'en douter: la subtilité ne marchait jamais avec Rock. Fermant les paupières, elle dit:

— Embrassez-moi.

Puis, lèvres tendues, elle haussa le cou vers lui et attendit.

Sa réponse fut un gloussement grave. Elle allait ouvrir les yeux quand elle sentit ses doigts lui effleurer la mâchoire. Ce contact aussi léger qu'une aile de papillon l'électrisa délicieusement.

Elle décida de garder les yeux fermés un peu plus longtemps.

Il se pencha.

— Ouvrez les yeux, Devon.

Elle lui obéit. Son visage était à un souffle du sien.

— Desserrez les lèvres, ordonna-t-il.

Ses lèvres s'amollirent, s'écartèrent.

— Voilà qui est mieux !

Il l'embrassa très doucement, puis battit en retraite.

— Encore, s'il vous plaît !

Il sourit.

— On ne peut pas toujours tout contrôler, Dev... Et surtout pas ça. Alors, détendez-vous et appréciez.

Il devait plaisanter. Comment apprécier quelque chose sans le vouloir ?

— Mais...

Il la réduisit au silence en posant sa bouche sur la sienne. Elle frémit d'extase.

Ce baiser n'était pas comme les autres. Il était brûlant, passionné, exigeant. Elle en avait les nerfs à vif. Une étrange inquiétude s'empara d'elle.

Il s'écarta lentement. Devon fronça les sourcils. Bon sang, pourquoi s'arrêtait-il toujours quand ça devenait vraiment agréable ? Elle se hissa sur la pointe des pieds et essaya de l'embrasser. Gentiment mais fermement, il l'en empêcha.

— Du calme, Dev.

Du calme ? Quand elle avait le corps en feu ?

— Je ne sais pas si je peux... Je ne sais pas comment...

— Laissez-moi vous montrer.

Cette fois, il utilisa sa langue. Les pulsations

sourdes de son ventre s'accélérèrent, comme une faim, une flamme qui la rongeait. C'était encore mieux que trois bouteilles de champagne.

Sa réaction l'effrayait. Elle avait du mal à respirer. Elle perdait tout contrôle. Ô Seigneur…

Elle se raidit. Ses mains, toujours accrochées au corps de Rock, se transformèrent en poings crispés.

— Caressez-moi, chuchota-t-il.

— J'ai peur.

Il la serra un peu plus contre lui, pour qu'elle se sente en sécurité.

— Ne craignez rien.

Timidement, elle força ses doigts à se déplier un par un sur son large dos. La chaleur de son corps transperçait sa chemise.

Prudemment, elle explora de ses paumes son dos puissant. Plus elle se sentait à l'aise, plus elle le désirait, et bientôt ses mains le palpaient avec témérité, s'attardant sur ses larges épaules, autour de sa taille. Audacieuse, elle regretta de ne pas sentir sa peau nue.

Les mains de Rock quittèrent ses épaules et descendirent lentement le long de sa colonne vertébrale. Il l'effleurait à peine, comme si ses doigts étaient des plumes. Elle tremblait de partout.

Soudain, sans que rien le laisse deviner, ses mains se refermèrent sur ses fesses et l'attirèrent plus près encore. Elle n'aurait pu protester, même si elle l'avait voulu. Elle était comme de la cire entre ses doigts. Leurs corps se mêlèrent, se fondirent l'un à l'autre.

Elle ébouriffa son épaisse chevelure noire, s'extasiant de sa douceur soyeuse. Elle se frotta contre lui. Les boutons en métal de sa chemise titillèrent la pointe de ses seins.

Un petit cri lui échappa. Ses mamelons étaient si

durs, si tendus. Poussée par un instinct inconnu, elle se frotta encore contre les boutons.

Rock grogna.

— Embrasse-moi, fit-il d'une voix sourde.

Seigneur, c'était bien ce qu'elle croyait faire ! Il lui fallut un moment pour comprendre deux choses : un, il l'avait tutoyée ; deux, ce qu'il désirait en réalité. Elle s'occupa avec joie du deuxième point. A son tour, elle se servit de sa langue pour franchir ses lèvres. Elle sentit le souffle de Rock qui s'accélérait et cela décupla son courage et son ardeur. Elle l'embrassa avec passion.

Soudain, son corsage s'ouvrit. L'air frais de la nuit s'insinua aussitôt sur sa peau, lui donnant la chair de poule. Elle n'eut pas le temps de réagir que la chemise de flanelle s'ouvrait elle aussi.

Le choc lui fit reprendre ses esprits. Elle sursauta. S'embrasser : voilà tout ce qu'ils étaient censés faire ce soir. Juste s'embrasser. Elle avait tout calculé à la perfection et un corsage déboutonné n'entrait pas dans ses prévisions. En tout cas, pas encore.

Elle le repoussa.

— Vous ne vous y prenez pas comme il faut.

Nullement préparé à cette attaque, il trébucha en arrière.

— Hein ? fit-il en essayant de retrouver l'équilibre.

Elle reboutonna son corsage.

— J'ai dit : vous ne vous y prenez pas comme il faut.

Elle attendit sa réponse. Rien ne vint. Elle leva les yeux de son corsage pour le regarder. Il la fixait intensément avec un air très bizarre.

— Pourquoi me regardez-vous comme ça ?

— Comme quoi ?

— Comme si vous vous reteniez de rire.

— Je me retiens de rire.

Elle haussa le menton.

— Je ne trouve pas cela amusant du tout. Vous auriez pu me prévenir que vous n'aviez aucune expérience dans ce domaine. J'espérais plus ou moins que vous me guideriez. (Elle soupira.) Bah, il va donc falloir que nous apprenions ensemble. L'aveugle guide l'aveugle. (Elle commença à se mordiller le pouce.) Ne vous inquiétez pas, déclara-t-elle finalement, ce n'est pas votre faute si vous êtes vierge, vous aussi.

— Vierge ? Moi ?

Elle n'écoutait pas. Elle réfléchissait.

— Il est vraiment dommage que le Dr Cowan ait été aussi avare de détails...

— Devon ?

Elle leva les yeux vers lui.

— Oui ?

— Comment savez-vous si je suis vierge ?

Elle n'aimait pas du tout ce sourire qui traînait sur ses lèvres.

— Eh bien, si vous l'aviez déjà fait, il est logique de déduire que vous sauriez vous y prendre.

Son sourire était de plus en plus inquiétant.

— Et je ne sais pas ?

— Apparemment non. Enfin, vous êtes déjà tout chose et nous ne nous sommes même pas encore promenés, nous n'avons même pas échangé nos idées ou quoi que ce soit. Ce n'est pas comme ça.

— Dev, je ne sais plus quoi dire.

— Dans son traité sur l'éthique sexuelle, le Dr Cowan explique parfaitement comment les gens doivent faire l'amour. (Elle lui lança un regard.) Correctement.

— Bien sûr. Il y a une façon correcte et une autre incorrecte.

Cette fois, pas de doute — il se moquait d'elle !

Elle fronça les sourcils. Mais enfin, c'était un sujet sérieux ! Il pourrait se montrer attentif.

— Voulez-vous apprendre ou pas ?

— Je ne raterais ça pour rien au monde.

— Bien. Alors cessez de sourire et écoutez-moi. (Elle se dépêcha d'aller chercher son précieux livre pour l'ouvrir à une page soigneusement marquée, la dernière du chapitre intitulé : *La Consommation*. Elle lut à haute voix :) « Une agréable promenade d'une heure à peu près au cours de laquelle on bavardera dans le beau soleil du matin. » (Un regard éloquent vers Rock.) « C'est la première étape. Puis, pendant une heure ou deux, le mari et la femme — cet aspect-là ne nous concerne pas — doivent échanger leurs vues, leurs espoirs et leurs désirs avec tendresse et enthousiasme. Mettre leur nature au diapason du soleil glorieux sans que nul petit nuage vienne ternir leur joie et leur bonheur. Ainsi, ils entrent dans la chambre. »

Un long silence régna tandis que Devon fixait Rock. L'irritation la gagna quand il se mit à rire à gorge déployée.

— Et c'est tout ? dit-il entre deux hoquets. Ils entrent dans la chambre ?

Elle essaya de ne pas sourire, mais c'était impossible. Son rire était si éclatant, si contagieux... Soudain, l'absurdité des conseils du Dr Cowan lui sauta aux yeux. Elle rit à son tour.

— Je vous avais bien dit qu'il était avare de détails.

Il lui prit le livre des mains et le posa sur la table, puis il l'enlaça tendrement. Chaque fois qu'elle voulait parler, il la réduisait au silence par un baiser. Ce qui la surprenait, c'était qu'il n'embrassait pas que sa bouche mais aussi ses joues, ses paupières, ses tempes, le bout de son nez.

— Dev, déclara-t-il finalement, je sais que vous êtes plus intelligente que moi. Mais pas sur tout. Ma mère tenait le bordel le plus infâme de La

Nouvelle-Orléans et elle a veillé très tôt à ce que je ne sois plus puceau. S'il y a bien une chose que je connais, c'est le sexe.

— Ah ? Alors, vous savez *vraiment* comment on fait ?

— Je ne connais peut-être pas la manière « correcte », mais je sais ce qui est bon. Et, selon moi, ce qui est bon est correct.

Il la tint à bout de bras. Elle vit de l'humour dans ses yeux, mais aussi autre chose. Quelque chose de sombre et de brûlant, de vorace. L'intensité de son regard lui fit exploser le cœur.

Soudain, elle eut peur. Innocente, elle s'était mise à danser au bord de la falaise, pensant qu'elle savait voler. Mais elle ne savait pas. Gare à la chute !

— Devon ?

Elle se mordit les lèvres.

— Ou... oui ?

Il lui prit doucement le visage entre ses mains. Dans ses yeux dorés, la voracité avait disparu, remplacée par une immense tendresse.

— Tu me fais confiance ? demanda-t-il doucement.

— Bien sûr.

— Alors, laisse-moi t'aimer. Ce soir.

Elle se souvint alors qu'elle n'était pas la seule à avoir peur, ni la seule à être vulnérable. Rock était sa dernière chance, son dernier espoir, et elle ne le gâcherait pas à cause d'une ridicule peur d'adolescente.

— Oui, faisons l'amour... ce soir.

Il la souleva dans ses bras et la déposa sur la soyeuse fourrure noire qui recouvrait le lit. Il s'allongea à ses côtés.

— Ça va te faire un peu mal, annonça-t-il calmement en repoussant une mèche de cheveux roux sur son front.

— T... Très ?

— Je ne sais pas. (Un petit rire sec.) Je n'ai jamais couché avec une vierge.

Elle leva la main vers son visage. Il avait peur, comprit-elle, autant qu'elle. Il avait peut-être connu le sexe, mais il n'avait jamais fait l'amour. Elle était prête à parier sa vie là-dessus.

Elle se blottit contre lui. Son long corps dur épousait merveilleusement le sien. Elle l'embrassa tendrement.

La main de Rock abandonna son épaule et glissa le long de son dos en lents mouvements circulaires. Il l'embrassait lui aussi, gentiment, patiemment, comme s'il attendait sa permission. Elle la lui donna en se montrant plus audacieuse. Leur baiser se fit sauvage, exigeant. Vorace, pensa Devon tandis que des ondes de plaisir déferlaient en elle.

Les mains de Rock étaient partout — sur sa gorge, sur ses fesses, sur ses seins...

Les boutons de son corsage cédèrent facilement et la main de Rock caressa sa peau nue. Soudain, son pouce effleura son mamelon durci. Devon entendit un râle sourd, puis un autre. Mon Dieu, ce bruit venait d'elle !

Elle rougit. Une dame ne devait pas faire de tels bruits. Elle était sur le point de lui demander son avis quand sa main glissa sur son ventre, puis entre ses jambes.

Elle s'étrangla. Il lui écarta doucement les cuisses et, impudique, elle s'abandonna à lui. Les doigts de Rock effleurèrent la toison dorée, puis s'y attardèrent. Electrisée, Devon déboutonna la chemise de Rock, arrachant presque les boutons dans sa hâte.

Leurs corps se mêlèrent. Devon frissonna.

— Allons sous les couvertures, dit Rock.

Rampant sous la fourrure, ils achevèrent de se

déshabiller mutuellement. Devon posa les mains sur sa poitrine, explorant avec ravissement la douceur de la toison brune.

Il lui saisit les poignets.

— Attends !

— Mais je veux…

— Je sais ce que tu veux, dit-il d'une voix de gorge. Fais-moi confiance.

Il la repoussa sur le dos.

Elle gisait là, immobile, son corps nu sur les draps blancs. Elle se sentait exposée et vulnérable… et formidablement vivante. Elle vibrait de tous ses nerfs.

Il frôla son sein du dos de la main. Un frisson incontrôlable tordit son corps. Elle sentit son doigt qui remontait vers le mamelon. Elle se raidit, le souffle court.

Le doigt dessina le contour de l'aréole, la taquinant, la tourmentant. Devon respirait par à-coups. Elle se tendit vers lui.

Le doigt entama la même danse torturante sur l'autre sein. Elle ferma les yeux, essayant simplement de respirer. Oh, que c'était difficile !

La main glissa vers sa taille et s'y posa. Devon fronça les sourcils. Pourquoi s'arrêtait… Puis elle sentit sa langue lui lécher le sein.

Mon Dieu, c'était si bon… Sa tête se tordait en tous sens. Elle voulut s'enfouir le visage dans l'oreiller, mais Rock l'attira contre lui, l'obligeant à chevaucher sa jambe. Malgré elle, elle commença à se frotter contre lui…

Il roula sur elle. Sans honte, elle ouvrit les jambes, accueillant avec bonheur son membre dur. Elle remonta les genoux, emprisonnant ses hanches.

— Dieu… grogna-t-il.

Il frémit. Lentement, avec une douceur dont il

ne se croyait pas capable, il se glissa dans le fourreau soyeux.

Il sentit la preuve de sa virginité et s'immobilisa.

— Ne t'arrête pas! gémit-elle, lui labourant le dos de ses ongles. Je t'en prie…

D'une poussée brutale, il déchira l'hymen. Devon cria de douleur.

Il se pétrifia, prêt à se retirer.

— Seigneur, Dev, tu as…

Les doigts de Devon se plantèrent dans ses fesses.

— Si tu arrêtes maintenant, je ne te le pardonnerai jamais! murmura-t-elle.

Il s'enfonça de nouveau en elle, attendant que son corps se relâche. Au bout de quelques secondes, ce fut elle qui commença à bouger. Il entama alors un lent mouvement de va-et-vient.

Elle se tordit sous lui, gémissant son nom encore et encore, le visage enfoui dans son cou. Les pulsations entre ses jambes s'intensifièrent, devenant presque douloureuses. Elle accéléra le rythme.

Elle cria.

— Dev! Dev! appela la voix affolée de Rock. Laisse-toi aller.

Quoi? pensa-t-elle désespérément. *Quoi?*

Puis un hurlement lui déchira la gorge. Ses sens explosèrent, des milliers d'éclairs la traversèrent. Elle referma les jambes autour de Rock, s'accrochant à son corps baigné de sueur.

Ils restèrent longtemps soudés l'un à l'autre, les sens apaisés, goûtant la plénitude de leur étreinte.

Quand Devon ouvrit enfin les yeux, ceux de Rock étaient plongés dans les siens.

— Je t'ai fait mal?

Sa vulnérabilité lui serra le cœur. Trop émue pour parler, elle secoua la tête.

— Merci, mon Dieu !

Il commença à se retirer.

Elle le retint.

— Ne t'en va pas.

Il s'effondra sur elle, le visage niché dans le creux de son épaule, la serrant contre lui. Elle lui caressa tendrement les cheveux, espérant que ses gestes remplaceraient les mots qu'elle ne pouvait prononcer.

Si seulement elle avait le courage de les dire ! Mais elle ne l'avait pas. Si elle exprimait ses sentiments, il s'enfuirait. Elle n'avait aucun doute là-dessus.

Si elle avait tant voulu qu'il soit son amant, ce n'était pas à cause des « avantages » de sa liste. Cela n'avait rien à voir avec l'intimité, la chaleur ou même le fait qu'il soit sa dernière chance. Elle l'avait voulu parce qu'elle l'aimait.

19

— Elle s'appelait Mibelle... déclara soudain Rock d'une voix tendue.

Blottie tout contre lui, Devon retint son souffle.

— La femme qu'on m'a accusé d'avoir tuée. Elle travaillait pour ma mère. (Il revoyait les superbes yeux noirs de Mibelle, sa bouche écarlate et boudeuse.) Je suis tombé fou amoureux d'elle à la seconde où je l'ai vue. Je n'avais que dix-sept ans, mais ça ne comptait pas. Pas pour elle, en tout cas, et sûrement pas pour moi.

» Ça... l'amusait que je devienne son amant. J'avais tellement... (le sentiment d'humiliation lui fit serrer les poings)... tellement besoin d'affection. Je la suivais partout comme un petit chien, lui obéissant au doigt et à l'œil.

» Je lui ai même demandé de m'épouser, et pas qu'une fois. Chaque fois, elle riait. "Redemande-le-moi la semaine prochaine", disait-elle. Et comme un idiot, je le faisais.

La douleur dans sa voix était insoutenable.

Les yeux fixés droit devant lui dans la semi-obscurité de la tente, il voyait Mibelle dans sa robe de velours rouge qui moulait son beau corps. Il était à genoux. Il s'entendait supplier, gémir.

Il serra les dents. Dieu, qu'il avait été idiot...

Lentement, il revint au présent. Et se sentit tout

aussi idiot. Devon était dans ses bras, attendant en silence qu'il continue sa triste histoire.

Il lui devait la vérité. Fermant les yeux pour chasser les images, il reprit d'une voix atone :

— Et puis ma mère a donné une soirée, une sorte d'hommage à ses prestigieux clients. Tous les hommes qui comptaient à La Nouvelle-Orléans étaient présents. Les filles se pavanaient. Ma mère m'avait déguisé en pingouin pour servir les boissons. Elle savait que cela me tuerait de voir Mibelle « travailler ». Et elle avait raison. Chaque fois qu'elle montait avec un homme, j'avais le cœur en miettes.

— Mon Dieu… souffla Devon.

— Je ne te dis pas ça pour que tu t'apitoies sur mon sort.

— Tu avais bien pitié de moi quand je t'ai parlé de mon père.

— C'est différent.

— Il n'y a qu'un homme pour s'imaginer des choses pareilles. (Devon posa la main sur sa joue.) Un cœur brisé est un cœur brisé.

Comment avait-elle fait ? se demanda Rock. En quelques mots, Devon était allée à l'essentiel. Mibelle lui avait brisé le cœur. Il lui avait tout donné : son amour, son adoration, son engagement. Et elle lui avait tout jeté à la figure comme si cela ne voulait rien dire.

Oui, elle lui avait brisé le cœur. C'était quelque chose qu'il n'avait jamais admis jusqu'ici, même pas en lui-même.

Mais, bizarrement, ce soir, dans les bras de Devon, il n'avait plus aucun mal à l'admettre.

— Parle-moi de la réception.

Il replongea dans la souffrance.

— A mesure que la soirée avançait, Mibelle était de plus en plus ivre. Et, si étrange que cela puisse paraître, plus elle se comportait de façon ridicule, plus je l'aimais. Je croyais que cela prouvait combien elle avait besoin de moi.

» Vers la fin de la soirée, un des plus influents politiciens de La Nouvelle-Orléans est redescendu avec une des nouvelles filles. La jalousie a rendu Mibelle folle. Elle a dégringolé l'escalier en hurlant qu'elle était enceinte de M. Gros-Bonnet.

» Dans la salle, personne n'a réagi, bien sûr. Ce n'était pas le genre de chose que pouvait dire une putain, surtout devant la ville entière. Tout le monde a eu le bon sens de faire semblant de n'avoir rien entendu.

» Tout le monde, sauf un gamin de dix-sept ans en costume de pingouin. Seigneur, j'étais si stupide !

— Non, pas stupide, dit calmement Devon.

Rock ne l'entendit pas. Il n'entendait que le rire d'ivrogne de Mibelle qui lui déchirait les tympans.

— J'ai couru jusqu'à Mibelle et je l'ai prise dans mes bras. « Je t'aime. Epouse-moi et laisse-moi être le père de l'enfant », lui ai-je dit.

Devon attendit en silence jusqu'à ce que la curiosité l'emporte.

— Et ?

— Et elle m'a ri au nez. Puis elle est partie.

Il perçut la petite exclamation de Devon, mais il ne réagit pas. Il en était incapable. Tout ce à quoi il pensait, c'était à ce rire odieux. A cet instant-là, il avait cru mourir.

— Le lendemain, reprit-il d'une voix sans timbre, on a retrouvé Mibelle assassinée. Tout le monde en ville savait qui l'avait tuée, mais on ne pouvait pas mettre M. Gros-Bonnet en prison. En tout cas, pas pour le meurtre d'une putain.

» Cependant, quelqu'un devait payer pour le crime. Après tout, le juge local — qui avait lui aussi participé à la soirée — avait promis aux honnêtes citoyens de La Nouvelle-Orléans une ville plus sûre.

Oh, oui, quelqu'un devait payer et, pour une jolie somme, ma mère était prête à leur donner leur gogo. Son propre fils.

» J'étais le bouc émissaire parfait : naïf, inutile et stupide. J'avais clamé devant des dizaines de personnes que je l'aimais. Et, surtout, tout le monde se fichait éperdument que je sois mort ou vif.

» Le procès dura un quart d'heure. Fort heureusement, le meurtre d'une prostituée n'était pas considéré comme un délit majeur. Ça m'a seulement valu cinq ans de prison. Quand on m'a laissé sortir de ce trou pourri, j'ai fui aussi loin que possible de la "civilisation". Je n'y retournerai jamais. (Il frémit.) Jamais.

Devon frissonna à son tour. Un jeune homme dont le seul crime avait été d'aimer... Une colère aveugle s'empara d'elle envers tous ces gens : la mère qui avait vendu la liberté de son fils, la femme qui avait piétiné son amour innocent, les gens qui l'avaient jugé et condamné. Ils lui avaient pris sa fierté, sa confiance, son amour.

L'énigme était résolue, à présent. Tous les morceaux du puzzle s'emboîtaient. La fureur qu'il arborait comme une armure, la vie solitaire qu'il menait, le dégoût qu'il éprouvait à l'égard de ses semblables. Tout cela n'était que des murs qui le protégeaient contre de nouvelles blessures. L'homme qu'il était devenu en prison refusait de souffrir de nouveau.

Pas étonnant qu'il ne veuille pas quitter ce désert glacé, ce refuge. Tous ceux qu'il avait aimés l'avaient trahi.

Devon soupira. Elle ne pouvait rien dire pour soulager sa peine. Tout ce qu'elle pouvait faire, c'était l'aimer aussi profondément qu'il le lui permettrait. Peut-être, un jour, si elle l'aimait assez, comprendrait-il que son exil était terminé. Peut-être même comprendrait-il qu'elle n'était pas comme Mibelle et qu'il pouvait l'aimer en toute sécurité.

Elle se lova contre lui.

Rock sentit ce corps chaud pressé contre le sien. Il avait réussi, se dit-il. Il avait traversé les ténèbres et il voyait enfin la lumière. Il ferma les yeux pour la remercier en silence.

Il avait réussi grâce à Devon.

La femme qu'il aimait.

Il ne pouvait plus ignorer ses sentiments. Il avait besoin d'elle : de son caractère, de son rire, de sa force. Plus que cela, il avait besoin de sa confiance.

Grâce à elle, il croyait de nouveau en lui-même. Parce qu'elle avait vu en lui autre chose qu'un meurtrier, il était devenu autre chose.

Pour la première fois de sa vie, il était empli d'espoir et cela lui tordait le ventre. Il espérait la vie que ses yeux promettaient. Il espérait la demeure que ses bras offraient.

Oui, il espérait quelque chose qui n'existait pas. Combien de fois avait-elle juré qu'elle quitterait la vallée dès le dégel ? Et Dieu savait que Devon ne disait jamais les choses en l'air. Dès qu'elle aurait assez d'argent, elle reprendrait le bateau. Elle était impatiente de quitter ce pays glacé et barbare… et le rustre avec lequel elle avait couché parce que c'était « logique ».

Oh, elle tenait à lui. Il le savait. Mais cela ne suffisait pas. Ni pour elle, ni pour lui. Ils étaient tous les deux obstinés, têtus comme des mules, et ils savaient tous les deux ce qu'ils voulaient de la vie.

Il voulait errer dans la nature sauvage et prendre ses photographies. Devon voulait ce que chaque femme désire : une jolie maison en ville, un mari avec un travail régulier, des enfants et un chien.

Il ne voulait rien de tout cela et il ne pouvait lui demander de vivre comme lui. Il l'aimait trop pour faire d'elle une recluse.

Il ne pouvait partir et elle ne resterait pas. Ils allaient donc passer l'hiver ensemble à rire, à partager et à s'aimer. En faisant semblant de croire que le printemps ne viendrait pas.

Mais comment pourrait-il l'aimer tout l'hiver pour retrouver ensuite sa vie solitaire ? Après avoir connu le paradis, il retournerait en enfer.

Peut-être que cela l'aiderait s'il ne disait jamais «je t'aime». Peut-être que s'il ne prononçait pas ces mots terrifiants, irréversibles, il pourrait faire semblant de ne pas l'aimer. Alors, il traverserait peut-être l'hiver avec l'esprit intact.

Le silence n'était pas un bouclier à toute épreuve. Mais c'était le seul qu'il possédât.

D'ailleurs, Devon méritait mieux que de vivre dans ce désert blanc avec un vieil ours comme lui.

Languide, Rock s'étira voluptueusement avant de remonter la couverture sur leurs deux corps. Dieu, qu'il se sentait bien ! Il ne s'était jamais senti aussi bien. Depuis sept matins, il se réveillait avec Devon blottie contre lui. Chaque fois que l'envie lui en prenait, il pouvait la toucher, la serrer dans ses bras.

L'idée lui fouetta le sang. Il en avait envie maintenant. Il roula sur le côté pour l'observer. Qu'elle était belle ! Si belle que son cœur oubliait de battre.

Elle cligna des paupières. Leurs regards se croisèrent et, aussitôt, elle sourit.

— Bonjour.

Il lui embrassa le front.

— Bonjour.

Elle fit mine de se lever.

— Je vais faire le feu.

La fourrure s'écarta, dévoilant son corps nu. Toute la lumière de la pièce parut se concentrer sur elle, se fixant sur sa chevelure et la nimbant d'un halo de feu.

Il la prit dans ses bras.

— On n'a pas besoin d'un feu pour se réchauffer.

Elle répondit par un rire doux, puis ses mains glissèrent sur le grand corps de Rock. Ils s'embrassèrent, lentement, paresseusement. Quand ils se séparèrent, Cornelius plongea dans les profondeurs vertes de ses yeux.

Je t'aime. Les mots semblaient gravés dans son esprit en lettres de feu. Dieu, comme il avait envie de les prononcer, de les croire, dans son cœur et dans son âme ! Peut-être, pensa-t-il, affolé, peut-être que, cette fois, il trouverait le courage de les prononcer.

Il ouvrit la bouche mais, avant qu'il n'ait le temps de prononcer le moindre mot, elle lui caressa la joue et murmura :

— Embrasse-moi.

Il déglutit. Plus tard. Il lui dirait plus tard. A présent, il était bien plus facile de l'embrasser. Il l'embrassa jusqu'à ce qu'ils soient tous les deux repus. Et, dans la langueur de leur désir, le besoin de parler s'évanouit.

Ils firent l'amour lentement, avec passion, et, quand leur désir fut assouvi, ils restèrent dans les bras l'un de l'autre.

— Cornelius ? (Elle gigota jusqu'à ce que son visage soit face au sien.) J'ai pensé à quelque chose.

— Quelle surprise ! se moqua-t-il gentiment.

— J'ai essayé d'être patiente, mais je n'en peux plus. Vraiment plus.

Il fronça les sourcils.

— Qu'y a-t-il, Dev ?

— Je t'aime.

Il eut l'impression qu'on l'écrasait, que ses os se broyaient. Sa gorge se ferma. Il se noya dans ses yeux immenses et se mit à rêver. Dieu, que ces mots étaient bons…

— Mais ne t'inquiète pas, reprit-elle très vite pour remplir le silence. Je ne vais pas te demander de m'épouser et je sais que tu ne voudras jamais retourner vers la civilisation. Je veux juste te l'entendre dire. Entendre ces mots. Je sais que c'est idiot, mais je veux faire semblant de croire que tu m'aimes aussi. Je sais que cela ne durera que jusqu'au printemps, mais...

Jusqu'au printemps. Elle continuait à bredouiller nerveusement mais depuis *jusqu'au printemps,* il ne l'entendait plus. Quelque chose dans son esprit venait de se briser. La douleur lui ouvrit le cœur comme la lame glacée d'un couteau.

Comment avait-il pu être aussi stupide, aussi aveugle ? Il avait de nouveau commis la même erreur. Au cours de la semaine qui venait de s'écouler, il s'était noyé de plus en plus profondément dans l'amour qu'il éprouvait pour elle. Il avait voulu croire qu'elle était différente de Mibelle et de sa mère. Qu'elle l'aimait assez pour rester à jamais avec lui.

Il avait eu tort. Comme avant. Oh, elle n'était pas vraiment comme Mibelle et sa mère. Mais, au fond, cela n'avait aucune importance.

Elle lui avait laissé croire que ce pourrait être différent. Elle lui avait laissé croire qu'il obtiendrait quelque chose qu'il n'aurait pas. Désespérément croire.

Eh bien, il n'avait plus dix-sept ans et il n'était plus aussi stupide ou naïf. Il n'allait pas lui offrir son cœur sur un plateau d'argent pour qu'elle l'emporte avec elle sur son bateau. Pas question.

— Cornelius ? fit-elle d'une voix chevrotante. Tu ne dis rien ?

— Je ne peux pas.

Il ferma les yeux et, après un long silence déchirant, Devon enfouit son visage contre sa poitrine. Il sentit ses larmes sur sa peau. Chacune le brûlait comme de la braise.

Mais il ne pouvait se permettre de prononcer les

mots qu'elle désirait entendre. Il n'était pas assez fort. Il ne pouvait pas lui dire qu'il l'aimait pour ensuite la regarder partir.

— Devon, ne bouge pas !

Son rire joyeux cascada sur la colline et Rock ne put s'empêcher de sourire avec elle. C'était si bon, si *normal*, d'être simplement encore vivant en ce premier jour de printemps.

— Je ne peux pas prendre ma photo si tu gigotes tout le temps.

— Exactement. (Elle cessa de danser juste le temps d'un sourire éclatant.) Je ne veux pas être figée sur du papier dans cette tenue.

Il la contempla avec une fierté presque douloureuse. Elle était à lui. *A lui*. Même maintenant, au bout de plusieurs mois, il n'arrivait pas à croire en sa bonne fortune. Chaque matin, durant ce long (et pourtant si court) hiver sans lumière, il s'était réveillé dans ses bras.

Il alla vers elle, s'enfonçant dans la neige, la main tendue. Elle la saisit sans hésitation. Leurs deux moufles de cuir et de fourrure se nouèrent. Autour d'eux, le monde était frais, clair et blanc.

— Tu serais belle même avec un sac de pommes de terre.

Elle l'enlaça. Leurs souffles se mêlèrent dans un nuage de vapeur qui les enveloppait.

— Ou avec rien du tout, plaisanta-t-elle.

— Surtout avec rien du tout.

Elle l'embrassa légèrement avant de s'échapper.

— Alors, photographie-moi nue !

Il reprit place derrière l'appareil, bien décidé à faire au moins un cliché d'elle aujourd'hui. Sans trop savoir pourquoi, il lui semblait important d'avoir une photographie d'elle, son unique amour, le premier jour du printemps. Il se pencha et regarda à travers la lentille glacée, cerclée de cuivre.

— Cornelius, je… Oups !

Elle était tombée. Il se démena comme un beau diable avec son appareil pour l'avoir dans l'objectif et faire le point. En un clin d'œil, il eut sa photo : Devon, les quatre fers en l'air dans la neige, portant une jupe courte, un collant de laine, des bottes de peau qui lui montaient jusqu'aux genoux et une énorme veste de fourrure. Il espéra que le cliché pourrait aussi capturer les couleurs : le rose éclatant de ses joues et de son nez, le vert profond de ses yeux.

— Je t'interdis de faire ça, Cornelius.

Il délaissa enfin son appareil pour aller l'aider. Une énorme boule de neige s'écrasa sur sa poitrine. Des flocons l'aspergèrent. Il fit mine de foncer sur elle.

Elle l'évita. Hilare, il la regarda courir. Elle semblait si jeune, si libre. Il pourrait la regarder jusqu'à la fin des temps. Dans des moments pareils, il admettait qu'il l'aimait. Dans son esprit, les mots venaient sans effort. Si facilement qu'il croyait chaque fois pouvoir les dire. Mais, chaque fois qu'il essayait, sa gorge se serrait. La peur l'étranglait. Bientôt, se dit-il pour la millième fois. Bientôt.

20

Le vingt-quatrième jour de mai arriva, exactement semblable aux précédents : clair et frais.

Devon était seule à table, buvant son thé du matin. Dehors, les bruits désormais familiers résonnaient. Les marteaux cognaient, un violon mal accordé jouait, un piano de saloon était déjà à l'ouvrage, la scierie lançait ses longues plaintes aiguës. Bien qu'il ne fût pas encore dix heures, les rues, elle le savait, étaient déjà remplies d'hommes attendant le dégel avec impatience. Sans but, ils erraient dans les rues nouvelles, leurs bottes claquant sur les trottoirs en planches.

Tout avait commencé en août, quand George le Menteur avait prononcé le mot magique : « l'or ». Ils avaient alors déferlé de tous les coins de l'Alaska et du Yukon, les chercheurs d'or. Et, en une nuit, la longue nuit polaire, ils avaient transformé la vallée déserte en une ville, Dawson City. Là où ne se dressaient que quelques tentes délabrées, on en dénombrait à présent des centaines. Et chaque jour de nouvelles constructions en dur s'élevaient : des cabanes et même des bâtiments. Rock avait eu raison. C'était le printemps et il y avait désormais une vraie ville.

Devon reposa sa tasse. Pour la première fois depuis qu'ils avaient rouvert, elle n'était pas allée au magasin. Pourquoi ? Elle n'en savait rien. Sinon qu'elle se sentait nerveuse.

Quelque chose allait se passer aujourd'hui. Quelque chose de mauvais. Elle en avait le pressentiment.

Les cinq derniers mois avaient été les plus heureux de sa vie. Rock et elle s'étaient chaque jour réveillés dans les bras l'un de l'autre. Et, chaque jour, elle avait senti croître leur amour.

Elle poussa un long soupir. Ce n'était pas tout à fait exact. Les sentiments de Rock restaient encore emprisonnés dans son cœur. Le mot « amour » n'avait pas une seule fois franchi ses lèvres. Pas même dans les moments les plus fous de leur passion.

Elle se disait que cela n'avait pas d'importance. Que les mots ne comptaient pas face aux actes. Et ses actes disaient « je t'aime » de mille et une manières. Il était si aimant avec elle, si tendre.

Mais elle avait beau essayer de se convaincre, elle n'y parvenait pas. Elle avait silencieusement attendu tout l'hiver qu'il admette enfin l'évidence. Mais, après cette nuit où elle lui avait déclaré son amour, ce mot n'avait plus été prononcé ni par l'un ni par l'autre.

Elle posa la main sur son ventre. Sans y penser, elle avala un peu de thé tout en se caressant l'estomac. C'était devenu un geste inconscient depuis un mois. Un geste qu'elle accomplissait chaque fois qu'elle pensait à l'avenir, à l'homme qu'elle aimait plus que sa vie.

Elle baissa les yeux. Mais, à présent, elle avait une autre vie à considérer. Une merveilleuse exaltation la saisit à l'idée de l'enfant qui grandissait en elle.

Le miracle. Voilà en quel terme elle pensait au bébé car elle avait soigneusement suivi les conseils du Dr Cowan concernant la contraception. Même pendant les nuits les plus glacées, elle s'était levée pour procéder à sa toilette.

Rock avait souvent commenté son sens des responsabilités.

Son sourire s'évanouit. Il avait paru si content qu'elle se montre si « responsable ». Et s'il ne voulait pas de l'enfant ? Et si...

Non. Elle refusait de céder à la panique. Il...

Soudain, un bruit effroyable interrompit le flot de ses pensées. Soulevant ses jupes, elle se rua dehors.

Ses talons claquaient sur les trottoirs flambant neufs de Dawson City. Tout autour d'elle, la civilisation lançait sa clameur incessante : marteaux, scies, planches qui tombaient. Mais Devon n'entendait plus rien de tout cela. Affolée, elle guettait un autre son.

Elle s'immobilisa enfin, haletante, sur la rive boueuse et sale du fleuve. La main serrée sur son flanc pour apaiser son point de côté, elle contempla le Yukon.

Mon Dieu, pas déjà...

Alors, le bruit qui l'avait amenée ici se reproduisit soudainement. Un étrange bruit de tonnerre assourdi suivi d'un *crac* terrifiant. Elle fixa le fleuve avec horreur : un énorme bloc de glace couleur de boue se dressa lentement. Un nouveau *crac*. La terre trembla sous ses pieds.

Puis cela arriva. Un glaçon gris, aussi gros qu'une maison, commença à descendre au fil du courant.

Des larmes brouillèrent la vision de Devon. Le fleuve se transformait sous ses yeux. Il devenait une sorte de champ mouvant d'énormes blocs de glace.

Le dégel commençait.

Le dégel commençait.

Debout devant le magasin, Rock poussa un juron. Là-bas, le Yukon n'était plus immobile, rassurant : il bougeait et, avec lui, sa vie allait de nouveau se transformer. Pour le pire.

C'est alors qu'il vit Devon. Il grimaça. Elle revenait de la berge. Elle marchait avec sa mine déterminée, son air de général. Même à cette distance, il la voyait mordiller son pouce.

Elle réfléchissait. Elle élaborait un plan. Comment le quitter, sans aucun doute.

Elle approchait, les yeux fixés sur le plancher droit devant elle, et ne le voyait même pas.

— Dev ?

Elle sursauta. A l'instant où leurs regards se croisèrent, elle rougit furieusement. Il fronça les sourcils.

— Que fais-tu ? s'enquit-il d'une voix plus dure qu'il ne l'aurait désiré.

— Je… je réfléchissais.

— Ça, je le vois. Tu as le pouce en sang.

Devon était déconcertée. Elle ne s'attendait pas à le voir maintenant, à lui faire face avant d'avoir établi son plan. Comment lui annoncer qu'il allait être père ? Sûrement pas en se plantant devant lui et en disant : « Rock, nous allons avoir un enfant. Tu es heureux ? »

— A quoi penses-tu ? demanda-t-il.

Ne pas mentionner l'enfant, se dit-elle. Elle parla donc de la première chose qui lui traversa l'esprit.

— Au Yukon.

Les yeux de Rock se plissèrent imperceptiblement. Son visage se durcit.

— Tiens donc…

La froideur de sa voix la fit tressaillir.

— Qu'y a-t-il, Corne…

— Rock, corrigea-t-il sèchement.

— Mais…

— Le premier bateau sera là dans quelques jours.

Que voulait-il dire ? Il semblait sous-entendre quelque chose, mais quoi ?

— Je… je sais, répondit-elle finalement. La Tige m'a dit qu'ils devaient sûrement tous faire la queue en aval à attendre le dégel.

— Je vois que tu t'es renseignée, fit-il en s'adossant au piquet de la tente, les bras croisés, les yeux durs. Et maintenant ?

Devon n'y comprenait plus rien.

— Je… ne te suis pas.

— C'est bien ce que je pensais.

Exaspérée, elle soupira. Bon, il était vrai qu'elle avait pas mal de choses en tête et qu'elle ne faisait pas très attention à ce qu'il disait. Mais il ne lui facilitait pas la tâche.

— Bonté divine, qu'est-ce qui t'arrive ? Tu parles par énigmes.

— Tu veux que je sois direct ? D'accord ! Quand pars-tu ?

— Maintenant.

La mâchoire de Rock s'effondra.

— Maintenant ?

Elle grimaça.

— Cornelius, j'ignore ce qui te trouble tant, mais nous en discuterons ce soir. Pour l'instant, j'ai des tas de choses à faire et je rentre à la maison. On se verra au dîner ?

— Oui.

— Parfait.

Elle allait partir quand, soudain, il la saisit par la taille. Il l'attira brutalement contre lui pour l'embrasser avec une fougue qui la laissa pantoise.

Tout aussi soudainement, il la lâcha et, sans un mot, disparut dans le magasin.

Devon s'activait autour du poêle. Des arômes délicieux flottaient dans l'air. Tous les plats préférés de Rock mijotaient sur le réchaud.

Elle jeta un coup d'œil à la table. Parfaite. La

nappe au rouge un peu passé d'avoir été tant lavée la recouvrait. Les fleurs de pavot de l'Arctique dans une boîte de soupe vide ajoutaient une touche de jaune.

Oui, tout était impeccable, et c'était tant mieux. Tant de choses étaient en jeu ce soir…

Elle envisageait de se coiffer pour la dixième fois quand la porte s'ouvrit.

— 'soir, dit Rock en enlevant son ciré et son chapeau.

Devon lui adressa ce qu'elle espérait être un sourire éclatant.

— Assieds-toi. Je vais te donner du café.

Elle se retournait déjà quand il la rattrapa et la prit dans ses bras.

— Je n'ai pas besoin d'un café. J'ai besoin de toi.

Le cœur de Devon rata un battement. *Besoin*. C'était un mot qu'il n'avait jamais utilisé auparavant. L'espoir gonfla en elle. Son sourire crispé se transforma en moue de bonheur.

— Et j'ai besoin de toi, répondit-elle d'une voix douce.

Leurs regards se nouèrent. Le temps s'arrêta. Ils étaient seuls au monde.

Dis-le, pensait-elle.

Ne le dis pas, pensait-il.

Ni l'un ni l'autre ne parla. Lentement, comme une fleur restée trop longtemps à l'ombre, le moment mourut.

Soudain mal à l'aise, Devon repoussa une mèche de cheveux et s'écarta.

— Lave-toi les mains. Le dîner est prêt.

Rock eut l'impression que le vent d'hiver se levait de nouveau. Raide, il alla jusqu'à la bassine qu'elle gardait toujours remplie d'eau. Une impression de désastre imminent le saisit. Elle était tendue, nerveuse.

Il prit place à table et déplia soigneusement la

serviette sur ses cuisses. C'était devenu chez lui un geste naturel.

Sa gorge se serra quand il vit les fleurs. Combien de temps faudrait-il avant qu'il recommence à manger sur une table sale... sans serviette, sans nappe, sans couverts ?

Etrangement, les fleurs devinrent troubles. Il s'essuya les yeux avec colère et se tourna vers le poêle.

Egale à elle-même, Devon s'affairait avec rapidité et efficacité. Quelques secondes plus tard, elle déposait leur dîner sur la table.

Quand il contempla le contenu de son assiette, Rock reçut un choc. La sensation de désastre s'accrut. Elle lui avait préparé tous ses plats favoris.

Le dernier repas du condamné.

— Rock ? Quelque chose ne va pas ? Je pensais que tu serais content...

Il leva lentement la tête pour la regarder.

— Non, tout va bien. C'est un repas merveilleux. Tout ce que j'aime.

Elle rayonna.

— A la bonne heure !

Elle se mit à manger. Comme un notaire, un mets l'un après l'autre. Il l'observa longuement, une impression de vide dans la poitrine. Puis, à regret, il mangea lui aussi. Même le rôti d'ours avait un goût de cendre.

Ils firent la vaisselle côte à côte en silence.

— Je prépare du cacao ? proposa Devon d'une voix un peu forcée quand ils eurent terminé.

— Non.

— Mais j'ai prévu...

— Je me fiche de ce que tu as prévu, Dev.

Il jeta son torchon et la prit dans ses bras.

— J'ai aussi prévu quelque chose, ce soir. Et t'écouter pontifier n'en fait pas partie. Pas ce soir.

— Ponti...

Il la fit taire d'un baiser qui lui coupa le souffle.

— Et maintenant, chuchota-t-il contre ses lèvres entrouvertes, tu veux entendre ce que j'ai prévu pour ce soir ?

Une vague de désir déferla en elle, chassant toute pensée rationnelle. Elle lui parlerait plus tard.

— Je crois que je préférerais le sentir, murmura-t-elle d'une voix rauque.

Ils firent l'amour comme si c'était la première fois, avec une rage qui les laissa pantelants.

Bien plus tard, alors qu'ils étaient blottis dans les bras l'un de l'autre, Devon murmura :

— Tu sais, Rock…

Un rire gronda dans la poitrine de Rock. Elle leva les yeux vers lui. Il souriait jusqu'aux oreilles.

— Pourquoi ris-tu ?

Il lui caressa le visage.

— Pour rien, mon amour. Rien du tout.

Mon amour. Il l'avait appelée mon amour ! Un espoir insensé la saisit. Le plan qu'elle avait soigneusement mis au point toute la journée allait fonctionner. Elle le sentait. Il l'aimait, c'était une évidence, mais il ne le savait pas encore. Tout ce qu'elle devait faire, c'était le lui faire comprendre, et alors tout irait pour le mieux. S'il l'aimait vraiment, il voudrait l'enfant. Il lui demanderait de rester et de partager sa vie.

Elle prit une profonde inspiration pour ne pas se laisser gagner par l'excitation. Elle devait suivre son plan. Progresser pas à pas.

— Rock, j'ai réfléchi, à propos de ton travail.

— Mon travail ? (Il gloussa.) On vient de faire l'amour comme des fous et tout ce à quoi tu penses, c'est mon travail ? Ce n'est pas très flatteur.

Elle pouffa.

— Eh bien, admit-elle, ça fait déjà un moment que j'y pense.

— Je t'écoute.

Elle s'assit dans le lit pour mieux le voir. Elle ne voulait pas rater la moindre émotion qui passerait sur son visage.

— Tu sais comme je déteste te voir aller par monts et par vaux en tirant cet horrible traîneau, chargé de tout ce lourd matériel... Alors, je me suis dit qu'un chien te serait utile.

Devon souriait, attendant son approbation.

Elle ne vint pas.

En fait, il ne prononça pas un seul mot. Il se contentait de la dévisager avec un drôle d'air. Sans doute ne voyait-il pas tous les avantages ?

— En plus, ce serait agréable d'avoir un chien à la maison, tu ne trouves pas ? Il pourrait dormir par terre devant le poêle. On aurait encore plus l'impression d'être... chez nous.

Il se hissa sur un coude.

— Tu veux que je prenne un chien ?

Il semblait incrédule.

Devon éprouva un début d'appréhension. Ça ne marchait pas comme prévu. Pourquoi souriait-il ?

— Je m'occuperais de lui, ajouta-t-elle.

Encore ce sourire.

— Je n'en doute pas.

— Ce serait bien d'avoir un chien, enchaîna-t-elle. Du moins, *je* trouve que ce serait bien. Je veux dire, on formerait comme une famille... tu sais. Une vraie famille. Tu comprends...

Il posa un doigt sur ses lèvres.

— Dev, tu radotes.

— Je sais, mais...

— Chut ! J'apprécie que tu t'inquiètes pour moi, Dev. Vraiment. Mais si j'avais voulu un chien, j'en aurais déjà un.

— Mais...

— Mais rien du tout. Un chien, c'est une fichue responsabilité. Bon sang, et si j'oubliais de le nourrir et qu'il tombe malade ? Je m'en voudrais à mort. Non, c'est gentil d'y avoir pensé. Mais je ne veux pas endosser cette responsabilité.

Devon ne respirait plus. Les larmes lui brûlaient les yeux. Elle s'enfouit le visage dans l'oreiller.

— Devon ? (Elle sentit sa main sur son épaule nue qui la caressait gentiment.) Qu'y a-t-il ? Tu tiens à ce point à avoir un chien ?

Elle secoua la tête sans se redresser.

— Non, dit-elle, la bouche dans l'oreiller. Je suis fatiguée, c'est tout. Dormons.

Il s'allongea à ses côtés, les bras passés autour d'elle. Une main chaude glissa sur son ventre et se posa sur son nombril.

Sans bruit, les larmes de Devon mouillaient l'oreiller. Seigneur, elle était enceinte d'un homme qui ne pouvait accepter la responsabilité de nourrir un chien ! Que ferait-il d'un enfant ? Il ne lui laissait pas le choix. Elle aimait trop Cornelius pour l'obliger à accepter une responsabilité dont il ne voulait pas. Elle savait trop comment réagissait un homme forcé d'assumer son rôle de père.

Oh, bien sûr, Cornelius n'avait rien à voir avec son père. C'était un homme droit, aimant. Si honnête, en vérité, qu'il l'épouserait sur-le-champ s'il apprenait l'existence de l'enfant : un mariage qu'il ne voulait pas à cause d'un enfant dont il ne voulait pas.

Non, décida-t-elle, elle non plus ne voulait pas d'un tel mariage. Ni pour elle, ni pour l'enfant, et encore moins pour Cornelius. Il n'y avait donc plus qu'une seule solution : partir avant qu'il ne découvre sa grossesse. Ce qui ne saurait tarder.

Elle prendrait le premier bateau.

21

— Miss Devon ! Miss Devon !

Rock et Devon sursautèrent. Il se tourna vivement vers elle. Elle était toujours assise à table, en train de tricoter sa ridicule couverture rose.

Sur les parois en toile de la tente, ils distinguèrent une silhouette sombre qui s'arrêtait devant le magasin : un homme tirant un traîneau.

— Miss Devon ! J'arrive ! hurla de nouveau la voix.

— Qui est-ce ? demanda-t-elle malgré elle.

— Comment diable le saurais-je ? rétorqua Rock avec une dureté qu'il regretta aussitôt.

Mais c'était plus fort que lui : quelque chose dans la sombre silhouette lui hérissait le poil.

L'ombre prit quelque chose dans le traîneau, un sac peut-être. L'objet tomba lourdement sur les planches du trottoir.

Digger Haines souleva le rabat de la tente, traînant à grand-peine un gros sac en toile derrière lui.

Il s'arrêta près de la table. Essuyant la sueur sur son front, il adressa un sourire radieux à Devon.

— J'ai réussi, miss ! Ce sac est rempli d'or.

Lâchant ses aiguilles à tricoter, Devon bondit.

— Rempli d'or ?

— Plein à ras bord, et c'est tout à vous.

Devon en resta bouche bée.

Digger gloussa.

— Vous pensiez pas qu'vos parts vous rapporteraient quoi que ce soit, hein ?

— Quelles parts ?

Devon entendit la voix trop calme, menaçante, de Rock, mais elle ne répondit pas. Elle en était incapable. Elle était abasourdie. De nouvelles idées, de nouvelles possibilités se bousculaient soudain dans son esprit. Elle était riche. *Riche.*

— Pendant qu'tu battais la campagne, répondit Digger avec bonne humeur, ton associée a pris des parts dans ma concession sur Eldorado.

— Oh, elle a pris des parts ?

— Pas moi. Le magasin, fit-elle, distraite. Bonté divine, Rock, nous sommes riches !

— Vous êtes tous les deux riches ! (Digger tapota le sac fièrement.) Et ça, c'est rien. J'ai encore un énorme tas de pulpe à traiter et une douzaine de veines à explorer. Bon sang, on va être riches comme des rois ! On va pouvoir vivre n'importe où. A San Francisco, à Londres, à Paris ! Imaginez, miss, vous allez même pouvoir aller à Boston vous trouver un mari convenable.

Le sourire de Devon s'effaça. Le rictus de Rock devint carrément affreux.

— Merci, Digger, fit-il sans élever la voix. Va te payer un verre. Tu l'as mérité.

Digger dévisagea alternativement Rock et Devon. Ils étaient raides comme des piquets, se fixant droit dans les yeux. Il passa son doigt sous son col qui lui paraissait soudain trop serré. Ces deux-là étaient vraiment bizarres. On venait leur apprendre qu'ils étaient riches et voilà comment ils réagissaient.

— Euh… je vais juste laisser ça dans un coin. Si vous avez des questions, je s'rai à ce nouveau truc, l'Pioneer Saloon.

Il tourna les talons.

— Digger ? le héla Devon avant qu'il ne sorte. Merci. Je savais que j'avais raison d'avoir confiance en vous.

Il rayonna. Ah, voilà qui était mieux !

— Bien sûr, miss. Salut.

Il disparut.

La voix moqueuse de Rock retentit :

— Ainsi, nous pouvons vivre comme des rois à San Francisco.

— Ou à Saint Louis.

Elle avait répondu sans réfléchir. Leurs regards se croisèrent. La gorge de Devon se serra tandis qu'elle attendait.

Oh, je t'en prie, pensa-t-elle, au désespoir, ne m'oblige pas à partir ! Dis-moi de rester, c'est tout ce dont j'ai besoin...

Rock serrait et desserrait convulsivement les poings. Il avait la gorge nouée. Elle lui demandait de venir avec elle. De vivre sa petite vie bien rangée à Saint Louis.

Il grimaça. C'était impossible.

— A quoi bon l'argent si c'est pour vivre comme des sardines ? Garde l'or, Dev. C'est trop de responsabilité pour moi.

Les genoux de Devon cédèrent. Pour ne pas tomber, elle s'accrocha à la table. Et voilà ! Il l'avait repoussée. Elle baissa les yeux sur la petite couverture rose à laquelle elle travaillait et une amertume inhabituelle la saisit.

— J'aurais dû le deviner, dit-elle sèchement.

— Que veux-tu dire par là ?

— Débrouille-toi pour comprendre tout seul, Rock. Je suis fatiguée de réfléchir à ta place.

Il serra les dents, un pli dur aux lèvres.

— Celui qui prétend que l'argent ne change pas les gens est un sombre imbécile.

— L'argent change les choses, pas...

— C'est ce que je vois, la coupa-t-il. L'or de Digger t'a rendue riche. Tu n'as plus besoin de mon argent pour partir. Tu peux te payer toute seule ton foutu billet.

Le plancher se déroba sous les pieds de Devon. Mais des années d'affrontement avec un père violent l'avaient aguerrie. Elle avait appris à ne pas montrer sa douleur.

Serrant la couverture du bébé sur sa poitrine comme un bouclier, elle fixa Rock avec des yeux froids et vides.

— Ravie de voir que tu es soulagé, Rock. Et ne t'inquiète pas. Je prendrai le premier bateau qui quittera ce trou boueux.

Il la regarda partir. Ses talons résonnèrent longtemps sur le plancher de bois.

Les seize jours — et les nuits — qui suivirent furent les plus longs de la vie de Rock. Il n'osait plus s'approcher de Devon, n'osait plus la toucher ni même la regarder. Ils vivaient séparés par un mur de silence et de regards fuyants. La nuit, il dormait à l'extrême rebord du lit.

Parfois, par accident, leurs yeux se croisaient et il voyait la douleur dans les siens. Une douleur amère, insoutenable.

C'était comme si on lui retournait une lame chauffée à blanc dans le ventre. Il savait qu'une douleur semblable hantait son regard. Mais que pouvaient-ils y faire ? Elle n'avait pas proposé de rester et il ne pouvait partir.

Il avait beau se tordre la cervelle, il ne trouvait pas de solution à leur problème.

Elle était encore assise à la table du magasin, en train de tricoter cette maudite couverture rose. Raide comme un bout de bois, elle lui tournait le dos. Cela faisait deux heures qu'elle n'avait pas bougé. Et qu'elle n'avait pas proféré le moindre son.

Son silence affecté le tourmentait. Jusqu'à la semaine précédente, il ne s'était pas rendu compte à quel point il appréciait ses discussions avec elle. Ou, comme disait son fameux Dr Cowan, leurs échanges de vues, d'espoirs et de désirs.

Elle ne lui avait plus adressé la parole depuis le retour de Digger. Ils vivaient comme des ennemis, chacun retranché derrière son silence, sa colère et sa peur. Et chaque silence lui rappelait leurs rires. Chaque séparation, leur intimité. Dieu, il ne pourrait pas vivre longtemps ainsi !

Un sifflement strident creva le silence de la tente.

Devon dressa subitement la tête.

— Qu'est-ce que c'était ?

Rock ne répondit pas. Il en était incapable.

Elle se retourna.

— Rock ? Qu'est-ce que c'était ?

— Tu devrais le savoir... C'est le signal que tu attendais. Le vapeur est arrivé.

Elle blêmit.

Il se raidit, s'apprêtant au pire. Au bout d'une minute de silence absolu, il craqua, à bout de patience.

— Mais dis quelque chose !

— Qu... quand passe le prochain ?

Une peur abjecte s'empara de Rock. Elle n'oserait pas. Elle ne lui ferait pas ça. Il venait de vivre seize jours d'enfer à ne rien faire d'autre qu'attendre ce maudit bateau. Il refusait de passer tout l'été à se demander quel bateau elle allait prendre.

— Je te conseille de ne pas y penser.

— A quoi ?

— A attendre le prochain bateau.

Elle s'effondra en avant, ses coudes heurtant violemment la table.

Instinctivement, il bondit à ses côtés.

— Dev ? Ça va ?

Sa réponse fut un petit rire sec.

De l'index, il la força à lever le menton.

— Dev ?

Elle le regarda dans les yeux pour la première fois depuis une éternité. Sa peau était plus pâle, plus délicate qu'il ne s'en souvenait. Sa lèvre inférieure était tout écorchée. Sans réfléchir, il toucha la peau à vif.

— Tu ne devrais pas te manger les lèvres.

Elle essaya de sourire — sans succès.

— Je n'ai plus d'ongle au pouce.

— Oh, Dev... Pourquoi nous faisons-nous tant souffrir ?

Des larmes perlèrent dans les yeux verts.

— Parce que nous nous aimons, mais pas assez.

Il ferma les paupières. Il se l'était déjà dit un millier de fois. Alors pourquoi cela lui faisait-il si mal de l'entendre dans sa bouche ? Oh... que ça faisait mal !

Il lui fallut un long moment avant de retrouver le courage de parler.

— Le bateau ne restera que le temps de charger du bois. Tu ferais mieux d'emballer tes affaires, dit-il d'une voix altérée.

— Mais...

Il la saisit par les épaules.

— C'est déjà assez dur. Si tu dois partir, fais-le, bon sang !

— Lâche-moi, s'il te plaît, fit-elle calmement.

Il obéit.

Elle ramassa sa précieuse couverture rose et la serra sur son ventre. Elle semblait trouver un curieux réconfort à caresser ce bout de tissu. Quelques secondes plus tard, son petit menton se haussa vers lui.

Il aurait pu croire qu'elle avait retrouvé son sang-froid si ses lèvres n'avaient pas tremblé autant.

— Ne t'inquiète pas, Rock, je pars. Je ne peux plus vivre ainsi.

Il prononça alors les mots les plus pénibles de son existence.

— Au revoir, Dev.

Elle eut un sourire lugubre.

— Tu es pressé ?

Rassemblant ses jupes, elle se dirigea vers la sortie. Elle s'arrêta devant le rabat et, sans se retourner, lança :

— Je reviendrai chercher ma part de l'or.

Puis elle disparut.

22

Devon s'arrêta devant le magasin. Elle pressa sa main gantée sous son sternum et compta jusqu'à dix. Peine perdue. Son cœur éclatait à chaque battement.

Seigneur, elle n'avait qu'une envie : courir, courir le plus vite possible, le plus loin possible ! N'importe où, pourvu que ce fût assez loin de ce maudit vapeur.

Elle contempla le morceau de papier chiffonné dans ses mains. Son nom était soigneusement calligraphié sur le billet.

Il était trop tard pour changer d'avis. Ses bagages étaient faits. La Tige avait descendu toutes ses malles sur le quai. Tout ce qu'elle possédait se trouvait à bord du bateau.

Si seulement il lui avait demandé de rester…

— Assez ! fit-elle à haute voix, les dents serrées.

Il ne lui avait rien demandé, point final. Elle avait pris sa décision — une bonne décision — et il était temps de cesser de geindre. Il valait mieux pour Cornelius et pour le bébé qu'elle parte. Et c'étaient les deux seules personnes qui comptaient.

La mâchoire résolue, elle releva sa jupe de serge rayée et pénétra dans le magasin. Et se pétrifia sur place. Tous ceux qu'elle connaissait étaient rassemblés là.

— La v'là ! hurla Digger quelque part dans la foule.

Les hommes se ruèrent sur elle. Ils parlaient tous en même temps et elle ne comprenait rien à leurs exclamations excitées.

Un coude pointu la fit grimacer. Le père Michaels se tenait à ses côtés. Il la contemplait avec une expression bizarre de déception. Il hocha la tête vers la gauche. Elle suivit son regard.

Vers Rock. Il se trouvait derrière son précieux comptoir, sa barrière contre le monde. Immobile, les bras croisés, il la fixait.

La chaleur dans ses yeux couleur de whisky la fit fondre. Il la regardait comme lorsqu'ils étaient seuls...

Non ! Elle ne devait plus penser à cela... Pas si elle voulait sortir du magasin avec un lambeau de fierté. Elle détourna les yeux.

— Pourquoi tout cela, mon père ?

La Tige et Midas se frayèrent un chemin à travers la foule. Midas s'éclaircit la gorge et tous les autres se turent autour de lui.

— Quand on a su qu'vous partiez, on s'est tous réunis et on a décidé d'vous donner ça.

Il lui tendit un petit bout de bois.

Oh non, se dit-elle, pas un cadeau d'adieu ! Elle allait se mettre à pleurer. Si jamais quelqu'un se montrait gentil avec elle maintenant, elle allait se transformer en fontaine.

A regret, elle accepta le présent. Ses mains tremblaient.

— R'tournez-le, miss, conseilla la Tige.

Après une infime hésitation, elle lui obéit. Sur le bois sombre, on avait gravé à la main : *A Devon. La première qui a passé l'iver avec nou. Elle nou manquera.*

L'inscription se brouilla. Un couteau lui lacérait le cœur.

— Oh…

— Qu'elle lise ! hurla quelqu'un.

Aussitôt, la foule fit chorus.

Midas leva les mains pour réclamer le silence.

— Elle a pas b'soin de lire. On sait tous c'qu'y a écrit.

Devon adressa un sourire de gratitude au vieil homme avant de se tourner vers les autres.

— Je ne sais pas quoi dire… sauf merci à vous tous. (Elle serra la plaque contre son sein.) Je la garderai toujours.

La sirène du bateau mugit, assourdissante. Devon se figea.

Midas lui tapa gentiment dans le dos.

— On va attendre dehors, Devon. On veut vous accompagner au bateau. Vous pressez pas. Il partira pas avant une heure.

— Oui… oui, merci.

Les hommes quittèrent la tente, laissant derrière eux un lourd silence. Elle regarda Rock. Il la regarda.

— Jolie plaque, dit-il finalement.

— Oui, n'est-ce pas ?

De nouveau, le silence. Ce silence gêné, béant, qui dévorait tout ce qu'ils avaient partagé. Les mains nouées sur le ventre, Devon se força à se souvenir des raisons pour lesquelles elle partait. Elle devait partir : c'était plus noble.

Pour l'instant, elle ne se sentait pas noble du tout. Elle se sentait lâche, perdue et solitaire. Ravalant sa salive avec peine, elle luttait pour ne pas pleurer.

— Je crois que je dois y aller…

— Je crois aussi.

— Tu m'accompagnes au bateau ?

Il lança un coup d'œil éloquent vers les silhouettes rassemblées à l'extérieur de la tente.

— Il y a déjà pas mal de gars qui t'accompagnent. Un de plus ou de moins, ça ne changera pas grand-chose.

Elle se força à hausser les épaules.

— Non, en effet.

Il sortit un petit paquet brun de sous le comptoir.

— Tiens, grommela-t-il, c'est pour toi.

— Je n'ai rien pour…

— Prends ça, c'est tout. (Il ne la regardait plus.) Tu m'as déjà beaucoup donné.

Il lui tendit son cadeau. Les doigts tremblants, elle défit le nœud et déchira le papier d'emballage.

Son cœur s'arrêta. C'était une photographie encadrée de sa boîte de soupe rouillée remplie de fleurs jaunes. Sa vision se brouilla.

— C'est très beau. Merci.

— De rien.

Le silence.

— Eh bien, je dois y aller.

Il hocha la tête.

Elle essaya de sourire.

— Bon, alors, il faut se dire au revoir.

— Au revoir, Dev.

Elle avait l'intention de sortir, de s'en aller. Mais elle ne le fit pas. Au lieu de cela, comme malgré elle, elle s'approcha de lui.

Il ne recula pas, ne la repoussa pas. Il l'attendait. A l'instant où elle fut dans ses bras, il la serra contre lui à l'étouffer. Et c'était extraordinaire de le sentir de nouveau, de sentir cette odeur si familière, ce corps qui la complétait si merveilleusement.

— Tu vas me manquer, dit-il au-dessus de sa tête.

Ces mots murmurés d'une voix brisée achevèrent de la détruire. Et voilà, c'était là la seule déclaration d'amour qu'il lui ferait jamais ! Elle allait lui manquer… mais pas assez pour qu'il lui demande de rester.

Les larmes ruisselèrent sur son visage. Elle s'arracha à son étreinte. La photographie serrée sur son sein, elle s'enfuit.

Dehors, elle se retrouva aussitôt encerclée par la foule. Massés autour d'elle, les hommes lui bloquaient toute issue. La panique la saisit. Elle tituba.

Un bras réconfortant lui entoura la taille.

— Du calme, ma fille. Tout va bien. Respirez un bon coup.

Elle s'affala contre le père Michaels, laissant son petit corps la réconforter, la protéger. Elle retrouva bientôt ses esprits.

— Désolée, mon père, fit-elle avec un rire navré. Je ne sais pas ce qui m'arrive.

— Vous ne le savez pas ?

La voix de la Tige s'éleva.

— Faut y aller, miss.

Faisant appel à ses dernières ressources, Devon se redressa et fit face aux hommes, un sourire pincé aux lèvres.

— Oui, les gars, allons-y.

Elle fit un premier pas vers le bateau.

Autour d'elle, les hommes papotaient comme des perruches, mais elle ne les entendait pas. Elle était entourée par une douzaine d'amis, or, jamais de sa vie elle ne s'était sentie aussi seule.

Chaque pas l'éloignait de l'homme qu'elle aimait. Chaque fois que son pied se posait sur le sol, elle se disait : Il n'est pas trop tard. Tu n'as qu'à faire demi-tour…

Mais il était trop tard. Beaucoup trop tard.

— Au r'voir, miss.

C'était la voix aiguë de la Tige.

Elle leva les yeux. Ils étaient arrivés au bout du quai. Digger et la Tige, à ses côtés, souriaient. Elle essaya encore une fois d'en faire autant.

— Au revoir, la Tige, tu me manqueras. (Elle posa la main sur la manche sale de Digger.) Et vous me manquerez aussi, Digger. Vous avez changé ma vie.

La pomme d'Adam de Digger s'agita furieusement.

— Vous aussi, vous avez changé la mienne, miss. Votre or est déjà à bord. Je vous enverrai le reste à San Francisco. Je vous préviendrai par télégramme.

Avant qu'elle ne puisse répondre, Midas avait écarté Digger.

— Au revoir, Devon, fit-il d'une voix bourrue.

— Au revoir, Midas. Merci pour la plaque. Je la garderai toujours.

— Mouais, grommela-t-il, les yeux brillants, avant de se fondre dans la foule.

En une seconde, ils se retrouvèrent tous autour d'elle, criant, hurlant, lui souhaitant un bon voyage.

Le père Michaels se matérialisa soudain devant elle. Lui prenant la main, il la conduisit vers la passerelle qui menait au bateau. Quand ils arrivèrent sur le pont, il s'arrêta.

— Vous n'êtes pas obligée de partir, dit-il. Il vous aime.

Les larmes gonflèrent de nouveau ses paupières.

— Quand ce bateau larguera les...

Devon posa un doigt sur les lèvres du père Michaels.

— S'il vous plaît, mon père, taisez-vous! l'implora-t-elle.

— Ah, ce que vous êtes têtue! Allez, ma fille, embrassez-moi une dernière fois.

Souffrant mille morts, elle sanglota dans ses bras.

— Dieu vous aide, petite.

Reniflant, elle s'écarta.

— Qu'Il vous aide aussi, mon père.

Longtemps après son départ, Devon se tenait

toujours debout à la proue du bateau, les mains étreignant la rambarde rouillée. Le vent chahutait sa robe et sa chevelure mais elle n'en avait cure.

Fermant les yeux, Rock se massa les tempes. Quelque chose était en train de lui percer le crâne.

— J'ai toujours su que t'étais stupide. Mais à ce point, ça me dépasse.

Rock se redressa vivement. La vision du visage ratatiné de Midas le fit grogner. Oh, comme il mourait d'envie de lui écraser son poing sur le nez !

— Ne me cherche pas, Midas ! Tu pourrais le regretter.

— T'aimerais bien me casser la figure, hein, Rock ? Comme ça, tu penserais plus à elle pendant un p'tit moment.

— Va-t'en, Midas, fit Rock d'une voix lasse.

Midas cracha une énorme glaire noire à ses pieds.

— Y a pas un homme au monde qui la laiss'rait partir.

— Je le sais.

— Tu sais rien du tout, rétorqua Midas. Si tu l'savais, tu courrais après cette fille et tu lui promettrais la lune si c'est ça qu'elle veut.

— Si ce n'était que la lune, ce ne serait pas un problème.

— Bon Dieu, c'que t'es idiot ! aboya Midas.

— Je n'ai pas à écouter...

— Oh si, qu'tu vas m'écouter, cette fois-ci ! J'en connais un brin sur les gâchis, Rock. Et je ne souhaite ça à personne. Même pas à toi. (Il s'éclaircit la gorge et cracha.) Pour trouver d'l'or, j'ai laissé derrière moi une gentille femme et un gamin. Et tu sais c'que j'ai découvert ? Que l'or, c'était *eux*. Mais j'étais trop stupide pour m'en rendre compte. Et puis, quand j'ai enfin compris, ils étaient partis.

— Bon sang, rugit Rock, j'ai pas à écouter tes idioties ! Continue si tu veux, moi j'm'en vais !

Sans même prendre son ciré et son chapeau, il se rua dehors.

Remontant la rue, il se réfugia chez lui, dans son sanctuaire.

En y pénétrant, il eut l'impression de recevoir un coup de poing à l'estomac.

C'était comme si elle n'avait jamais été là. Il n'y avait pas de nappe sur la table, pas de fleurs dans la boîte de soupe, pas de joli sous-vêtement pendu à la corde à linge.

Les murs de la tente se refermèrent sur lui.

Quelque chose de blanc lui blessa l'œil au centre de la table. Il s'approcha d'un pas lent. C'était un morceau de papier. Rien que du papier. Pas un napperon ou une serviette, juste du papier.

Il le prit. Il était, bien sûr, parfaitement plié. Il y avait quelques mots écrits. Il essaya de les lire mais, entre ses mains tremblantes, les lignes dansaient.

Il ferma les yeux, se traitant de tous les noms. Puis, au bout d'un moment, il essaya à nouveau de lire.

Je t'aime. Au revoir.

Simples. Directs. Comme la femme qui les avait écrits.

Sauf qu'elle pleurait quand elle les avait tracés. L'écriture était incertaine, des traces d'humidité maculaient la page. Elle avait pleuré à cause de lui. Le couteau qui lui fouillait la gorge depuis des heures, des jours, s'acharna de plus belle.

Sans qu'il s'en rende compte, ses doigts s'ouvrirent. La feuille tomba sur la table.

Hagard, Rock se laissa choir sur un tabouret, contemplant sans les voir les murs de toile autour de lui. Il lui fallut un moment avant de se rendre compte qu'il manquait autre chose.

Sa fichue armoire avait disparu.

Une douleur abominable lui tordit les entrailles. Machinalement, il alla s'agenouiller dans le coin de la tente. Du bout des doigts, il chercha sur la paroi une trace quelconque.

Elle n'en avait laissé aucune.

Et elle lui avait arraché le cœur.

Son silence ne l'avait pas protégé. Bien au contraire, il n'avait fait que rendre son amour pour elle plus fort, plus dévastateur.

Et maintenant, après lui avoir apporté l'amour, elle s'en allait, l'abandonnant avec des souvenirs qui le hanteraient jusqu'à la fin de sa misérable existence solitaire.

Il avait retrouvé son ancienne vie.

Vie. Ce mot le fit presque rire. Ce n'était pas une vie. Avant son arrivée, il ne vivait pas. Il survivait, sans plus.

Et maintenant, il lui restait sa solitude et ses doutes. Ses regrets. Et s'il lui avait dit qu'il l'aimait… Et s'il lui avait demandé de rester…

Soudain il se revit sur la colline, observant de loin les funérailles de Grizzly.

Grizzly ! Le souvenir de sa mort le tétanisa. Il riait et plaisantait avec son ami, et l'instant d'après, il tenait son poignet glacé.

Si vite. Alors qu'ils avaient encore tant de choses à se dire.

Comme maintenant. Il y avait trop de choses qu'il n'avait jamais dites à Devon, trop de choses qu'il aurait dû lui dire.

Le bateau lança deux appels pour annoncer son départ. Il larguait les amarres. A ce bruit, quelque chose en Rock se brisa.

Il bondit. Seigneur, il refusait de vivre dans l'abomination ! Au diable sa fierté ! Au diable sa solitude ! Pour la première fois de sa vie, il allait se battre pour ce qu'il voulait. Et il voulait Devon.

Arrachant la porte de ses gonds, il courut comme un fou et s'arrêta au bout du quai, haletant, les poumons en feu. Le bateau était parti. Il se trouvait à un mètre de l'appontement et glissait déjà dans le courant.

Il la vit immédiatement. Debout à la poupe, elle le regardait. Les mains en porte-voix, il hurla :

— Devon !

Le vent soufflait, les machines du vapeur grondaient.

— Quoi ? cria-t-elle.

Il respira un bon coup.

— Je t'aime !

Son sang se glaça. Elle pouvait le détruire maintenant d'un seul mot ou même sans rien dire. Le souvenir du rire de Mibelle lui arracha les tympans. Il cessa de respirer.

— Quoi ? cria-t-elle.

— Doux Jésus, marmonna-t-il, puis, avalant deux bons litres de l'air frais du Yukon, il répéta : Je t'aime ! Reste avec moi !

Ses mains quittèrent la rambarde rouillée. Elle jeta un regard sur sa bicyclette rouge et sur le sac empli d'or à côté d'elle.

— Et l'or ?

Il leva les yeux au ciel.

— Au diable l'or !

D'un geste de la main, elle lui fit signe d'approcher. Fronçant les sourcils, il s'engagea dans le fleuve. L'eau boueuse tourbillonna autour de ses cuisses.

Elle leva ses jupes et, avant qu'il ne puisse lui hurler un avertissement, elle sautait par-dessus le bastingage. Elle plongea dans l'eau sale et glacée. Avec horreur, il la vit dériver au fil du courant.

Jurant, il se jeta dans l'eau furieuse du dégel. Il lutta comme un forcené et la rattrapa enfin.

Devon referma les bras autour de son cou.

— Redis-le, exigea-t-elle.

Il se démenait comme un beau diable pour qu'ils ne soient pas emportés.

— Bon Dieu, Dev, haleta-t-il, attends au moins que je puisse respirer !

Ils s'enfonçaient dans la vase. Il fit demi-tour et la hissa sur la rive boueuse.

— Redis-le, dit-elle dès qu'ils furent sortis de l'eau.

Son amertume venait de se noyer quelque part dans le fleuve. Il s'abîma dans deux lacs verts, puis il embrassa les gouttes d'eau qui ruisselaient sur ses joues, sur ses yeux, sur son nez.

— Je t'aime, murmura-t-il. Je t'aime, je t'aime, je t'aime...

Une folle acclamation retentit.

A regret, Rock leva les yeux. Les prospecteurs s'étaient réunis autour d'eux, se congratulant et hurlant joyeusement.

Le père Michaels s'avança.

— Vous allez peut-être bien avoir besoin d'un prêtre ?

Rock se retourna vers Devon et la regarda droit dans les yeux.

— Oui. Si elle veut de moi.

Elle se mit à pleurer.

Comme elle ne répondait pas, il s'inquiéta.

— Dev ?

Elle pleurait toujours.

— J'irai à Saint Louis si c'est ce que tu veux. Je suis prêt à être un mari et un père, prêt à fonder un foyer. J'irai même jusqu'à prendre un fichu caniche. Mais, je t'en prie, dis que nous serons ensemble !

— Oh, il ne sera pas nécessaire d'aller jusqu'à

Saint Louis... Mais si nous passons un nouvel hiver ici, il faudra qu'on discute de la tente.

Il éclata de rire. Un rire qui lui ressemblait : riche, profond, merveilleux. Un rire qu'elle adorait.

Ce soir, se dit-elle, je lui parlerai du bébé ce soir. Le visage enfoui dans son épaule trempée, elle rit de bonheur. Et commença à échafauder des plans pour la soirée...

4004

Composition Interligne B-Liège
Achevé d'imprimer en Europe (France)
par Brodard et Taupin à La Flèche (Sarthe)
le 25 août 1995. 1645M-5
Dépôt légal août 1995. ISBN 2-277-24004-4

Éditions J'ai lu
27, rue Cassette, 75006 Paris
Diffusion France et étranger : Flammarion